Pour l'amour d'Elena

Du même auteur

Chez Julliard

Les Agneaux du Seigneur, 1998 ; Pocket, 1999
À quoi rêvent les loups, 1999 ; Pocket, 2000
L'Écrivain, 2001 ; Pocket, 2003
L'Imposture des mots, 2002 ; Pocket, 2004
Les Hirondelles de Kaboul, 2002 ; Pocket, 2004
Cousine K., 2003 ; Pocket, 2005
La Part du mort, 2004
L'Attentat, 2005 ; Pocket, 2006
Les Sirènes de Bagdad, 2006 ; Pocket, 2007
Ce que le jour doit à la nuit, 2008 ; Pocket, 2009
L'Olympe des infortunes, 2010 ; Pocket, 2011
L'Équation africaine, 2011 ; Pocket, 2012
Les anges meurent de nos blessures, 2013 ; Pocket, 2014
Qu'attendent les singes, 2014 ; Pocket, 2015
La Dernière Nuit du Raïs, 2015 ; Pocket, 2016
Dieu n'habite pas La Havane, 2016 ; Pocket, 2017
Khalil, 2018 ; Pocket, 2019
L'Outrage fait à Sarah Ikker, 2019 ; Pocket, 2020
Le Sel de tous les oublis, 2020

Chez Après La Lune

La Rose de Blida, 2006

Chez Bayard

Le Baiser et la morsure : entretiens avec Catherine Lalanne, 2018

Chez Flammarion

Le Dingue au bistouri, 1999 ; J'ai lu, 2007
Ce que le mirage doit à l'oasis, 2017

Chez Folio

Morituri, 1999
Double blanc, 2000
L'Automne des chimères, 2000
La Part du mort, 2005

Yasmina Khadra

Pour l'amour d'Elena

(inspiré d'une histoire vraie)
roman

Mialet-Barrault Éditeurs

ISBN : 978-2-0802-4671-4

En mémoire de Domingo

Première partie

1

D'après la légende rurale, c'est un certain Gonzales Ier qui, vers la fin du XIXe siècle, avait posé la première pierre de notre village. Il n'était ni roi ni empereur, juste un vaurien qui glandouillait dans les bordels de Vera Cruz avant que la grâce du Seigneur ne le frappe de plein fouet. On raconte qu'il dormait au milieu de ses putains lorsque le Christ était venu lui rendre visite dans son sommeil. *Lève-toi*, lui a dit le Christ, *lève-toi et va dire à mes sujets que j'ai reçu leurs prières et que je t'envoie les sauver. Et quand tu auras récupéré mes brebis, va dans le Chihuahua leur bâtir une bergerie.* Gonzales a marché des mois et des mois, un gourdin de pèlerin à la main, avant de jeter son dévolu sur nos terres. Il construisit une vaste demeure pour recueillir ses fidèles – qu'il baptisa en grande pompe l'Enclos de la Trinité –, s'autoproclama Gonzales Ier, *pape de la Nouvelle Révélation*, et régna sans partage sur ses ouailles comme un berger sur son troupeau.

Aujourd'hui, il ne reste du sanctuaire qu'une énorme bâtisse décoiffée ouverte aux quatre vents et une chapelle déglinguée entourées d'un muret de pierres infesté de scorpions.

Pour le vieux Paco, notre village aurait dû s'appeler le Cimetière des Vivants tant nos taudis ressemblaient à des tombes, et nos voisins à des fantômes. Pas un chicanier, pas un gros bras, pas un litige pour cultiver la rancune ou rendre crédible une quelconque menace. La mort elle-même nous avait pris en grippe puisque, depuis des années, personne n'avait réussi à crever d'une glissade ou en avalant de travers un os de poulet. La cinquantaine de familles qui faisandait au soleil semblait évoluer à la marge du temps.

Depuis que j'avais ouvert les yeux, je voyais les mêmes figures tannées, les mêmes silhouettes efflanquées aux allures d'ombres chinoises ; j'entendais les mêmes bruits, les mêmes voix ravagées et les mêmes jappements des chiens.

Nos gens se terraient chez eux et attendaient on ne savait quoi, non pas parce qu'ils n'avaient pas où aller, mais parce qu'ils n'osaient pas se risquer ailleurs, persuadés que s'ils venaient à se hasarder sous d'autres cieux, ils perdraient leur âme, comme tous ces gamins qui s'aventurent dans les grandes villes et qu'on retrouve, au matin, sur les terrains vagues, les tripes à l'air et la gorge tranchée.

Beaucoup de nos jeunes ont déserté l'Enclos de la Trinité. Ils étaient là à shooter dans les cailloux et, du jour au lendemain, ils ont abandonné chèvres et cochons et se sont évanouis dans la nature. Ils ne sont jamais revenus. Les frères Rodriguez purgent des peines incompressibles à la prison fédérale de Puente Grande, dans l'État de Jalisco ; les Martinez sont morts dans le désert du Texas ; Pepito n'a envoyé qu'une seule lettre à ses parents depuis qu'il a réussi à atteindre San Diego ; García Guzmán est gardien à la prison de haute sécurité d'Altiplano ; quant à Juanito l'Albinos, les jumeaux Alexis et Alejandro, Maribel la fille de Sancho et un tas d'autres dégourdis, ils ont carrément disparu de la surface de la terre. Certaines rumeurs avancent que beaucoup d'entre eux ont été liquidés, mais la police n'a jamais retrouvé leurs corps.

Seul Osario, le fils de Petra l'Accoucheuse, rentrait de temps en temps au village voir sa mère. Chaque fois dans une voiture flambant neuve.

Osario, c'était le rêve dans sa splendeur insolente ; un rêve tellement improbable pour nous autres, les *indécis*, qu'on se contentait de graviter à sa périphérie. N'empêche, quand Osario rentrait au bercail, il devenait l'attraction du jour. Il nous parlait, avec une passion grandissante, de Ciudad Juárez où il vivait aux crochets d'une « riche mère de famille de vingt ans son aînée », de ses solides relations, de ses grands projets et des acrobaties qu'il exécutait pour maintenir le cap.

La trentaine bien sonnée, des tatouages plein le corps et le verbe sec, Osario était le gars dont le regard, lorsqu'il vous dévisageait, vous traversait de part en part, mettant à rude épreuve vos arrière-pensées.

Il nous impressionnait. Mais il était généreux. Y a pas à dire, il était le grand frère, pour nous. Il nous payait à boire, des fois à manger, nous prêtait des sous, et les gens du village l'aimaient bien.

La nuit, autour d'un feu au cœur des ruines du temple, il nous rassemblait pour nous conter ses conquêtes féminines et ses soirées arrosées. On ne le croyait qu'à moitié – peut-être parce qu'on le jalousait –, mais on se prêtait volontiers à son théâtre d'ombres. Il faut reconnaître que ses histoires nous vengeaient un peu de la nullité de notre vie de paysans. Osario écartait nos œillères et nous emmenait sur un nuage survoler des univers multicolores où les boîtes de nuit battaient leur plein. On s'imaginait dans la lumière tamisée des cabarets à mater les splendides sirènes qui dansaient nues sur les comptoirs, ou à rouler à tombeau ouvert dans des bagnoles qui atteignent les deux cents kilomètres à l'heure au quart de tour. Dans nos petites têtes de ploucs éméchés paradaient des gratte-ciel en verre étincelants, des esplanades où se bousculent des touristes venus du monde entier. Osario savait si bien nous mettre en situation qu'il nous arrivait d'entendre jusqu'aux bagarres homériques qui se déclenchaient dans les bars huppés et d'atterrir sans parachute dans des palaces où l'on célèbre chaque nuit quelque chose et où l'on ne dort jamais.

— Rien à voir avec votre Cimetière, nous certifiait Osario. Là-bas, on carbure au super. Plein aux as ou sur la jante, on existe pour de vrai. C'est pas comme ici où les jours vont et viennent comme des balançoires hantées. À Juárez, tout se joue à pile ou face, et tout le monde participe. Parce que le jeu en vaut la chandelle. Tu peux devenir riche en un claquement de doigts. Moi, par exemple, j'étais parti avec une toile d'araignée au fond de la poche. Maintenant, j'ai une caisse de nabab et un joli pied-à-terre avec jardin. Je ne roule pas encore sur l'or mais j'y crois. J'ai des ambitions. Un jour, je m'offrirai un club branché, un harem de putains et un carnet d'adresses blindé où seront répertoriés des stars, des hauts fonctionnaires et des flics influents.

— On a la radio, Osario, lui rappelait Ramirez, mon cousin, qui avait mon âge et un caractère trempé.

— Et alors ?

— Ben, les nouvelles qui nous parviennent de Juárez glacent le sang.

— C'est-à-dire ?

— Ben, tous ces cadavres de femmes qu'on découvre sur les terrains vagues, et tous ces gosses qu'on abat pour se faire la main.

— Et alors ?

— Ben, tout n'est pas rose, à Juárez. De nos p'tits gars qui sont partis d'ici, tu es le seul à rentrer de temps en temps. On aimerait bien entendre leur version, à nos p'tits gars, mais ils ne sont pas revenus. Paraît qu'on en a buté plus d'un. Ils seraient encore vivants s'ils étaient restés parmi nous.

— Parce que tu crois que t'es vivant dans ce trou-duc ? T'es mort, Ramirez, t'es mort et tu ne le sais pas. Regarde autour de toi, bordel. Des ânes qui roupillent à longueur de journée, des poulets qui courent dans tous les sens, quelques cochons qui vadrouillent et des chèvres en train de bouffer du carton. C'est ça ton monde, et tu n'y figures même pas. À Juárez, si on meurt, c'est parce qu'on a vécu. Mais ici, Ramirez, ici, quand tu seras vieux, tu n'auras même pas de souvenirs pour te tenir compagnie.

— En tous les cas, jamais personne ne tombe malade chez nous, a répliqué Ramirez avec fierté. L'air de nos montagnes dope jusqu'à nos vieillards. On dort tranquilles, on mange sain et on coule du bronze si dur qu'on casserait la pierre avec.

— Si t'es à ton aise dans la merde, restes-y, a tranché Osario.

Ce n'était pas l'air vivifiant de nos montagnes qui me retenait à l'Enclos de la Trinité. Si ça n'avait tenu qu'à moi, j'aurais fiché le camp depuis longtemps. Mais les yeux en amande d'Elena et son joli grain de beauté sur le menton me clouaient sur place, comme un lièvre ébloui par la lumière subite d'un projecteur au beau milieu du sentier.

Elena, c'était la grâce qui rendrait tolérable n'importe quelle misère sur terre.

Fille unique de Dolorès, une veuve effacée qui passait ses jours à raser les murs et ses nuits à prier la Vierge en terre cuite qui ornait sa chambre, Elena avait presque le même âge que moi ; je la dépassais à peine d'un an. Elle n'avait pas de père et pas de frère. J'étais orphelin et je n'avais pas de sœur. Quelque part, on était faits pour se rejoindre et se compléter un peu. On allait à l'école ensemble, agrippés à l'arrière de la charrette d'un voisin. Je rêvais de devenir journaliste ; elle *me* rêvait, moi. À l'époque, elle ne payait pas de mine. Elle était aussi sèche qu'une sauterelle et elle flottait dans sa robe usée telle une âme menue dans un suaire. Puis elle a commencé à s'épanouir comme une fleur sauvage, et plus elle ajoutait de la chair sur ses os, plus elle avivait les fantasmes des louveteaux qui lui tournaient autour. À douze ans, elle était devenue si belle qu'elle m'intimidait. Lorsqu'on était ensemble, je ne trouvais rien à lui dire. Elle aussi était gênée. Elle se contentait de se triturer les doigts, et on restait ainsi, bêtes et silencieux, des heures durant.

C'était pour apprendre à dire les mots qui seyaient à sa beauté que je m'étais mis à dévorer les bouquins. J'en avais chapardé un tas au marché aux puces de San Cristo. Je les lisais sans trop comprendre de quoi il retournait, mais avec la conviction grandissante qu'à la longue je finirais par trouver ces fameuses formules dont raffolent les filles qu'on aime.

Un soir, tandis qu'on assistait au coucher du soleil, assis côte à côte sur un rocher, elle prit ma main et elle la posa sur son genou en me confiant :

— Je t'apprécie très fort, tu sais ?

Je restai sans voix. Tellement heureux que mon cœur faillit s'arrêter de battre. Je compris alors qu'elle nourrissait pour moi les mêmes sentiments que je cultivais pour elle en secret.

— Et toi ? Est-ce que tu m'apprécies ?

J'avais un million de déclarations romantiques sur le bout de la langue, sauf que ma gorge contractée refusait d'en libérer une seule. Elena serra très fort ma main.

— Est-ce que je te plais, Diego ? Est-ce que tu penses qu'un jour tu seras l'homme de ma vie ?

Elle me dit cela en me regardant droit dans les yeux.

— Oui, j'aimerais être l'homme de ta vie.

— Et moi, la femme de ta vie ?

— Oui.

Aujourd'hui encore, je perçois l'empreinte de son baiser sur ma joue.

Elle venait d'avoir treize ans. On s'était juré de ne laisser ni la mort ni le malheur nous séparer.

Elle me disait :

— Tu feras quoi quand tu seras grand ?

— Journaliste.

— Est-ce qu'un journaliste gagne assez pour vivre dans une grande ville ?

— Je suppose que oui.

Elle levait les yeux au ciel comme lorsqu'on prie en son for intérieur. Ses petits poings se refermaient sur quelque chose qui la rendait songeuse.

— Tu crois qu'on partira d'ici un jour ?

— Si tu veux qu'on parte, on partira. De toutes les façons, il n'y a pas d'imprimerie dans les parages pour fabriquer des journaux.

Elle n'avait écouté que la première partie de mes propos. Son visage s'était illuminé, pareil à une aube naissante.

— On ira vivre en bord de mer ?

— On ira où tu voudras.

— Et on voyagera partout ?

— Jusqu'au bout de la terre, si tu veux.

Je n'étais pas sûr de tenir mes promesses, mais, ces soirs-là, je tenais le monde. Les yeux d'Elena brillaient dans l'obscurité comme des joyaux. Ils étaient mes matins clairs à moi.

Au village, alors que nous n'avions pas encore frémi aux vertiges de la puberté, Elena et moi, on nous appelait déjà « les fiancés ».

Chaque saison qui passait consolidait la passion que nous nourrissions l'un pour l'autre. On ne s'embrassait pas encore sur la bouche – Elena était pieuse comme sa mère – mais nos deux cœurs n'en faisaient qu'un.

Je m'étais mis au travail après avoir été viré de l'école. Mon oncle m'avait engagé pour laver la vaisselle dans l'arrière-boutique de sa *cantina*, vider les ordures et bricoler ce qu'il y avait à réparer. J'étais preneur de n'importe quelle corvée pourvu qu'elle me rapporte de quoi offrir à Elena un beau mariage. Je n'en amassais pas assez pour nous acheter une voiture, mais suffisamment pour nous payer un ticket d'autocar car il n'était pas question, pour nous deux, d'élever nos enfants dans un bled que l'empuantissement disputait à l'ennui.

Et le rêve se brisa comme un miroir.

C'était un jour de fête, tout le monde était allé à San Cristo célébrer les morts. Il ne restait au village que de rares vieillards, quelques silhouettes recluses dans leurs taudis et les poulets en train de becqueter dans la poussière sous le regard ensommeillé des chiens. Mon oncle avait fermé boutique et emmené sa tribu à la kermesse. J'étais resté finir la lecture d'un roman de Paco Ignacio Taibo II, puis j'étais allé bricoler dans la cantina. Pendant que je préparais mes outils, je vis, par la lucarne, Elena flâner dans les champs. La veille, elle avait soufflé sa quinzième bougie… Dieu ! Ce qu'elle était belle, ce jour-là. Elle avait tout pour elle. Je m'étais dépêché de la rejoindre. On avait marché le long de la piste en parlant de tout et de rien. Je ne sais pas pourquoi je lui avais proposé de nous rendre dans les ruines. C'était peut-être le Malin qui, jaloux de nous voir heureux, avait cherché à nous gâcher la vie. On n'était jamais allés ensemble dans les ruines, Elena et moi. Mais ce jour-là, parce que le village était désert, j'ai cru que le monde vacant m'appartenait.

Nous avions longé le muret de pierres, dérangeant au passage une escouade de rats qui s'était dispersée plus vite que les éclats d'une grenade, marché jusqu'à la chapelle qui n'en finissait pas de s'écrouler, ensuite nous étions entrés dans la grande bâtisse au toit crevé. Quelqu'un dormait sous une couverture à côté d'une bécane. Nous n'eûmes pas le temps de rebrousser chemin. Le dormeur avait écarté d'un coup la couverture et s'était dressé sur son séant, un énorme revolver au poing. Il nous tint en joue, le temps pour lui de recouvrer ses esprits.

— Qu'est-ce que vous foutez par ici ? s'écria-t-il, la figure tressautant de tics.

J'étais pétrifié.

Je n'avais jamais vu d'arme à feu de si près avant, et jamais une tête aussi terrifiante.

Il nous a ordonné de ne pas bouger. Après s'être assuré qu'il n'y avait personne d'autre aux alentours, il s'était mis à mater Elena tandis qu'une lueur monstrueuse embrasait ses prunelles.

— Ça tombe bien, fit-il en ouvrant sa braguette. Je m'apprêtais justement à me branler.

Il y eut comme un décalage dans mon esprit. Je n'arrivais pas à saisir ce que je voyais. J'étais dans un rêve infect ; tout partait en vrille. Le sang battait à mes tempes à les défoncer. Une tremblote incontrôlable s'était emparée de mes membres.

Le type a saisi Elena par le poignet et l'a attirée contre lui. Avec son arme, il me tenait en respect :

— Recule contre le mur, enculé de ta race, et mets-toi à genoux, les mains sur la tête.

Mes jambes s'étaient dérobées d'elles-mêmes et mes doigts s'étaient refermés sur ma nuque comme les serres d'un rapace.

Puis les choses se sont emballées. Mon esprit engourdi ne parvenait pas à les suivre. Les cris d'Elena résonnaient en moi comme un gong dans la tête d'un boxeur mis K-O. « Lâche-moi ! » hurlait-elle en repoussant la brute qui riait, amusée par la pugnacité de sa proie. Il la tenait fermement par le bras. Dans un sursaut de révolte, elle l'a griffé au visage. Ça l'a rendu fou de colère. Il a frappé Elena sur la tête avec la crosse de son revolver, l'a jetée à terre et lui a écrasé la figure contre le sol.

Dieu m'est témoin, je luttais de toutes mes forces pour me porter au secours d'Elena, mais aucune fibre ne répondait en moi.

Le fauve s'était assis sur le dos d'Elena, le souffle débridé. Elena remuait farouchement ; ses bras et ses pieds traçaient une multitude d'arcs sur le sol poussiéreux. L'agresseur dut poser son pistolet par terre pour la neutraliser. Il lui a retroussé la robe, baissé le slip et il l'a pénétrée si violemment que le corps d'Elena s'est cabré à se casser. Son cri résonnera longtemps à mes oreilles.

Je n'ai rien pu faire. J'étais là, à genoux, les mains derrière la tête, pareil à un prisonnier de guerre guettant stoïquement le coup de grâce qui mettrait fin à son calvaire. Je regardais Elena se distordre sous la hargne sauvage de son violeur et attendais de me réveiller.

Le violeur râlait et ricanait en même temps ; il me narguait de ses yeux reptiliens, me montrait du menton le revolver qu'il avait posé à portée de sa main, m'invitait à m'en emparer. « Vas-y, me lançait-il entre deux va-et-vient, prends-le. Tu vas lui dire quoi, après, hein ? Que t'as une bite, mais pas assez de couilles ? » Elena aussi me regardait de ses yeux de bête prise au piège. Elle me suppliait d'intervenir. La poussière du sol collait à ses larmes et zébrait son visage congestionné.

Je n'avais pas bronché. Emmuré dans ma terreur, je ne pouvais que subir dans ma chair et dans mon esprit l'ignoble spectacle qui se déroulait sous mes yeux.

Le violeur a poussé un énorme râle de jouissance. Au même moment, Elena avait cessé de se débattre ; ses pleurs s'étaient arrêtés d'un coup. Il y eut une sorte de blanc où tous les éléments s'étaient figés. Visiblement content de lui, le violeur s'était redressé en s'essuyant dans un pan de la robe d'Elena, avait ramassé son flingue, extirpé un cran d'arrêt et m'avait éraflé l'oreille. « Comme ça, chaque fois que tu te regarderas dans un miroir, tu te souviendras de ce moment. »

Je n'ai pas senti la lame sur mon oreille ni le sang couler sur mon cou.

Le monstre a roulé sa couverture, l'a mise dans un sac en toisant Elena à plat ventre par terre, la robe retroussée sur le dos, le slip par-dessous les mollets, puis, comme si de rien n'était, il a enfourché sa moto et il est parti.

Pendant un temps qui m'avait paru un siècle, Elena était restée étalée dans la poussière, sans bouger. Elle fixait le mur devant elle comme si elle souhaitait le voir s'écrouler et l'ensevelir pour toujours.

J'eus un mal fou à disjoindre mes doigts soudés à ma nuque. Mes rotules s'étaient bloquées. Je voulus m'approcher d'Elena pour l'aider à se relever ; elle me freina net du plat de sa main.

— Surtout, ne me touche pas.

Sa voix semblait gicler d'outre-tombe.

Lentement, émergeant du fin fond de son cauchemar, elle s'était hissée sur ses coudes écorchés, avait remonté son slip, et elle s'était levée en tremblant de la tête aux pieds, exsangue, mais digne.

Elle passa à côté de moi, tel un fantôme. Sans me regarder. En me décochant, de cette voix que je ne lui connaissais pas et qui me parut aussi implacable qu'un sortilège : « L'homme de ma vie ?... Tu parles d'un homme ! »

Ce fut la dernière fois qu'elle m'adressa la parole.

Personne, au village, ne sut ce qu'il s'était passé dans les ruines ce jour-là, mais tous constatèrent que quelque chose s'était définitivement rompu entre Elena et moi.

2

Quatre ans avaient passé.

Elena était devenue l'ombre d'elle-même. Elle ne sortait presque pas de chez elle.

J'avais honte de la savoir malheureuse à cause de moi. J'étais la pire chose qui lui soit arrivée.

Ramirez voulait savoir ce qui clochait chez moi. Sa mère lui laissait entendre que j'aurais probablement hérité de la mienne la déprime qui l'avait emportée.

Mille fois, j'eus envie de tout plaquer et de m'évanouir dans la nature. Impossible de déserter. Elena était mon arène où je me livrais les plus terribles des combats. Je n'étais pas en mesure d'assumer une deuxième fois la même lâcheté.

Si seulement elle avait tourné la page, Elena. Elle aurait fini par comprendre qu'être un *homme* ne veut pas dire être un héros. Mais le mal était fait, comme sont faits les échecs et les drames qu'aucune excuse ne saurait minimiser.

Au sommet de notre colline se dressait un arbre solitaire. De loin, avec ses branches levées au ciel, il évoquait un géant catastrophé. Ramirez et moi aimions nous asseoir dans son ombre et contempler le village à nos pieds. On n'était pas obligés de parler. Au village, les rares sujets qui nous tenaient à cœur avaient été épuisés et on avait perdu le goût des confidences.

Un attroupement s'opéra progressivement sur l'aile gauche du village. Une femme courait d'une maison à l'autre, entraînant dans son sillage des mioches de plus en plus nombreux.

— Ce n'est pas normal, dit Ramirez en se levant.

Il porta sa main en visière :

— Il est arrivé quelque chose.

Nous dévalâmes la colline à toute vitesse.

Presque tous les habitants du village s'étaient rassemblés autour de la cantina de mon oncle. Dolorès était en pleurs.

— Qu'est-ce qui se passe ? demanda Ramirez à Pablo, son frère aîné.

— Elena a disparu.

Le matin, Dolorès n'avait pas trouvé sa fille dans sa chambre. Elle avait pensé qu'Elena était chez une voisine, puis, ne la voyant pas rentrer à midi, elle s'était mise à sa recherche. Mais Elena n'était nulle part. De retour à la maison, Dolorès avait remarqué que la petite armoire où sa fille rangeait ses affaires était vide.

Les hommes et les femmes se tournaient vers le désert comme s'ils espéraient y déceler une réponse à leurs interrogations. Vers le tard, lorsque le soleil commença à décliner, le petit Rodriguez, qui revenait d'on ne savait où, lança à l'attroupement qui tournait en rond autour de la cantina de mon oncle :

— Elle est partie avec Osario.

Tout le monde se dirigea vers la maison de Petra l'Accoucheuse qui nia en bloc les allégations du petit Rodriguez.

— Osario était au village, hier ?

— Il est arrivé tard dans la nuit, mais il est reparti tout de suite après, dit Petra. Il avait une urgence. Il a eu juste le temps de me donner un peu d'argent et il est parti. Seul. J'étais là, dehors, quand il est monté dans sa voiture. Personne n'était avec lui.

On se tourna vers le petit Rodriguez qui persistait :

— La voiture d'Osario était garée en bas de la piste. Elle a attendu un bon moment. Après, j'ai vu Elena se dépêcher de la rejoindre. Elle portait un sac.

— Menteur, lui cria Petra.

— Tu es sûr de ce que tu avances ? fit mon oncle en saisissant le mioche par les épaules. C'est très sérieux, mon garçon. Ne nous lance pas sur une fausse piste si tu veux qu'on retrouve la pauvre fille.

— Elle est partie avec Osario. Je l'ai vue.

— Il était quelle heure ?

— J'sais pas. Peut-être deux heures, peut-être trois heures du matin. La lune était pleine et j'ai bien vu Osario qui fumait à l'intérieur de sa caisse. Puis Elena l'a rejoint. Elle est montée à côté de lui, et la bagnole a démarré.

— Qu'est-ce que tu fichais dehors à trois heures du matin, à ton âge ? lui cria Petra, faute d'arguments.

— J'arrivais pas à dormir, répondit simplement le petit Rodriguez.

Petra jurait que son fils n'avait rien à voir avec la disparition d'Elena, qu'il s'agissait d'une fâcheuse coïncidence.

— Il ne la connaissait même pas, cette petite. Et puis, il ne ferait jamais une chose pareille à une fille de chez nous. Ce n'est pas la première fois que mon fils revient au village. Est-ce qu'il a causé du tort à quelqu'un ? Elena est peut-être partie quelque part et elle ne va pas tarder à rentrer. Il ne fait pas encore nuit, voyons.

Elena ne rentra pas cette nuit-là, ni les nuits d'après.

Dolorès venait chaque matin me trouver dans l'arrière-boutique de la cantina : « C'est de ta faute. C'est à cause de toi si elle est partie. Qu'est-ce que tu lui as fait ? »

Je ne savais pas quoi lui répondre. Elena était partie parce que *je n'avais rien fait* du tout, alors qu'un geste de ma part, ce jour-là dans les ruines, aurait peut-être suffi à rendre les blessures supportables.

Une semaine passa.

Dans le village, on s'inquiétait pour Dolorès. Elle n'arrêtait pas de pleurer le jour et de prier la nuit, agenouillée devant sa Vierge en terre cuite. Les femmes lui rendaient visite pour la réconforter. Les hommes tournaient et retournaient les mêmes questions. Elena avait-elle été enlevée par Osario ? Ça semblait peu probable. Avait-elle fugué ? Pour aller où ? Elle n'avait d'autres parents nulle part. On revenait à Osario. Hypothèse vite abandonnée. Osario était un bon garçon. Un ravisseur étranger ? Elena ne se serait pas laissé faire. Elle aurait crié, ameuté le village. Et puis, quel étranger oserait troubler notre léthargie ? Nos filles pouvaient se balader dans les parages sans risquer d'être embêtées, encore moins d'être agressées. On veillait les uns sur les autres, à l'Enclos. Hormis les rares montagnards qui, parfois, s'arrêtaient pour se restaurer dans la cantina de mon oncle avant de poursuivre leur route, aucun intrus ne s'attardait chez nous ; il était surveillé de près jusqu'à ce qu'il quitte le village.

Le petit Rodriguez vint dans la cantina m'annoncer que Petra l'Accoucheuse voulait me parler.

— Pourquoi ?

— J'en sais rien.

— J'ai du boulot.

— Elle veut te voir tout de suite, insista le petit Rodriguez avant de courir rejoindre les mioches de son âge en train de taper dans un ballon pelé.

— Va voir ce que cette folle te veut, me conseilla Ramirez.

— J'ai un tas de trucs à finir.

— Je les finirai pour toi.

Je n'étais pas emballé.

Ramirez m'enleva le chalumeau que je tenais à la main et me poussa gentiment dehors.

— Il y a une drôle d'atmosphère au village ces derniers jours, tu ne trouves pas ? Alors, va voir de quoi il retourne. Je n'aime pas ce qui se trame derrière les murs.

— Et c'est quoi, mon problème ?

— Justement, Diego, justement.

À contrecœur, je me débarbouillai dans l'abreuvoir et me rendis au domicile de Petra. Elle n'était pas chez elle. Sa voisine m'orienta sur le taudis de Dolorès. Un groupe de femmes attendait dans la courette caillouteuse, en silence, le visage fermé. On s'écarta pour me laisser passer. À l'intérieur du réduit, il faisait sombre à cause des volets à moitié clos.

Petra était là, les bras croisés sur la poitrine. Elle fixait Dolorès à genoux devant la Vierge en terre cuite, un marteau à la main.

Dolorès n'était plus qu'une loque. Ses cheveux s'entortillaient sur sa tête ; ses épaules osseuses tressautaient nerveusement sous la robe usée qu'elle portait à longueur de saison.

— Ne fais pas ça, Dolorès, la mit en garde Petra.

— Je ne lui ai pas demandé la fortune, sanglotait la veuve en étreignant fermement le marteau. Je ne lui ai pas demandé de me trouver un mari. Je n'avais qu'une prière, une seule : qu'on ne me dépossède pas du peu que j'avais. C'est tout. Je ne demandais rien de plus.

— Pose ce marteau, Dolorès. Si tu touches à la Vierge, tous les malheurs du monde te tomberont dessus.

— Je veux brûler en enfer.

— Ne sois pas idiote. Ça ne sert à rien de s'insurger contre le Seigneur. Tu as toujours été une femme pieuse.

— Ça m'a avancée à quoi ? Je m'adresserais à un mur qu'il finirait par me répondre. Mais pas cette foutue Vierge. Je me confesse à elle toutes les nuits, et tous les matins je retrouve mes peines intactes. Je n'avais qu'Elena sur terre. Et la Vierge me l'a confisquée.

— Arrête de blasphémer, Dolorès. Elena est quelque part et on va la retrouver.

Petra se tourna vers moi :

— Va à Juárez trouver Osario.

— Pourquoi moi ?

— Elena était ta fiancée devant Dieu.

— Elle est partie à cause de toi, grommela Dolorès d'une voix mourante. Tu l'as rendue malheureuse. Je ne sais pas ce que tu lui as fait, mais ça lui a brisé le cœur. Je ne reconnaissais plus ma fille. Elle était si joyeuse et si jolie, avant.

— Laisse-moi lui parler, s'il te plaît, l'interrompit Petra… Diego, je suis certaine que mon fils n'a rien à voir avec la disparition d'Elena. Osario ne ferait jamais de tort à quelqu'un de chez nous. Nous sommes comme une même famille au village, et je ne tiens pas à baisser les yeux devant Dolorès chaque fois que nos regards se croisent. C'est pourquoi je te demande d'aller trouver mon fils. Je sais ce qu'il va te dire, mais j'aimerais que Dolorès l'entende de ses propres oreilles, tu comprends ? Il faut qu'elle sache que sa fille n'a pas été enlevée par mon garçon.

— Je n'ai jamais été à Juárez, fis-je bêtement, pris de court.

— Ramène-moi ma fille, me supplia Dolorès. Ramène-la-moi, sinon je réduirai en mille morceaux cette Vierge et je continuerai de m'acharner sur elle jusqu'à ce que la malédiction s'abatte sur ce village.

— Notre misère nous suffit, lui cria Petra. Je te répète qu'Osario n'a pas enlevé ta fille. Il reviendra te le dire en face. Maintenant, pose ce foutu marteau par terre et arrête de faire la folle. Ta fille a fugué sur un coup de tête et elle ne va pas tarder à rentrer… Est-ce que tu veux revoir ta fille, oui ou non ? Touche à la Vierge et tu ne la reverras jamais plus.

Deux femmes, qui se tenaient devant la porte, s'approchèrent de Dolorès. Avec infiniment de précautions, elles lui enlevèrent le marteau. Dolorès se remit à pleurer, arc-boutée contre son chagrin.

Petra me pria de la suivre chez elle. J'étais dépassé par les événements. Je ne savais pas quoi dire ni comment réagir.

— J'ai un frère à Juárez. Il s'appelle Enrique Medina. Il a un restaurant sur la Batalla del Paredón. Lui sait où habite Osario. Mon frère est connu, là-bas. Il te suffit de demander.

— Je te répète que je n'ai jamais été à Juárez.

— Il faut bien commencer un jour.

— Vous êtes en train de me faire porter le chapeau. Je n'ai rien à voir avec la disparition d'Elena.

— J'ai demandé à mon neveu. Il prétend qu'il a des empêchements. Il ne fout rien de l'année et, quand on le sollicite une fois par hasard, il dit qu'il a des empêchements. Lesquels ? Dieu seul le sait. Je suis allée trouver Manuel. Son fils est parti à Juárez, il y a des lustres, et n'a plus donné signe de vie. C'est l'occasion, pour Manuel, de se bouger un peu, non ? De faire d'une pierre deux coups. Chercher mon fils et le sien. « C'est du passé », qu'il a grogné, ce vieil âne. Le passé ? Jusqu'à maintenant, je n'arrive pas à saisir ce qu'il entend par « c'est du passé ». J'en ai marre de remuer ces vieilles carcasses, Diego. Ils ne bougeraient pas le petit doigt pour se gratter. Alors, je me tourne vers toi.

— J'ai du travail qui m'attend à la cantina.

— Il y a des choses qui n'attendent pas.

Elle sortit un boîtier d'un tiroir.

— C'est toute ma fortune, Diego. Elle ne me servirait pas à grand-chose si je me mettais à baisser les yeux devant Dolorès. Je suis certaine qu'Osario n'est pour rien dans cette histoire. Cela ne m'empêche pas de rester éveillée une bonne partie de la nuit. Je ne supporte pas le silence des gens, Diego. J'ai l'impression d'avoir trahi, d'être une pestiférée. Je n'en peux plus, tu comprends ?

— Non, justement, je ne comprends pas.

— Tu veux que je me rende moi-même là-bas, Diego ? À mon âge ? La dernière fois que j'ai mis les pieds à Juárez remonte à plus de vingt ans. Déjà, à l'époque, je m'étais égarée plusieurs fois. Je tiens à peine sur mes jambes. Je ne crois pas pouvoir supporter le voyage, avec mes rhumatismes et mon hypertension. J'ai l'air d'aller bien, mais je suis très malade.

— Demande à Sancho. Il a une fille mariée là-bas.

— Sancho a renié sa fille. Maribel ne s'est pas mariée, là-bas. Elle danse dans des cabarets louches. Ne m'oblige pas à profaner le secret des autres. Si je m'adresse à toi, c'est parce que tu es mon ultime recours. Si tu refuses, je serai obligée d'y aller moi-même.

Elle me remit une liasse de pesos.

— C'est toute ma fortune, dit-elle avec fermeté.

J'ignore pourquoi je n'avais pas repoussé l'argent. J'étais retourné dans la cantina, embêté. Ramirez avait fini de souder le pied du réchaud que j'étais en train de réparer. Il m'attendait sur le pas de la porte, pressé de savoir ce que Petra l'Accoucheuse me voulait.

— Tu n'as pas envie de changer d'air ? me dit-il quand j'eus fini de lui raconter ce qu'il s'était passé chez Dolorès et chez Petra.

— À les entendre, c'est moi qui aurais enlevé Elena. Je ne suis responsable de rien. Ça fait des années qu'on ne se parlait plus, elle et moi.

— Dans ce cas, pourquoi tu as accepté l'argent de l'Accoucheuse ?

— Je me le demande encore. Ces deux sorcières m'ont envoûté.

— Je pense qu'il est temps de se tailler d'ici, Diego. On a au moins une raison de mettre les voiles, maintenant. Nous irons chercher Osario tous les deux. Avec l'argent de Petra, tes économies et l'argent que j'ai mis de côté, on aura suffisamment de quoi tenir deux ou trois semaines…

— Je n'ai pas dit que j'étais partant.

— Oui, mais tu as accepté l'argent de Petra, et c'est comme si tu avais conclu un marché avec elle. Tu ne peux pas faire machine arrière.

— Je n'ai pas le couteau sous la gorge, Ramirez. Personne ne peut me forcer à faire ce que je n'ai pas envie de faire.

Ramirez s'assit à côté de moi sur le banc. Il me prit le menton entre ses doigts de façon à acculer mon regard.

— De toutes les manières, quelque part au fond de toi, tu sais que tu y es pour quelque chose. Sinon, tu n'aurais pas accepté l'argent de l'Accoucheuse.

— Tu dis ça pour me mettre la pression ?

— Pour te libérer.

— Je ne suis pas en prison.

— Nous le sommes tous, d'une manière ou d'une autre. Nous avons tous des trucs à nous reprocher. Je suis convaincu que la Providence est en train de nous tendre la perche. Nous avons enfin une raison de déguerpir d'ici. J'ai mis de côté quelques économies. J'attendais le moment, et le moment est venu. J'allais te proposer de partir avec moi. Aujourd'hui, c'est moi qui me propose de partir avec toi. Je t'assure que c'est la meilleure chose qui nous reste à accomplir.

— Ton père serait d'accord ?

— Il ne remarquerait même pas mon absence. Quant à ma mère, elle serait flattée d'avoir un rejeton en ville. Elle est tellement jalouse de Petra.

J'avais réfléchi une semaine durant. Le soir, le crâne en effervescence, je sortais errer dans le silence. Je pesais le pour et le contre, et ni le pour ni le contre ne faisait pencher la balance d'un côté. Il n'y avait rien à négocier à l'Enclos. Rien à opposer à rien. Le pour comptait pour des prunes et le contre n'avait pas grand-chose à lui envier. La peur de m'aventurer dans l'inconnu me proposait un tas de prétextes pour rester au village, mais leur inconsistance les désintégrait à tour de rôle. Elena partie, l'Enclos m'était devenu étranger. Pas de rues. Pas de place. Pas de rêves. Pas d'ambition. Quelques taudis çà et là, et le sentiment d'être largué dans le vide, en suspens. Les rares mariages qui s'y déclaraient par moments avaient un arrière-goût de farce. Hormis la cantina de mon oncle, qui s'était trompée d'époque, avec ses battants geignards en guise de porte, son comptoir déprimant et ses tables grotesques serrées de près par d'horribles bancs sur lesquels s'abîmaient des postérieurs terreux, je n'avais pas où me réfugier. Tout m'éprouvait : les vieillards qui pourrissaient sur pied devant leur porte, les champs qui avaient rendu l'âme depuis si longtemps que les ronces n'y poussaient que pour fournir un peu d'ombre aux rats, les gamins braillards qui attendaient de pied ferme l'âge des fugues, les jours qui se levaient pour se débiner en douce, bredouilles et inutiles, les nuits qui n'offraient ni conseils ni issues, pas même un bout de fantasme digne de ce nom… tout se liguait contre moi, m'isolait dans le désarroi.

— Alors, t'as réfléchi ? me demanda Ramirez en me surprenant en train de soliloquer dans l'arrière-boutique de la cantina.

— Je ne fais que ça.

— Et… ?

— Et quoi ?

Il s'assit sur un caisson en face de moi.

— Sors un peu de tes bouquins, Diego. Ça t'a servi à quelque chose, la lecture ? Il y a un monde qui bouge dehors, et toi tu restes là, le nez dans un texte à la con pour avoir l'air savant. À force de vivre dans ce trou à rat, tu vas finir par lui ressembler, me mit-il en garde en me montrant les deux cageots superposés qui me servaient d'armoire, le lit rudimentaire que j'avais menuisé moi-même avec des lattes et des bouts de ferraille, les étagères sur lesquelles s'entassaient mes piles de livres au milieu de toutes sortes de sachets, de boîtes de conserve et de cartons. Tu mérites mieux que moisir au milieu des toiles d'araignées.

— J'ai besoin de réfléchir encore.

— Moi, c'est décidé. Je pars. Mon père a haussé les épaules, et ma mère m'a chargé de lui rapporter une robe pour le mariage de Martha. Ton problème, Diego, c'est que tu ne te secoues pas. Tu restes là à attendre, et rien ne vient. Tu ne réfléchis pas, tu essayes de gagner du temps, et le temps se fout de toi. Qu'est-ce qu'on a à perdre ? On va voir ailleurs, et si ça ne marche pas, on revient crever comme des cafards au village. Ça ne coûte pas grand-chose d'essayer.

— C'est pas ça, Ramirez. J'ai l'impression qu'on me fait porter le chapeau.

— Tu te répètes, Diego.

— Si j'acceptais de partir, je leur donnerais raison.

— En tous les cas, tu aurais tort de faire comme si de rien n'était. Plus les jours passent, plus tu te sentiras mal à l'aise et tu finiras par te poser les mauvaises questions. Il faut reconnaître qu'Elena est devenue malheureuse à cause de toi. Je ne veux pas savoir ce que tu lui as dit ou fait. Ça ne regarde que vous deux. Mais…

— Mais quoi ?

— Ça, c'est encore une mauvaise question. La bonne est de savoir si tu comptes te bouger ou pas.

— J'ai encore besoin de réfléchir.

Ramirez se leva, dépité. Il porta ses mains à ses hanches, me considéra longuement et lâcha :

— Je pars demain. Avec ou sans toi.

Il sortit en claquant la porte derrière lui.

Le soir, je le trouvai derrière la butte en train de fumer comme une cheminée, assis sur un rocher, les jambes dans le vide. La braise de sa cigarette avait au moins deux centimètres de long tant il tirait dessus avec hargne.

— Je pars avec toi, lui annonçai-je.

— Je commençais à te prendre pour une chiffe molle.

— Tu crois que je n'en suis pas une ?

— Plus maintenant.

Il sauta à terre et m'enlaça avec force en me soufflant son haleine de coyote dans le nez. Nous retournâmes dans ma chambre pour mettre au point les préparatifs de notre départ. C'était la première fois qu'on allait se risquer si loin de notre village. Juárez se trouvait à des centaines de kilomètres au nord. Pour nous, c'était, plus qu'un exil, une expédition dont on n'avait ni la carte ni le mode d'emploi.

Le lendemain, aux aurores, nos sacs sur l'épaule, Ramirez et moi rejoignîmes la route bitumée, à une heure de marche du village. Un camionneur qui transportait des biques turbulentes nous proposa de nous déposer au relais le plus proche pour deux cent cinquante pesos. Ramirez négocia le prix à la baisse en mettant une telle conviction que le camionneur accepta de nous accueillir à bord gratis. « Si c'est pour retrouver votre pauvre petite sœur, je vous prends de bon cœur. Le Seigneur me le rendra. » Il nous largua devant une station d'essence insolite au milieu du désert, sur la route de Nuevo Casas Grandes. Quelques camions étaient rangés autour d'une gargote en parpaings coiffée de tôle ondulée avec, de part et d'autre, des cordes en chanvre pavoisées d'une multitude de fanions qui frissonnaient dans la brise pour tenter de donner à l'endroit un air de fête qu'il n'aurait pas de sitôt tant la désolation alentour pousserait le diable à se pendre haut et court. Quelqu'un avait accroché une savate dépareillée à une poutrelle extérieure, probablement pour conjurer le sort. À quelques mètres de la gargote, à proximité d'une sorte de guérite qui tenait lieu de latrines, un paysan trapu contemplait béatement son mioche qui déféquait à l'air libre. « Les chiottes sont bouchées », nous dit-il pour s'excuser alors que nous ne lui avions rien demandé.

L'intérieur de la gargote rappelait une taverne médiévale. Toutes les tables étaient occupées par des chauffeurs vannés, des voyageurs encombrés de balluchons et des mouflets qui sommeillaient sur les genoux de leurs mères. Une famille d'Indiens se tenait dans un coin, debout et silencieuse, attendant patiemment qu'une table se libère.

Ramirez et moi mangeâmes au comptoir, du réchauffé arrosé d'une bière infecte et chaude comme la sueur. « Le frigo déconne », a prétexté le barman.

L'autocar arriva avec une demi-heure de retard. Ramirez et moi prîmes place sur la banquette du fond, serrés de près par un gros paysan à droite et, à gauche, par un ouvrier nippé d'une salopette usée jusqu'à la trame. L'autocar était d'un autre âge. Chaque fois que le conducteur changeait de vitesse, le moteur cafouillait. Je regardais défiler le désert ; un paysage si aride et uniforme que j'eus l'impression qu'on crapahutait sur place. Au bout d'une centaine de kilomètres, tous les passagers dormaient, assommés par la chaleur et les émanations de carburant. Seul un bébé braillait dans les bras de sa mère qui ronflait, la bouche grande ouverte et la tête renversée contre le dossier. Le paysan m'écrasait de tout son poids. Je le réveillais du coude. Il sursautait, écarquillait les yeux puis, une minute plus tard, il s'effondrait de nouveau sur moi et se remettait à clapoter des lèvres qu'il avait énormes et pleines d'écume.

— Tu feras quoi quand on aura trouvé Osario ? me demanda Ramirez.

— On l'a pas encore trouvé.

— Ouais, mais admettons.

— J'en sais rien.

— Si Elena était effectivement partie avec lui ?

— Ben, on lui raconte ce qui se passe au village.

— Et s'il refusait de rentrer à l'Enclos s'expliquer ?

— C'est son problème.

— Tu retournerais au village, toi ?

— Il le faut bien. On attend une réponse, là-bas. Dolorès a le droit de savoir où est passée sa fille.

— Tu es sérieux ? Tu veux vraiment retourner au village ?

— Ce ne serait pas correct de ma part si je ne rentrais pas. On attend de moi des explications. Dolorès est à deux doigts de devenir folle, et Petra veut en avoir le cœur net. Ce n'est pas par charité qu'elle m'a filé son argent.

Ramirez passa ses mains sur sa figure, sans doute exaspéré par mes bonnes intentions, puis il repoussa d'un coup de rein l'ouvrier qui salivait sur son épaule.

— Diego, tu n'as pas encore compris ?

— Compris quoi ?

— Qu'on est partis pour de bon. On ne peut pas rebrousser chemin. C'est une autre vie qui commence pour nous deux. On va à Juárez tenter notre chance. Si on n'a pas de touche à Juárez, on ira tâter le terrain ailleurs. Le monde est à nous.

— Dolorès et Petra doivent savoir.

— C'est à Osario de retourner au village s'expliquer. Nous, on le trouve et on lui raconte ce qu'il se passe.

— Et si Elena n'était pas avec lui ? Si elle était partie de son côté et qu'Osario n'y était pour rien ?… Tu veux qu'on tente notre chance ailleurs ? Je suis d'accord. Mais on a des comptes à rendre. Dolorès et Petra attendent de connaître la vérité, et c'est à moi de leur apporter la fin de l'histoire. Après, oui, je pourrais aller tenter ma chance ailleurs. Après, Ramirez, après, pas avant.

— Moi, je n'y retournerai pas.

— Tu n'es pas obligé. C'est moi qui suis chargé d'apporter la réponse.

— Et si Elena…

— Arrête avec tes « si ». J'ai horreur d'anticiper.

— C'est peut-être ça, ton problème, Diego. Tu végètes au jour le jour et tu tournes le dos aux lendemains. Qui n'anticipe pas ne progresse pas. La vie est un marathon, chrono en main.

— C'est ça, dis-je, dépité.

L'autocar nous conduisit jusqu'à Nuevo Casas Grandes, un autre à Janos, et un troisième, plus esquinté, après deux crevaisons et des heures de suffocation, nous vomit, tard dans la nuit, à la gare routière de Ciudad Juárez.

À peine avions-nous mis pied à terre qu'un jeune homme en survêt et chaussures de sport nous sauta dessus.

— Vous cherchez des putes, un motel, n'importe quoi, je vous fais un prix. J'ai tout ce qu'il vous faut. Même un ticket pour le Texas. J'ai le meilleur passeur du pays. Vous payez la moitié ici, et le reste à El Paso. On a nos réseaux de l'autre côté de la frontière.

Il parlait si vite qu'on avait du mal à le suivre. Pendant qu'il débitait ses tirades, ses yeux partaient dans tous les sens comme ceux d'une bête traquée.

— On cherche Enrique Medina, un parent à nous, je lui dis. Il a un restaurant.

— Je suis votre homme. Je connais Juárez comme ma poche. Mais il se fait tard. Et vous êtes fatigués. J'ai un motel pas loin d'ici. Et des putes nickel. Vous ne trouverez pas moins cher ailleurs. Vous baisez toute la nuit, et au matin on ira chercher votre parent.

— Non, merci, fit Ramirez. On va se débrouiller. Et puis, on est fauchés.

Le racoleur nous ignora aussitôt et se dépêcha de proposer ses services à d'autres passagers qui paraissaient un peu déboussolés.

— Pourquoi tu lui as dit qu'on était fauchés ? On a besoin d'un endroit où dormir.

— On n'est pas au village, Diego. Ici, il n'y a que des prédateurs et des proies. Ce type sent le traquenard.

— Il m'a l'air très serviable.

— Diego, mon pauvre cousin, à Juárez, même le bon Dieu a un hameçon piégé au bout de la perche qu'il te tend.

Durant une bonne partie de la nuit, nous nous rendîmes dans les restaurants sur notre chemin pour demander après Enrique Medina. Personne ne savait qui était le frère de Petra. Épuisés, nous nous rabattîmes sur le premier hôtel qui nous sembla abordable. Le quartier était misérable et l'enseigne au néon de l'établissement saignait sur la façade comme une vilaine blessure. Quelques silhouettes suspectes rôdaient dans les parages, obligeant Ramirez à mettre la main dans la poche pour faire croire qu'il avait une arme sur lui.

Le veilleur de nuit était un vieux spectre tout gris, avec des binocles perchés sur le nez et des yeux qui louchaient. Ramassé derrière son guichet, il feuilletait une bande dessinée pornographique.

— C'est pour une heure ou pour la nuit ? grommela-t-il sans lever la tête de son illustré.

— Pour la nuit, dit Ramirez.

— Vous voulez des capotes ? J'en ai des fruitées.

— On veut juste dormir.

— C'est ça, croassa le veilleur en repoussant ses lunettes sur le front. Chambre 33. Et pas de grabuge, d'accord ?

Le veilleur examina les billets que lui tendit Ramirez pour vérifier leur authenticité, nous balança une clef, reprit sa bande dessinée et nous ignora.

La chambre empestait la cigarette qu'un ventilateur paresseux tentait vainement de tempérer. Il y avait un lit défoncé, une chaise en plastique, une ampoule coiffée de rouge au plafond, et rien d'autre. Pas de WC, pas de douche, juste une sorte de bidet nain surmonté d'un robinet dans un coin. Un tapis décoloré, criblé de brûlures de mégots et d'éraflures diverses, proposait une variété de taches dégueulasses qui en disaient long sur les soûlards qui avaient transité par là.

Ramirez souleva les oreillers, retourna les draps pour s'assurer que nous n'allions pas les partager avec des bestioles féroces.

— On reviendra pas ici demain, c'est sûr, promit-il.

Toute la nuit, on entendit des bruits de pas dans le couloir, des portes qui claquaient sans arrêt, des gens qui parlaient fort en se foutant royalement du sommeil des autres, des femmes qui gémissaient en réclamant plus de souffrance jouissive, et des lits qui tanguaient dans le crissement effréné de leurs ressorts.

Nous nous réveillâmes le matin, un brasier dans le crâne.

Nous venions de négocier sans trop de dégâts notre première nuit de « débarqués » dans un hôtel de passe.

3

Lorsque Osario nous magnifiait Ciudad Juárez, je m'imaginais mal traînant mes guêtres sur les grands boulevards, moi, le paysan indolent qui raclait les pistes caillouteuses du matin au soir et qui ne s'était jamais aventuré plus loin que San Cristo. Je m'étais trop habitué aux siestes de l'Enclos pour affronter le roulis des autoroutes et la frénésie des foules. Et voici Juárez qui m'accueillait de bon matin avec sa pollution et son charivari, ses cloaques inextricables, ses bicoques rabougries aux peintures criardes, et ses patios mystérieux sur lesquels veillaient des chiens susceptibles. C'était donc ça, la plus grande cité de l'État de Chihuahua : une immense toile de bourgades rudimentaires greffées les unes aux autres sur un plateau en disgrâce que le désert n'en finissait pas de ronger.

J'étais mal à l'aise dans ce foutoir où il fallait écarter cent personnes pour accéder à une bouffée d'air.

Enrique Medina ? se demandait-on en nous dévisageant comme si nous débarquions d'une autre planète. *Jamais entendu parler…*

Les gens ne nous accordaient pas plus de confiance qu'à un crotale sifflant.

Un hurluberlu en transe, qui se faisait passer pour un prédicateur, nous conseilla de ne pas trop nous attarder dans le coin. « Vous êtes deux anges, mes enfants, perdus dans la vallée des ténèbres. Retournez dans la lumière. Il n'y a que des démons par ici. Allez-vous-en, mes enfants. Allez loin de ces lieux maudits où l'on coupe la tête aux pauvres veuves sans défense, où l'on s'abreuve du sang des orphelins. Fuyez, fuyez avant que Satan ne vous mette le grappin dessus. » Quand il eut fini de nous bénir en agitant un minuscule encensoir autour de nos têtes, il nous tendit la main. Ramirez fut obligé de lui glisser quelques pièces pour qu'il nous fiche la paix. Le faux prophète nous accompagna jusqu'à la frontière de « sa circonscription » en braillant des incantations. C'était comme s'il nous proposait au lynchage car les gens se mirent à nous lorgner d'une drôle de façon.

Vers quatorze heures, alors qu'on était à deux doigts de choper une insolation, un soûlard qui urinait contre le mur nous héla :

— Vous cherchez Enrique l'Enflure ? Je crois bien qu'il s'appelle Medina.

— Il a un restaurant sur la Batalla del Paredón, lui précisa Ramirez. On a bien fait deux fois le boulevard aller-retour, sans succès.

L'ivrogne se gratta la tête en réfléchissant, puis, tout en titubant, il remonta la fermeture Éclair de sa braguette d'une main incertaine.

— Je vois p't-être qui c'est. Il me semble que l'Enflure avait quelque chose sur la Batalla del Paredón. Mais c'était il y a longtemps. Si c'est le même enfoiré, il s'est installé pas loin de Tres Castillos.

Il accepta de nous montrer le chemin contre quelques billets. On était trop crevés, Ramirez et moi, pour marchander.

L'ivrogne nous promena à travers un dédale de ruelles lugubres. Il tenait à peine sur ses jambes et s'arrêtait toutes les deux minutes pour reprendre son souffle, un bras contre le mur et l'autre main sur le ventre. Un moment, Ramirez commença à se méfier. L'endroit n'inspirait pas confiance. Le type pourrait très bien nous conduire droit dans un guet-apens. Mais on n'avait pas le choix.

— C'est ici, balbutia l'ivrogne en nous indiquant une bicoque.

Petra l'Accoucheuse exagérait en parlant de « restaurant ». Le boui-boui en question se trouvait à Casa de Janos, au fond d'un cul-de-sac triste à pleurer que hantaient des crevards en décomposition avancée.

— Tu parles d'une mangeoire ! s'exclama Ramirez.

Sans l'enseigne sur le fronton et le dessin débile représentant une fille avec un poulet rôti sur un plateau, on prendrait *El Banquete* pour une étable. À côté, la cantina de mon oncle passerait pour un palace.

Nous pénétrâmes dans le « restaurant » après avoir regardé à plusieurs reprises où nous mettions les pieds. Quelque chose nous sommait de déguerpir au plus vite, mais pour aller où ?

Une dizaine d'hommes rigolaient bruyamment autour d'un gros personnage édenté assis dans un coin. Le cuistot, un individu trapu au crâne cabossé, reconnaissable à son tablier maculé de gras, était avec eux ; il se tordait de rire en remuant son derrière. Ramirez lui fit signe, en vain. Tout l'auditoire semblait tourner le dos au monde et n'avoir d'ouïe que pour le gros clown visiblement ravi de susciter autant d'intérêt.

— Le chef a appelé un douanier, racontait le gros personnage. « Fais-lui un toucher rectal », qu'il lui a ordonné. Le douanier, un balèze pas commode pour un sou, a retroussé ses manches et m'a ordonné de baisser le slip. Ce que j'ai fait. Ensuite, il m'a ordonné d'écarter les jambes en appuyant mes mains contre le mur. Ce que j'ai fait. Et alors, sans mettre de gant en latex et sans même retirer sa grosse bague de maquereau, il m'a foutu le doigt si profond que j'ai senti mon nombril se dévisser de l'intérieur.

Les gars se gondolaient aux larmes, pliés en deux, en se tapant sur les cuisses. Le cuistot hennissait à gorge déployée, les narines dilatées. Seul un vieillard ne riait pas, perplexe, la figure fermée comme une huître, il n'avait pas l'air de comprendre de quoi il retournait.

— Et depuis, poursuivit le gros personnage, j'ai le cul qui fuite. C'est gênant. J'vais plus à la messe à cause des perlouzes que j'arrive pas à contenir. Même mon chien, il préfère dormir dehors tellement je schlingue.

J'suis allé voir un toubib pour me réguler. Au début, quand il a jeté un œil sur mon trou du cul, il est resté songeur. Il comprenait pas pourquoi mon trou du cul restait béant quand je serrais les fesses. Alors, il m'a fait une écho, mais ça n'a rien donné. Puis il m'a fait un scanner, et là il s'est écrié : « J'ai trouvé le problème. On t'a foutu le stérilet au mauvais endroit. »

De nouveau, les gosiers explosèrent et il y eut comme un séisme qui fit crisser les tables alentour ; les gars ne tenaient plus debout à force de rigoler.

Le vieillard, qui semblait avoir loupé un épisode, s'enquit :

— Il avait un stérilet dans le cul ?

— Mais non, lui expliqua le cuistot, c'était la bague du douanier.

— Quel douanier ?

— C'est pas grave. Tu peux te rendormir, lui dit le cuistot, agacé.

Le show terminé, les clients se dispersèrent en hoquetant. Certains occupèrent des tables çà et là, d'autres sortirent dans la rue en continuant de se marrer.

Le cuistot déboula sur nous comme un roquet.

— Vous pouvez pas vous asseoir et attendre qu'on vienne prendre vos commandes ?

— On n'est pas là pour manger, lui expliqua Ramirez. On cherche Enrique Medina.

Le cuistot souleva un sourcil :

— Medina ? Rien que ça ? Vous êtes qui ?

— Laisse, Félix, lui lança le gros personnage en crachant sa chique dans un broc. Je m'en occupe. (Il tordit un doigt pour nous sommer d'approcher.) C'est moi, Enrique.

— On vient de l'Enclos de la Trinité.

— Tout le monde vient de quelque part.

— C'est votre sœur qui nous envoie.

— Elle s'appelle comment, ma sœur ?

— Petra.

— Elle vit encore, celle-là ?

— Oui, monsieur.

Enrique esquissa un sourire, flatté par le « monsieur », nous désigna deux chaises.

— La dernière fois que je l'ai vue remonte à plus de vingt ans. Elle est toujours aussi givrée ?

— Qui ne l'est pas de nos jours, monsieur ? fit Ramirez.

— Elle vous envoie pourquoi ?

— La fille de Dolorès a disparu du village. Un témoin prétend l'avoir vue partir avec Osario.

— Qui c'est, Dolorès ?

— Une veuve de chez nous.

— Connais pas. Elle était mariée à qui ?

— On s'en souvient pas. Son mari est mort quand on était tout p'tits.

Enrique lissa le bout de son nez d'un air méditatif.

— En quoi c'est mon problème ?

— On ignore où habite Osario. Petra pense que tu pourrais nous aider à le joindre. On veut juste savoir si la fille de Dolorès est avec lui ou pas. Au village, on se pose la question. Petra dit que son fils n'a rien à voir avec la fugue d'Elena et le petit Rodriguez jure avoir vu Elena monter dans la voiture d'Osario. Là-bas, on veut tirer cette affaire au clair. Sinon, Dolorès finira par faire un malheur. Osario est le seul capable de calmer les esprits.

— Hum, grogna Enrique. Osario n'a pas donné signe de vie depuis des mois. Avant, il me rendait visite quand il était dans le besoin, mais depuis qu'il doit du fric à mon cuistot, il s'est inscrit aux abonnés absents. (Il se tourna vers le cuistot en train de s'affairer dans sa cuisine.) T'as des nouvelles d'Osario, Félix ?

— Il n'a pas intérêt à se pointer par ici, ce couillon.

— Et toi, César ? demanda Enrique à une espèce de momie entassée dans une encoignure.

— Je crois l'avoir aperçu du côté de chez Dida le Borgne, y a quelques jours.

— Tu sais pas où il crèche ?

— Ça dépend de ses points de chute. C'est un resquilleur qui couche là on lui demande de baisser le froc. Il doit tellement de blé à droite et à gauche qu'un silo ne suffirait pas à tout engranger.

— On ne parle sûrement pas de la même personne, dit Ramirez. Osario est plein aux as. Il revient au village chaque fois avec une belle bagnole.

— De location, glapit César.

— Quoi, de location ?

— Des voitures de location. Tu vis sur quelle planète, p'tit gars ? C'est pas ton trouduc de village, ici.

N'importe qui peut louer une caisse pendant un ou plusieurs jours. Tu vas dans une agence, tu choisis la bagnole que tu veux à condition de la restituer après le forfait. Tous les frimeurs fauchés font ça pour faire croire qu'ils roulent sur l'or. C'est d'ailleurs à cause de ces petites frappes qu'on a tous ces ploucs qui rappliquent en masse en ville.

— Osario est un type réglo, persista Ramirez.

— Osario est juste une fiotte que personne ne calcule ici. Une raclure de camé qui vend son cul chaque fois qu'il est en manque.

— Mollo, lui décocha Enrique. Fais gaffe à tes propos, César. C'est de ma famille que tu causes.

— C'est toi qui as voulu savoir, Enrique. Moi, j'ai rien demandé.

César nous conseilla de tenter notre chance à Tres Castillos, une cité-dortoir où le dénommé Dida le Borgne faisait fructifier ses petits trafics à la tête d'une armada de gosses des rues. Là, nous sollicitâmes des gens qui nous paraissaient abordables, mais personne n'avait idée de qui pouvait être Osario. On n'avait ni photo de lui ni signalement susceptible de nous mettre sur sa trace.

Le troisième jour, ce fut Osario qui nous trouva. Il nous attendait sur la calle Barranco Azul, à deux rues de la mangeoire d'Enrique. Dès qu'il nous aperçut, il ouvrit grand les bras pour nous accueillir.

Osario ne répondait pas du tout au portrait qu'on nous en avait dressé chez Enrique Medina. Bien au contraire, il était toujours bien sapé : chapeau cowboy au ras des sourcils, chemise blanche immaculée et santiags aux pieds. Exactement la même dégaine de Texan friqué qui nous le rendait fascinant au village.

— Paraît que vous me cherchez, nous dit-il après nous avoir chaleureusement serrés contre lui.

— C'est pas faux, reconnut Ramirez.

— Vous êtes à Juárez depuis quand ?

— Trois jours.

— Vous avez besoin de fric ? fit-il en portant la main à la poche arrière de son pantalon. Je suis là. Vous me les rendrez quand vous pourrez.

— On a c'qu'il faut, Osario. Merci.

— T'es sûr, Ramirez ? On est des frangins. Te gêne surtout pas. Si on ne s'entraide pas, personne ne sortira la tête de l'eau. Juárez, ça paie pas de mine, mais ça coûte cher.

— On a c'qu'il faut, je t'assure.

— Combien ?

— Pas des masses, mais de quoi tenir encore trois ou quatre semaines. On te cherchait pas parce qu'on est sur la jante, Osario. C'est ta mère qui nous envoie.

Il fronça les sourcils :

— Il lui est arrivé quelque chose ?

— Non, mais c'est à propos d'Elena.

Osario plissa un œil, l'air de ne pas nous suivre.

— Qui c'est, Elena ?

— La fille de Dolorès, voyons.

— Il y a un tas de filles au village dont je ne connais pas le nom. On a toujours été entre hommes lorsque je rentrais à l'Enclos. Quel rapport avec ma mère ? Elle ne compte pas me marier à une fille du village, tout de même ! Ce genre de traditions n'a plus cours de nos jours, ajouta-t-il en riant.

Il y eut un silence.

Nous étions gênés, Ramirez et moi. Osario affichait une sorte d'incompréhension qui réduisait en miettes les soupçons qui pesaient sur lui. Il remarqua notre trouble, sourcilla de nouveau :

— Quoi ? s'écria-t-il. Y a un problème ?

Ramirez se gratta longuement derrière l'oreille avant de tout déballer. Osario l'écouta jusqu'au bout, sans l'interrompre. Seuls ses sourcils remuaient chaque fois que quelque chose l'interpellait. À la fin, il secoua la tête, jeta un œil par-dessus son épaule comme si notre histoire le navrait plus qu'elle ne le préoccupait, puis, après nous avoir bien regardés, il dit :

— Vous me croyez capable de faire une chose pareille à une fille de chez nous ? Franchement, c'est ce qu'on pense de moi, là-bas ? Est-ce que j'ai une tête de salaud ?

— On n'a pas dit ça, gémit Ramirez, embarrassé.

— C'est pas que j'aie du chagrin, mais j'avoue que ça m'étonne que nos gens aient une idée pareille de moi. Je ne revenais jamais au village les mains vides. J'avais tout l'temps un peu d'argent pour les plus pauvres et j'aimais bien offrir des tournées aux copains.

— Faut pas que ça t'énerve, Osario, lui fit Ramirez, conciliant. C'est juste qu'on veut savoir où est passée Elena. C'est ta mère qui insiste. Elle a dit qu'elle ne veut pas baisser les yeux devant Dolorès. Elle est persuadée que tu n'as rien à voir avec la fugue d'Elena, et nous aussi. Personne ne croit aux hallucinations du petit Rodriguez. Ce garçon ment comme il respire. Il lui faut toujours se démarquer des autres gosses, voilà tout. Tu dis qu'Elena n'était pas avec toi. On te croit sur parole. Pour nous, l'affaire est close.

— Je ne m'énerve pas, dit Osario. Je trouve que c'est pas bien de faire porter le chapeau aux absents, c'est tout. Imagine que quelqu'un se fasse descendre au village, on va encore supposer que c'est moi qui l'aurais buté parce que je suis pas sur place pour prouver mon innocence.

Ramirez était tellement gêné que si la terre s'était ouverte, il aurait sauté dedans à pieds joints.

— Bon, on tourne la page, d'accord ? soupira Osario, indulgent. Comment elle s'appelle déjà la fille ?

— Elena.

— Si ça se trouve, Elena est rentrée chez elle à l'heure qu'il est. Et si on parlait de vous deux, maintenant ? Vous n'allez pas me dire que vous vous êtes tapé des centaines de kilomètres pour une histoire sans queue ni tête ? Vous avez où dormir ?

— On loge chez l'habitant.

— J'ai honte pour Enrique. Il a renoncé aux usages. Loger chez l'habitant alors qu'on a de la famille à Juárez ? Il aurait pu m'appeler. J'ai au moins dix endroits où vous caser. On est du même bled, putain. On est une même famille.

— C'est pas grave.

— Si, c'est grave. Enrique me déçoit. Mais bon, pour l'hébergement, c'est pas un problème, je m'en occupe. Vous comptez faire quoi, après ?

— On n'en a pas encore discuté, Diego et moi. Maintenant que cette histoire d'enlèvement imaginaire est réglée, on va peut-être penser à autre chose, hein, Diego ?

— En tous les cas, si vous avez besoin de moi pour vous dégotter un job, je suis là. Je ne vais pas vous laisser livrés à vous-mêmes dans ces coupe-gorge. Vous avez le fric sur vous ?

— Dans le sac de Diego.

— Très mauvaise idée. On n'est pas au village, mes frangins. Vous risquez d'être attaqués par des bandes de voyous à chaque coin de rue. On a saigné plus d'un gars juste pour vérifier si son bouton de manchette était en or ou du toc.

Il me saisit par les épaules :

— Putain, Diego. T'as l'air d'un chiot sous la pluie ! C'est pas bien de tirer la tronche. Ça ferait fuir la Providence. Souris de temps en temps, mec. Rien ne compte plus sur terre que les rares joies qui nous sauvent la mise. Depuis que je te connais, t'es triste sans raison. Qu'est-ce qu'il y a ? T'as un souci ?

— Je t'assure que je vais bien.

— Alors, relève la tête, bon sang ! On dirait que tu viens juste d'enterrer ton ange gardien. (Il me lâcha et s'adressa à Ramirez.) Voilà c'qu'on va faire. Je ne peux pas vous héberger chez moi parce que j'ai loué ma villa à des producteurs de Hollywood. Mais j'ai une résidence secondaire pas loin. C'est peinard, et tout le monde se connaît. Vous pouvez y rester le temps qu'il vous faudra pour décider de votre avenir. Si vous comptez changer de vie, j'ai mes réseaux, on vous trouvera un boulot dans vos cordes très vite.

Il se tourna vers un jeune homme en survêt frappé aux couleurs de l'équipe nationale de foot, assis d'une fesse sur le capot d'une grosse cylindrée :

— Pedro. Emmène ma voiture au lavage et tâche de bien l'astiquer. J'ai rencard avec une star, ce soir.

— OK, patron, dit l'homme en survêt.

Osario nous poussa devant lui.

— La résidence est à vingt minutes à pied. J'ai envie de me dégourdir les jambes. Je commence à prendre de l'embonpoint à force de ne pas descendre de ma caisse.

Ramirez et moi étions ravis de retrouver *notre* Osario, celui que nous connaissions si bien, le beau gosse fringant, généreux et coriace qui, au village, nous inspirait le sentiment d'être sous l'aile protectrice du grand frère.

4

Avec sa clôture en pierre taillée, sa jolie grille dorée, son petit jardin potager encadré de pots fleuris et sa véranda qu'ornait une belle chaise à bascule en osier, la résidence secondaire d'Osario contrastait violemment avec le paysage alentour. Autour d'elle, il n'y avait que des maisonnettes trapues, moches et rustres, flanquées de portails grotesques ; des sortes de clapiers révoltants d'ingénuité au fond desquels se terraient des fantômes et où pas un bout de verdure ne contestait la souveraineté absolue du parpaing et de la tôle ondulée.

Osario nous fit entrer dans un vaste salon lumineux dont la porte-fenêtre donnait sur le jardin. Il y avait des tableaux accrochés aux murs, des rideaux imposants aux fenêtres, un grand canapé en cuir capitonné face à un écran plasma large comme un panneau publicitaire, et des piles de DVD sur une table basse. C'était la première fois que je mettais les pieds dans une maison où tout étincelait, enguirlandée d'objets que je n'avais jamais vus avant, d'appliques sophistiquées que surplombait un lustre en cristal. Un lit à baldaquin occupait la moitié d'une chambre décorée avec soin ; dans une autre pièce, des bancs matelassés encadraient un bureau sur lequel trônait un ordinateur.

— C'est un palais, s'extasia Ramirez.

— C'est juste une planque, voyons, dit Osario avec humilité.

— Tu appelles ça une planque ! Ça change bougrement des étables qu'on fait passer pour des maisons, au village.

— Mettez-vous à l'aise. Je vais voir s'il me reste des bricoles dans le frigo.

Nous jetâmes nos sacs par terre et prîmes place sur le canapé.

— On se croirait dans un jet privé, lança Ramirez.

— Garde les pieds sur terre, bonhomme, lui répondit Osario du fond de la cuisine. T'as encore rien vu.

Osario revint avec deux chopes de bière, des sandwichs garnis de cornichons marinés et de rondelles de saucisson et un bol de *gordita*. Il s'installa dans un fauteuil et nous regarda boire et manger, un sourire attendri sur les lèvres.

— Je suis obligé de vous quitter dans moins d'une heure, les gars. Ce soir, je suis invité à un gala de charité, histoire de réactualiser mon carnet d'adresses.

— Il y aura des stars au gala ?

— Il y aura surtout le maire et les grosses pointures de l'administration. C'est avec ce genre d'individus qu'on traite les affaires.

— T'es millionnaire, Osario ? lui demanda Ramirez.

— Pas encore. Mais je rame très fort pour y arriver.

— Si j'avais une maison pareille, je m'autoproclamerais roi du monde.

— C'est jamais assez quand on a des ambitions. On développe une sorte d'addiction au pognon. Plus on en a, plus on en redemande. Juárez ne suffit pas à mon appétit. Je suis dans le commerce haut de gamme, et il n'y a que des ploucs dans cette ville, et des arrivistes pas foutus de faire la différence entre un antiquaire et un prêteur sur gages, qui pensent qu'avec une grosse cylindrée et une jolie baraque ils ont atteint le nirvana. Le design, ils savent pas c'que c'est. J'envisage de m'installer à Acapulco dans un premier temps. Là-bas, il y a beaucoup de richards instruits.

— Pourquoi pas à Mexico ?

— J'ai une petite affaire, là-bas, mais la concurrence est rude. J'ai perdu un million de dollars, l'an dernier.

— Un million de dollars ? s'écria Ramirez, les yeux exorbités. Et tu dis que t'es pas millionnaire ?

— Tu sais, fit Osario avec condescendance, le fric, c'est comme les vagues de l'océan. Ça va, ça vient. Parfois, il y a des raz de marée, parfois des marées basses. Ce qui importe, c'est de tenir la barre le plus longtemps possible. La seule différence avec le règlement de la marine marchande traditionnelle est que, dans notre navigation à nous, le capitaine n'est pas obligé de couler avec le navire.

— Tu n'en es pas encore là.

— Mais je m'y prépare. On ne sait jamais d'où vient la tempête.

Osario nous offrit d'autres bières. Je commençais à avoir chaud. Je transpirais de partout. Ramirez posait de moins en moins de questions. Il suait à grosses gouttes, lui aussi. Osario parlait, parlait. Je manquais d'air. Pourtant la porte-fenêtre était grande ouverte. J'avais dégrafé le haut de ma chemise, desserré de plusieurs crans ma ceinture. La voix d'Osario me parvenait de plus en plus loin. Les murs se mirent à ondoyer autour de moi, et la silhouette d'Osario à se distordre. Puis, le trou noir...

— Hey ! Debout, là-dedans.

Quelqu'un me secouait avec le bout de son pied.

La nuit était tombée. J'avais du mal à me relever.

Ramirez était assis sur le canapé, la tête entre les mains. Il était dans les vapes, lui aussi.

— Qu'est-ce que vous fabriquez chez moi ?

Je mis un certain temps à remettre un peu d'ordre dans mon esprit. Un homme se tenait debout devant moi, grand, le visage osseux, une tache de taie à l'œil droit. Il avait les bras tatoués des poignets aux épaules, un affreux piercing à l'oreille et une bague imposante à chaque doigt. Il devait avoir la trentaine, malgré les rides qui lui ravinaient le front.

Ramirez se leva brusquement et fonça aux toilettes. On l'entendit vomir en râlant.

L'homme se laissa choir dans le fauteuil, les jambes écartées, la crosse d'un colt coincée sous le ceinturon. Il avait l'air éberlué de quelqu'un qui découvre un rat mort sous ses draps.

— Vous êtes qui, putain ?

— Les invités d'Osario…

— Les invités d'Osario ? Rien que ça ?… C'est pas parce que je l'autorise à dormir de temps en temps chez moi qu'il doit se permettre de ramener sa tribu.

Ramirez revint des cabinets en chancelant, le visage olivâtre. Soudain, il se figea. Je suivis son regard et ce que je constatai me dégrisa tout à fait : nos sacs gisaient au sol, nos affaires et mes livres éparpillés autour. Je me jetai sur les sacs. Notre argent avait disparu. Refusant de l'admettre, je continuai de tourner et de retourner les pochettes intérieures dans l'espoir absurde de dénicher la petite bourse en Nylon dans laquelle nous gardions notre fortune. Rien.

Ramirez se prit la tête à deux mains et s'effondra sur le canapé.

— Sacré Osario ! dit le Borgne qui comprit aussitôt le manège. Il braderait sa propre mère au marché de gros, celui-là… Il y avait combien dans vos sacs ?

— Tout notre fric, dit Ramirez avec dégoût.

— Il vous a drogués, c'est ça ?

— J'en sais rien, grogna Ramirez. C'est peut-être pas lui. Osario est un peu notre grand frère. Quelqu'un a dû entrer ici après qu'Osario est parti au gala de charité.

— Gala de charité ? s'esclaffa le Borgne. C'qu'il faut pas entendre comme conneries de nos jours. Cassez-vous avant que je vous charcute.

Nous ramassâmes nos affaires et nous nous apprêtâmes à nous en aller quand le Borgne nous héla :

— Revenez un peu par ici.

Il nous fouilla pour s'assurer que nous ne lui avions rien volé.

— Vous êtes qui, par rapport à lui ?

— On est du même village.

Ramirez lui raconta les raisons de notre présence à Juárez. Le Borgne alluma une cigarette, écouta notre récit en lançant des ronds de fumée vers le plafond. Après un silence méditatif, il s'enquit :

— Elle est comment, cette fille ?

— Très jolie, lui dis-je.

— Toutes les femmes le sont, y compris ma belle-mère.

— Elle est brune, détailla Ramirez, les cheveux noirs très longs, taille moyenne, blanche de peau. Elle a les yeux en amande qui tirent vers le vert, et un grain de beauté sur le côté droit du menton.

Le Borgne ébaucha un large sourire :

— Osario dit qu'elle n'était pas avec lui ?

— Il dit qu'il ne la connaît même pas.

— Une brunette toute mignonne, avec des yeux en amande et un grain de beauté sur le menton ?

— Oui, monsieur.

— Il y a deux semaines, il a amené chez moi une fille qui correspond à ce signalement. Il m'a dit que c'était une cousine qu'il était allé chercher au bled parce qu'elle a du talent et qu'elle pourrait faire carrière dans le cinéma... Mais il n'a pas précisé lequel, ajouta-t-il, le rictus lourd de sous-entendus.

Je sentis mon cœur exploser comme une grenade dans ma poitrine.

Enrique Medina ne fut ni embarrassé ni surpris lorsque nous lui avons raconté comment son neveu nous avait dépouillés. Ces histoires, il devait en être saturé. Il s'en voulait même d'être là, à nous écouter crachoter notre dépit, alors qu'il n'en avait rien à cirer. Ses grosses bajoues de dogue remuaient lourdement pour ruminer le blanc de ses pensées. On aurait dit qu'il n'avait qu'une seule envie : nous envoyer balader. Comme nous parlions tous les deux à la fois, Ramirez et moi, il nous pria de baisser le ton et d'attendre que le dernier client ait débarrassé le plancher pour discuter de « tout ça » à tête reposée, car, de toute évidence, il n'était pas disposé, pour le moment, à traiter un problème qui ne le concernait pas. Il nous offrit un repas auquel ni Ramirez ni moi ne touchâmes. Nous étions sous le choc, des boules incandescentes dans la gorge, incapables de digérer la vacherie qu'Osario nous avait jouée.

Du fond de ses fourneaux, le cuistot nous écoutait en secouant la tête. J'ignorais s'il nous plaignait ou s'il compatissait.

Le dernier client parti, Enrique prit place en face de nous, posa ses coudes sur la table et le menton sur ses doigts croisés. Il ne savait pas par où commencer. Ramirez lui raconta pour la deuxième fois ce qu'il s'était passé, mais Enrique se contenta d'aligner les « hum » sans manifester la moindre émotion.

Quand Ramirez se tut, le souffle ravagé de colère, Enrique lâcha du bout des lèvres :

— Juárez ne convient même pas aux démons qui l'ont fondée. Croyez-moi, le mieux qu'il vous reste à faire est de sauter dans un autocar et de rentrer chez vous.

— Comment ça ? s'indigna Ramirez. On va faire comme s'il s'était rien passé ?

— Il s'est rien passé du tout. La preuve, vous êtes encore vivants.

— Osario nous a tout pris.

— Ça aurait pu être pire. Ce garçon est irrécupérable. Il a l'arnaque dans le sang. Un de ces quat', c'est son corps qu'on trouvera dépecé sur un terrain vague. J'en ai pas l'air, mais je suis sincèrement désolé. Rentrez chez vous parce que dans cette ville où les charniers supplantent les vergers, le diable en personne regarde dix fois sous son lit avant de se coucher.

— Il n'en est pas question ! glapit Ramirez en se soulevant presque. Je veux récupérer mon argent jusqu'au dernier peso.

Enrique se tourna vers moi pour voir si j'étais du même avis que mon cousin. Je lui dis sans détour :

— Moi, je veux récupérer Elena.

— Hey, Enrique ! cria le cuistot. Tu crois pas que c'est l'heure de fermer boutique ? On va pas y passer la nuit, à raisonner ces p'tits cons. S'ils veulent finir dans un fossé, c'est pas nos oignons.

— Tu peux disposer, Félix.

— C'est ce que je compte faire, Enrique. C'est ce que je compte faire.

Le cuistot balança son tablier dans un coin, décrocha une veste qui pendait à une patère et quitta le restaurant par la porte de service. Enrique se leva pour aller fermer derrière son employé, revint dans la salle ramasser les assiettes qui traînaient sur les tables puis, après avoir rangé son attirail, il déclara que la seule chose qu'il pouvait faire pour nous était de nous autoriser à passer la nuit dans son restaurant.

— Et méditez mes propos.

— C'est tout réfléchi, monsieur. Diego et moi, on va chercher Osario, on récupérera notre argent et on renverra Elena chez elle.

Enrique écarta les bras, nous signifiant qu'il se fichait éperdument de nos intentions :

— C'est vous qui voyez.

Il nous laissa là et sortit baisser le rideau du restaurant. Nous l'entendîmes siffloter en s'éloignant dans la rue.

Nous avions passé une bonne partie de la nuit à faire et à défaire nos projets. Il n'était plus question, pour nous deux, de rentrer au village. Certes, il n'y avait pas de ligne téléphonique à l'Enclos ni de réseau pour alimenter les mobiles, mais il y avait une poste à San Cristo et une lettre finirait toujours par arriver à destination. Nous avions décidé d'écrire à Petra pour lui confirmer les dires du petit Rodriguez, et à Dolorès pour lui signaler que sa fille était bel et bien partie avec Osario et qu'on allait faire des pieds et des mains pour la retrouver.

Enrique nous trouva couchés sur les tables, nos chaussures en guise d'oreiller. Il nous offrit du café et nous demanda ce que nous avions décidé. Il fut déçu par notre réponse.

César arriva pendant qu'Enrique nous mettait en garde :

— Vous ne savez pas où vous mettez les pieds.

Soudain Ramirez sortit dans la rue en courant. Je me dépêchai de le rattraper, mais il était déjà au bout de la rue en train d'interpeller un homme en survêtement frappé aux couleurs de l'équipe nationale de foot.

— Où habite Osario ? braillait Ramirez en retenant l'homme par le poignet.

— J'vois pas de qui tu parles, grogna l'homme en survêt. Et enlève ta sale patte de sur mon bras si tu ne tiens pas à finir ta vie manchot.

— Je te reconnais. Tu es le chauffeur d'Osario.

— Je te répète que j'vois pas de qui tu parles, connard. Tu vas me lâcher, oui ou non ?

— Tu étais là, hier, sur l'avenue. Assis sur le capot de la grosse cylindrée. Osario t'a demandé d'emmener sa bagnole au lavage.

L'homme repoussa Ramirez et poursuivit son chemin. Fou de rage, Ramirez lui sauta dessus et l'écrasa contre le mur. Mais l'homme parvint à se défaire de l'étreinte de mon cousin et lui asséna un coup de boule. Ramirez tomba à la renverse. L'homme le maintint au sol en lui écrasant le ventre avec son genou et lui mit un cran d'arrêt sous la gorge.

— J'suis le chauffeur de personne. J'ai même pas de permis. Un type m'a proposé dix dollars pour poser mon cul sur le capot d'une caisse et répondre par « OK, patron » quand il me demanderait d'emmener la voiture au lavage. J'allais pas cracher sur dix dollars pour si peu de chose. Le type, je l'avais jamais vu avant. Ça te suffit comme version ou tu veux que je te charcute la gueule ?

Sur ce, l'homme referma son couteau et s'éloigna.

César aida Ramirez à se relever. Il nous conduisit à un petit café, curieux de connaître la fin de notre histoire.

— Enrique Medina ne vous viendra pas en aide, nous dit-il quand j'eus fini de tout lui déballer. Ici, c'est pas comme au village où tout le monde se serre les coudes. À Juárez, chacun roule pour son compte, et il n'en est jamais au bout. Va falloir vous dégotter un job au plus vite car la charité n'a pas cours dans les parages. À part vous branler, qu'est-ce que vous savez faire d'autre avec vos petites mains ?

Je lui dis que nous touchions un peu à tout : électricité, maçonnerie, peinture, soudure. César promit de voir ce qu'il pourrait faire pour nous. Il appela successivement plusieurs personnes avec son portable. La cinquième parut intéressée. César nous présenta comme deux garçons solvables, d'authentiques montagnards sans histoires, assez dociles pour galérer sans rechigner. Au bout du fil, l'interlocuteur posa un tas de questions auxquelles César finit par répondre : « Bien sûr, Cisco, bien sûr. Tu m'connais, j'ai l'œil. Tu seras pas déçu. » Quand il raccrocha, il nous gratifia d'un large sourire :

— C'est dans la poche.

Il se frotta les mains à la manière d'un braconnier qui découvre un beau gibier pris au piège.

— Maintenant, on va négocier, vous et moi.

— Négocier quoi ?

— À Juárez, tout se paie, mes p'tits gars. Tu demandes ton chemin, tu paies. Tu t'mets à l'ombre d'un arbre, tu paies. Tu regardes passer le temps, tu paies.

— Et alors ?

— Et alors, je veux dix billets pour service rendu.

— Mais on n'a pas un rond.

— Vous êtes pas obligés de casquer tout de suite.

Je consultai Ramirez du regard ; mon cousin était trop occupé à redresser l'arête de son nez pour m'accorder un bout d'attention.

— Les affaires sont les affaires, me pressa César. Faut vous décider. Ce boulot, vous y tenez ou pas ?

5

Visage taillé au burin, regard perçant, Cisco était un grand Indien filiforme, sec comme un roseau. Il avait de longs cheveux noirs qui tombaient dans le dos, un gilet en cuir sur son torse nu et des grigris autour des biceps. Il nous dépassait de deux têtes.

Il nous considéra en silence, aussi impénétrable qu'un totem.

— Vos fringues, vous les avez taillées avec quel sécateur ? nous fit-il, écœuré par nos frusques de paysans.

Après avoir pesé le pour et le contre, il nous demanda si nous savions tenir correctement un chalumeau.

— Oui, monsieur, lui répondit Ramirez.

— Monsieur, c'est pour les p'tits cons en col blanc qui portent des cravates pour faire croire qu'ils ont grandi.

Du menton, il nous ordonna de grimper dans son pick-up.

Il s'installa derrière le volant, ajusta le rétroviseur et démarra sur les chapeaux de roue.

Il conduisait n'importe comment, champignon au plancher.

— César dit que vous êtes des montagnards.

— C'est la première fois qu'on vient à Juárez. On est là depuis seulement quatre jours.

— Même les chats de gouttière ne tiennent pas aussi longtemps à Tres Castillos… César prétend que vous êtes des gens d'honneur.

— On est réglo.

— C'est pas la même chose.

Le pick-up tanguait dans les nids-de-poule, nous projetant dans tous les sens.

— L'honneur, c'est ce qui importe le plus en ce monde, décréta-t-il. J'ai pas raison ?

— Tu n'as pas tort, lui dit Ramirez.

— Ce n'est pas la même chose, ne pas avoir tort et avoir raison.

Ramirez me jeta un coup d'œil pour s'assurer que la bizarrerie du bonhomme me tarabustait, moi aussi.

L'Indien se rendit compte que le moteur menaçait d'exploser ; il passa la vitesse supérieure, loupant de quelques centimètres un chien errant.

— Tu t'entends avec ton père, toi ?

— Bien sûr, dit Ramirez.

— Il représente quelque chose pour toi ?

— Ben, c'est mon père.

— Et toi ?… C'est quoi d'abord ton blaze ?

— Diego.

— Tu respectes ton père, Diego ?

— Il est mort quand j'avais trois mois.

— Il t'arrive de te recueillir sur sa tombe ?

Je me demandais s'il n'était pas en train de nous soumettre à un test psychologique.

— J'ignore où il est enterré.

— Si tu savais, tu irais te recueillir sur sa tombe ?

— Je crains de n'avoir pas plus d'émotion devant sa tombe que devant un monticule de gravats.

— J'apprécie ta franchise, Diego.

Il se tut un instant, puis, se raclant la gorge, il raconta :

— Mon père gueulait tout le temps. Il tabassait ma mère pour un oui pour un non. Il régnait en maître absolu à la maison et il m'inspirait une frousse que j'ai plus connue après. J'aimais avoir peur de lui. Je me sentais protégé. J'avais le sentiment que personne, en dehors de lui, n'oserait porter la main sur moi.

Il attendit de doubler une charrette avant de poursuivre :

— Et un jour, un voisin est venu frapper à notre porte parce que ma petite sœur avait chié sur le perron de l'immeuble. Il était dans une rogne pas possible, le voisin. Plus mon père se confondait en excuses, plus le voisin montait au créneau. Il nous insultait, nous sommait de retourner dans nos tipis et alignait tous les clichés que l'on croyait derrière nous. Je m'attendais à voir mon père lui foutre la raclée du siècle, à ce gros porc de Blanc d'enculé, mais mon père s'écrasait comme une merde. Je ne comprenais pas. La seule fois où mon père a voulu protester, le voisin lui a foutu une torgnole qui me brûle encore la joue. Mon père n'a pas réagi d'une fibre. J'en étais malade.

Il ralentit, alors que la voie était libre, tripota le levier de vitesse, l'air soudain absent. Sa voix revint, sourde comme un grondement souterrain :

— Pour moi, Dieu est mort ce jour-là. Je n'avais aucune raison de rester à la maison. J'ai mis le peu de choses que j'avais dans mon sac et je suis allé attendre derrière un bar où le voisin avait ses habitudes. La nuit était tombée quand le voisin s'est pointé. Je suis allé à sa rencontre et je lui ai dit : « Des pyramides, pas des tipis. » Et je l'ai étripé avec mon couteau. Je suis resté là, à le regarder souffrir jusqu'à ce qu'il rende l'âme, puis j'ai fait corps avec la nuit. Je n'ai plus jamais revu ma famille depuis. J'avais quatorze ans.

Il négocia mal un virage et manqua de percuter un lampadaire. Imperturbable, il redressa le volant et accéléra comme si de rien n'était.

Ramirez et moi nous demandions dans quelle galère nous étions en train de nous embarquer. Tout chez cet homme me mettait mal à l'aise : sa façon de conduire, la rigidité de son visage, la fixité de son regard. Mon cousin pensait la même chose que moi. Ses yeux n'arrêtaient pas d'interpeller les miens. Les choses arrivaient trop vite pour nous, habitués à la lenteur et au report au lendemain des travaux qu'il nous fallait entreprendre sur-le-champ.

L'Indien reprit :

— Manquer de cran, gaffer par moments, se faire entuber une fois par mégarde, c'est humain. Ça peut arriver au plus malin. Mais manquer de dignité, ça ne se retape pas.

Pas une fois il ne s'était tourné vers nous.

On avait traversé la moitié du *barrio peligroso*, et il était encore à nous soûler avec ses théories.

— Si le pape venait à perdre l'estime de lui-même, je lui pisserais dessus, ajouta-t-il. L'honneur, c'est tout ce qui compte pour un homme, un vrai.

On en avait jusque-là, Ramirez et moi, mais on prenait notre mal en patience.

Au début, j'avais pensé que notre individu était juste un fanfaron qui se lâchait devant deux péquenots fraîchement descendus de leur montagne, mais je me trompais. Plus tard, lorsque j'appris à le connaître, je découvris un drame incarné : Cisco était un homme tourmenté, un naufragé de l'Histoire qui subissait sa crise identitaire comme une terrible pathologie. Toute sa susceptibilité se nourrissait des doutes qui le rongeaient et des questions qui tournaient en vrille dans son crâne cuirassé. Moins il obtenait un semblant de réponse et plus il sombrait dans la paranoïa. Un regard, une allusion mal cernée, et il ruait dans les brancards. Indien dilué à son corps défendant dans un cosmopolitisme abâtardissant, Cisco ne savait plus où il en était ; cette absence de repères le livrait en vrac à ses vieux démons. « Si un Noir est à la Maison-Blanche aujourd'hui, nous dira-t-il un soir après avoir forcé sur le calumet, c'est parce que les Nègres d'Amérique n'ont jamais cessé de chanter. Ils ont fait de leur folklore une culture, et leur musique les a sortis de leurs champs de coton, malgré les chaînes et les lynchages. Ce n'est pas le cas des Indiens. Les Indiens sont en voie d'extinction parce qu'ils ne savent plus chanter. »

Il nous conduisit dans un entrepôt sur un terrain vague. Un Indien flottant dans une salopette raccommodée de travers nous accueillit, une main dans un bandage grotesque. Petit de taille, une casquette de base-ball enfoncée jusqu'aux oreilles, il boitait à cause d'une hanche esquintée.

— C'est Domingo, le présenta Cisco. Il vient de se couper deux doigts sur la meuleuse.

— C'est la faute à ce fichu groupe électrogène qui s'enclenche et se déclenche comme bon lui semble, pesta Domingo. À croire qu'il est habité par un mauvais esprit.

Au fond de l'entrepôt, serrant de près un box, s'amoncelaient toutes sortes de machines hors d'usage et d'outillages hétéroclites. Au milieu, à côté d'une voiture désossée, s'élevait une montagne de fers en barre recouverte de poussière. L'endroit sentait les huiles usées, la rouille et du louche.

Cisco nous montra une page déchirée dans un magazine de bricolage sur laquelle figurait la photographie d'une cage à fauve et, en dessous, le croquis de cette même cage légendé de mesures et d'autres caractéristiques.

— Je veux la même, décréta Cisco. Domingo est un as de la ferronnerie. Il vous assistera, et vous suivrez à la lettre ses instructions.

— Une cage ? s'enquit Ramirez, qui s'attendait à un vrai boulot.

— Ouais, des cages. J'en veux une bonne dizaine. Je me lance dans l'élevage et le dressage des chiens de combat.

Sur ce, il regagna son pick-up.

Domingo nous poussa vers deux chalumeaux branchés à des bouteilles de gaz, à proximité d'un boîtier métallique rempli de baguettes à souder, nous fournit à chacun une meuleuse et un masque, et nous mit aussitôt au travail.

Quelques heures plus tard, alors que nous venions à peine de finir la coupe d'un fardeau de fers en barre, Domingo nous apporta des sandwichs et nous accorda dix minutes de pause.

Ramirez et moi sortîmes dans la cour manger au soleil, les mains noircies, les yeux incandescents. Nous prîmes place sur une pierre et mordîmes dans nos casse-croûte avec voracité.

— On cherchera quand Osario ?

Ramirez faillit avaler de travers.

— Tu comptes le traquer avec quoi, Diego ? Réfléchis un peu, merde. On n'a pas un rond. Tu t'imagines en train de parcourir la ville à pied, le ventre vide ? Trouvons-nous d'abord de quoi nous nourrir et nous payer une chambre où dormir, d'accord ? Osario ne va pas se volatiliser. On finira bien par lui mettre le grappin dessus.

— Et Elena ?

— Quoi, Elena ? Elle a choisi de vivre sa vie, tâchons d'en faire autant.

— Je suis sûr qu'Osario l'a enlevée.

— Le petit Rodriguez n'avait aucune raison de mentir. Elena est montée de son plein gré dans la voiture d'Osario.

— Ce fumier a dû la baratiner comme il nous a baratinés. Elena, tourner dans un film ? Et puis quoi encore ? À l'heure qu'il est, elle doit regretter de s'être laissé appâter.

— Dans ce cas, elle n'a qu'à rentrer chez elle.

— Et s'il la séquestrait ?

— T'as des pouvoirs de chaman, maintenant ? Elena est assez grande pour décider de son avenir. Elle a accepté de se fier à Osario, et c'est son droit. Si ça se trouve, ils partagent le même lit.

Il se pencha pour me dévisager :

— Tu vas pas me dire que t'as encore des sentiments pour elle, Diego ?

Je ne lui répondis pas.

— Diego, mon pauvre Diego, tu n'es pas Zorro pour voler au secours des vierges en danger. Tu es un pauvre type qui s'abîme les yeux sur des bouts de ferraille dans un entrepôt pour chiens, un paumé sans un seul saint vers qui se tourner. Sauf que t'es à Juárez et il t'appartient de décider de ton sort. Je te promets, si tu m'écoutais, dans peu de temps, nous pourrions monter une affaire tous les deux et nous en mettre plein les poches. Je suis venu dans cette ville avec des rêves, Diego. À moi de trouver les accessoires qui vont avec. La vie appartient à ceux qui osent. Des milliardaires sont partis de rien, pourquoi pas nous deux ? Je suis prêt à n'importe quoi pour réussir. *À n'importe quoi...*

Le soir, Cisco revint voir où nous en étions. Il vérifia méticuleusement la cage que nous avions réalisée, les points de soudure, le calibrage des barres, leur alignement, l'aspect général... Il se redressa, satisfait.

— J'en veux d'autres, nous dit-il.

Une semaine après, nous avions construit cinq cages si identiques qu'on les aurait crues sorties de l'usine. Cisco ne nous félicita pas, mais il était content de notre travail. En fin d'après-midi, deux gros 4 × 4 noirs aux vitres teintées nous tombèrent dessus. Des hommes armés en descendirent pour ouvrir la marche à un individu trapu, le crâne coiffé d'un panama, un gros cigare entre les dents et des bagues colossales aux doigts. Domingo afficha immédiatement une obséquiosité d'eunuque qui nous alerta tout de suite : le visiteur devait être quelqu'un de très très important.

C'était Sergio Da Silva, alias El Cardenal, un roi de la pègre qui faisait la pluie et le beau temps sur une bonne partie de la ville.

Le nabab passa devant nous sans nous accorder d'attention, se campa devant nos cages, en fit le tour. Puis il se tourna vers Ramirez et moi :

— Beau travail, admit-il.

Du doigt, il nous somma d'approcher.

— Tu t'appelles comment ?

— Diego, monsieur.

— Et toi ?

— Ramirez.

— Cisco raconte que vous êtes de bons gars.

— On est réglo, monsieur.

— Vous êtes fichés chez les flics ?

— On n'en a jamais croisé un seul sur notre chemin depuis qu'on est venus au monde, monsieur.

Le nabab extirpa une liasse de billets de banque, en préleva une petite partie et la tendit à Ramirez qui me parut sur le point de se jeter aux pieds de notre bienfaiteur.

— Achetez-vous des fringues moins tristes, nous ordonna-t-il.

La nuit suivante, Cisco nous réveilla à une heure impossible. Nous montâmes à bord de son pick-up, il nous conduisit sur un terrain vague et nous arma de deux pelles. Nous creusâmes un trou dans le sable, large de deux mètres et assez profond. Cisco ne nous donna aucune explication. Quand nous finîmes de creuser, il jeta les pelles à l'arrière de son véhicule, nous reconduisit au hangar et rentra chez lui.

— Tu penses que c'était une tombe ? je demandai à Ramirez.

— Comme si tu ne le savais pas.

Au cours des deux semaines qui suivirent, il n'y eut aucun arrivage de chiens de combat, pas même un chiot. Nous avions réalisé une bonne douzaine de cages qui étaient restées vides. Cisco venait de temps à autre s'assurer que nous ne nous étions pas envolés. Quand il n'avait rien à faire, il nous soûlait avec ses théories sur la droiture et le sens de l'honneur. Une fois lancé, il était impossible de l'arrêter. Parfois, sa voix nous poursuivait jusque dans notre sommeil.

Ramirez disparaissait des nuits entières, me laissant seul avec Domingo dans le box de l'entrepôt. Lorsque je lui demandais où il était passé, il me rétorquait qu'il me suffisait de montrer un minimum de cran pour le savoir car, pour Cisco, je n'étais pas encore prêt.

— Prêt ?

— Tu as très bien entendu.

Ramirez fut doté d'une moto et d'un téléphone portable. Cisco l'avait pris sous son aile. Il lui confiait des commissions auxquelles je n'étais pas convié. Je commençais à me barber ferme et le fis savoir à Domingo. Le soir, un dénommé Adamo vint me chercher. Il me pria de changer de fringues et de grimper dans son tacot… Ce fut la première fois de ma vie que je mis les pieds dans un cabaret. Cisco et Ramirez occupaient une table dans un angle, complètement bourrés. Ils me firent signe de les rejoindre. Une musique endiablée obligeait les gens à hurler pour se faire entendre. Des filles se tortillaient sur des estrades, les seins à l'air, un fil entre les fesses. D'autres, presque aussi nues, slalomaient entre les tables, un plateau sur les bras, et dix mains baladeuses sur le postérieur. Des rires de brutes fusaient dans le brouhaha, parfois des jurons gros comme des tonnerres.

Ramirez me désigna une chaise.

— T'attendais pas à ça, pas vrai ? me lança-t-il d'une voix pâteuse en me versant à boire. Vise comme elles se trémoussent, toutes ces chattes brûlantes que notre patron nous offre sur un plateau. T'as qu'à choisir. Elles sont toutes à toi.

Ramirez était ivre mort. Je ne le croyais pas capable d'un langage aussi ordurier. Nous étions cousins et jamais nous n'avions osé nous balancer à la figure de telles obscénités.

Il me tendit un joint :

— Goûte-moi ça, me dit-il entre deux balbutiements. Tu vas planer plus haut que tes bonnes vieilles prières qui n'ont jamais servi à quoi que ce soit. Ce soir, tu vas boire comme un chameau, fumer comme un dragon et baiser comme un faux eunuque dans le harem du vieux sultan.

Cisco me fixait sans relâche. Je compris qu'il avait une décision à prendre et que cette dernière dépendait de moi. Mon intuition me disait que si je ne faisais pas ce que Ramirez attendait de moi, je pourrais dire adieu à mon boulot. Peut-être même que personne, ce soir, ne me reconduirait à l'entrepôt.

Je pris le joint. Puis les verres d'alcool se mirent à défiler sous mon nez. Ensuite, un autre joint... Je me réveillai dans un plumard parfumé, dans une chambre de rêve, une fille nue plaquée contre mon dos.

Aujourd'hui encore, je n'ai aucun souvenir de ce qui aurait dû être une nuit historique pour moi : la nuit de mon dépucelage.

6

Cisco nous dénicha une petite baraque au nord de Santa Rosa, un deux-pièces cuisine qui nous changeait bougrement du box infect de l'entrepôt. Nous disposions de vrais lits, d'une armoire, de deux fauteuils, d'une table pour manger et nous n'étions plus obligés de stocker de l'eau dans des jerricans ni d'aller déféquer derrière le remblai.

Nos voisins étaient des gens bruyants qui savaient se fermer comme des huîtres lorsque les choses se compliquaient. Chacun balayait devant sa porte sans s'occuper de celle des autres. L'endroit nous plaisait. C'était un peu l'Enclos de la Trinité, sauf que les rues étaient asphaltées, les maisons badigeonnées et les boutiques garnies. Il y avait même une salle de jeux, deux cybercafés, des tripots et une vidéothèque où l'on écoulait des DVD piratés.

On m'« affecta » dans un « laboratoire » clandestin que gérait un certain Luis Enrique Dalgado, dit Cuchillo, un type froid comme un pic à glace, grand de taille et laid ; un boucher qui vous arracherait les yeux juste pour regarder à l'intérieur de votre crâne et s'assurer que vos arrière-pensées n'ont pas de suite dans les idées. Sa légende racontait qu'à huit ans il avait tué tous les chats et les chiens de son quartier, et à douze ans son premier homme.

Le labo opérait au sous-sol d'une friperie qui appartenait à Sergio Da Silva, comme pratiquement la majorité des boutiques de Santa Rosa ; il était composé de la salle « technique » et d'une pièce interdite baptisée le « bloc », séparée du reste de l'habitation par une cloison bétonnée.

Personne ne devait savoir ce qui se tramait derrière la cloison bétonnée.

Le bloc avait son propre accès gardé jour et nuit par des gars embusqués qu'on ne voyait jamais, pareils à des sortilèges prêts à foudroyer les curieux.

La salle technique était accessible à partir d'un garage donnant sur une cave. Nous étions quatre à l'occuper : deux as de l'informatique – Joaquín, un beau gosse tiré à quatre épingles, et Nonito Reyes, un binoclard débraillé qui faisait crépiter le clavier de son ordi plus vite qu'une mitraillette –, Pacorabanne, un escogriffe taiseux qui schlinguait comme dix putois, et moi.

Je n'avais pas le droit de sortir de mon cagibi sans autorisation, d'utiliser le téléphone, de porter des chemises et des pantalons avec des poches, de débarquer au boulot avec un cabas ou une trousse. J'étais fouillé à l'arrivée et au départ par Pacorabanne. Ce dernier ne me quittait pas des yeux lorsqu'une main me passait des petits sachets opaques à travers une sorte de judas donnant sur le bloc.

Mon boulot consistait à glisser les petits sachets, en fonction de leur taille, dans des enveloppes postales ou bien dans des colis cartonnés, à y noter les noms et adresses des destinataires, à recopier les mêmes noms et adresses sur un registre vert étiqueté « Livraison » et sur un classeur rouge étiqueté « Réception ». Sur le registre vert, les feuillets comportaient trois colonnes, une pour les noms, une pour les dates de livraison et une pour l'émargement. Les feuillets du classeur comptaient deux colonnes seulement, l'une avec des références codées, l'autre avec des chiffres flanqués de zéros à donner le vertige.

Je passais mes journées à préparer le « courrier » et à renseigner attentivement les registres que je devais remettre tous les soirs, à dix-neuf heures tapantes, au maître de céans. Entre-temps, on m'envoyait acheter des casse-croûte, des cigarettes ou des journaux. J'étais un peu le *burrero* de l'équipe et Cuchillo en abusait ; il me sommait parfois de porter son linge sale à la laverie et ses pompes crottées au cireur du coin. Je ne rouspétais pas parce que je me sentais en danger. Ramirez me disait qu'il s'agissait d'une simple crise d'angoisse due au dépaysement, mais chaque fois que le regard de Cuchillo m'effleurait, des frissons me glaçaient le dos.

Ramirez commençait à me manquer. Je ne le voyais presque pas. Dès l'aube, Cisco l'embarquait dans une voiture et le gardait jusque tard dans la nuit. Un matin, j'ai remarqué des éclaboussures de sang sur les chaussures de mon cousin. Je n'ai pas osé lui demander des explications. Ramirez était bizarre. D'ailleurs, il me devenait de plus en plus étranger. Lorsque je tentais de lui soutirer des confidences, il s'énervait et me priait de changer de disque. Quand je lui parlais d'Osario, il me décochait un regard noir. Une fois, je l'ai surpris en train de sniffer. Quand je lui ai demandé ce qu'il faisait, il m'a rétorqué : « C'est le métier qui rentre. »

Il y a eu du grabuge quelque part dans la ville et deux de nos « coursiers » s'étaient fait descendre dans un guet-apens. Cuchillo me chargea de remplacer l'un d'eux. La nuit tombée, une petite voiture jaune frappée du logo DHL vint me chercher. Le conducteur avait la dégaine d'un jeune premier. Rasé de frais, lunettes d'intello, chemise cravatée, on lui aurait donné le bon Dieu sans confession – sauf qu'il portait un flingue sous le ceinturon et deux petits diables gris sur les épaules… Il y avait un carton sur la banquette arrière dans lequel j'ai reconnu les enveloppes postales et les colis que je préparais à longueur de journée au labo. Ma mission, ce soir-là, consistait à jouer au coursier. Il y avait des noms et des adresses sur les paquets, que je me limitais à livrer à leurs destinataires dans les quartiers huppés. Le conducteur s'arrêtait devant des résidences, me désignait un porche ou une allée fleurie. Les gens qui m'ouvraient leur porte étaient plutôt jeunes, entre trente et quarante ans, resplendissants de santé et de bonheur, tous fortunés et fiers de l'être. Je leur faisais signer une décharge, à côté d'un gribouillage codé, les saluais et remontais dans le fourgon. Certains me glissaient un billet ou deux dans la main, d'autres me claquaient la porte au nez après avoir récupéré leur « courrier ».

J'ai beaucoup aimé ce côté-là de Juárez. Ce n'était pas un coin de paradis, mais on n'en était pas loin. L'air y était respirable et les enseignes au néon rendaient l'obscurité moins traîtresse. Rien à voir avec Santa Rosa où il suffirait de se tromper de ruelle pour finir dans un charnier au cœur de Xicahua.

Et vint le 14 mars. Une date qui marqua un tournant décisif dans mon existence. Nous étions réunis dans l'entrepôt. Il y avait là El Cardenal et sa cour prétorienne, Cisco, Domingo, Ramirez, un Noir colossal tenant en laisse un pitbull salivant, et moi. Les cages que nous avions fabriquées avaient disparu. Aucun chien de combat promu au dressage ne grognait nulle part, hormis le molosse qui tirait sur sa laisse aux pieds du Noir. On formait un cercle autour d'un homme sérieusement esquinté. Ce dernier, nu de la tête aux pieds, était en sang, les yeux tuméfiés, les lèvres éclatées et une oreille à moitié arrachée. Il grelottait de terreur, à genoux.

— Il y a combien de péchés capitaux, Rango ? lui demanda El Cardenal en mordillant son cigare. (L'homme à genoux remua la bouche sans parvenir à libérer un son.) Tu ne vas pas me dire que tu ne t'en souviens pas.

— Sept.

— Tu vois ? Ta mémoire fonctionne à merveille. C'est ta cervelle qui déconne, Rango. Sauf qu'il y a plus que sept péchés capitaux. Il y en a un huitième. Sans doute le pire de tous : me décevoir, moi.

L'homme à genoux reniflait pour tenter de contenir les sécrétions nasales qui lui ruisselaient sur la bouche et sur le menton.

— Tu crois en Dieu, Rango ?

— Je fais ma prière chaque fois avant de dormir, je le jure, répondit le supplicié dans un sanglot.

— Est-ce qu'il t'entend quand tu le pries ?... Réponds. Est-ce que le bon Dieu est à côté de toi lorsque tu traverses la vallée des ténèbres ?

— Je ne crois pas.

— Et moi, est-ce que j'ai toujours mis mes hommes sous mon aile ?

— Oui.

— Donc, c'est moi que tu devrais prier. Parce que moi, je t'entends. Parce que moi, je dispose de ta vie et de ta mort comme bon me semble. Je peux t'offrir le paradis sur un plateau et je peux transformer tes jours en enfer.

Le supplicié se mit à pleurer :

— Je te demande pardon, Sergio. J'sais pas c'qui m'a pris. J'avais p't-être fait une overdose ou j'sais pas quoi. Je le jure, je m'en souviens pas. J'étais p't-être devenu fou pendant une minute. J'ai jamais été comme ça, avant, Sergio, tu me faisais confiance les yeux fermés. J'ai tellement honte. Je m'en veux comme c'est pas possible.

— C'est bien, lui dit El Cardenal en lui caressant les cheveux d'une main auguste. Faute avouée est à moitié pardonnée. Tu veux te repentir, Rango ?

— Oui.

— Tu es sincère ?

— Oui, je veux que tu me pardonnes, Sergio. Je t'en supplie, pardonne-moi.

— Pourquoi dois-je te pardonner ?

Le supplicié ne sut quoi répondre.

El Cardenal s'accroupit pour le regarder droit dans les yeux :

— Parce que, sur terre, ton dieu, c'est moi. C'est à moi que tu dois adresser tes prières, et pas au vieillard sénile qui divague là-haut. Je suis tellement tout-puissant que chaque fois que je pète, je provoque un big bang.

Il claqua des doigts. Un *sicario* se dépêcha de lui tendre une cravache aux lanières cloutées.

— On va te détacher, Rango. Avec cette cravache, tu vas t'autoflageller en signe de profonde contrition en m'adressant toutes les prières qui te traversent l'esprit. Si tu es sincère dans ton repentir, tu ne sentiras rien.

Le supplicié hésita avant de prendre la cravache. Il chercha une lueur de compassion dans les regards qui l'entouraient et ne rencontra que fiel et dégoût.

Il se frappa une fois, s'essuya le nez de la main gauche, se frappa encore.

— Plus fort, Rango, plus fort. Il faut faire montre d'une plus grande ferveur si tu veux que tes prières m'atteignent.

Subitement pris de frénésie, le supplicié se mit à se fouetter avec rage en serrant les dents pour contenir ses cris. Les hommes le regardaient en ricanant. Chaque coup lui arrachait un lambeau de chair. J'en eus le ventre retourné. « Plus fort, plus fort… », criait El Cardenal. Plus le supplicié s'acharnait sur lui-même et plus El Cardenal devenait exigeant. C'était un spectacle insoutenable.

De la tête, El Cardenal ordonna à sa cour prétorienne de le suivre. Ils sortirent et montèrent dans leurs 4 × 4. Les portières claquèrent, les moteurs rugirent, les phares s'allumèrent, et le petit convoi quitta les lieux, laissant dans son sillage un silence mortel.

Le Noir, qui était resté avec nous, cracha sur le côté.

— Ta requête a été rejetée, Rango. Pas d'absolution pour toi, mon gars. Désolé.

Le pitbull se rua sur le supplicié et entreprit de le réduire en pièces. Ce fut un moment d'une horreur absolue. Les crocs du chien broyaient la chair et les os avec une effroyable voracité. Le supplicié hurlait, hurlait. Ses cris me catapultèrent dehors et je courus dégueuler contre un arbuste.

Cisco me trouva à quatre pattes. Il s'accroupit en face de moi et me dit :

— Rango a tué une veuve et sa fille qui refusait de coucher avec lui. Le viol et les tueries sont monnaie courante par ici, sauf que la veuve était l'épouse d'un gars de notre clan mort en service commandé. On est une famille, dans le clan. On veille les uns sur les autres, tu comprends ? Violer la femme d'un des nôtres, c'est pire que l'inceste. Violer la gamine de l'un de nos morts, c'est carrément la fin du monde. Rango n'avait pas un gramme d'honneur. Il n'a eu que ce qu'il méritait.

Pas encore meurtrier, mais pleinement complice, je venais, en ce 14 mars, de franchir le pas ; l'abîme m'accueillait en son vaste purgatoire.

Nonito l'informaticien m'invita à prendre une bière dans un café. On s'entendait bien, lui et moi. Il avait appris que j'adorais les bouquins et ça nous a rapprochés dans ce monde de brutes qui était le nôtre.

Nonito avait perdu son boulot suite à la faillite de son employeur, ce qui l'avait plongé dans la dépression ; sa femme s'était barrée avec leurs deux filles, ses proches l'avaient laissé tomber et ses amis changeaient de trottoir lorsqu'il les croisait dans la rue. Après des années de naufrage, il était tombé sur une annonce, dans le journal, qui laissait entendre qu'une entreprise ambitieuse cherchait des informaticiens surdoués. Ce fut ainsi qu'il se surprit en train de bosser pour El Cardenal.

Depuis le lynchage de Rango, je filais un mauvais coton. J'arrivais au labo dans un état second, traînais la patte et me trompais souvent en mettant à jour le registre vert et le classeur rouge. Ma morosité n'échappa pas à Nonito. Il m'offrit donc une bière et attendit patiemment que je vide mon sac. J'ignore pourquoi je lui ai raconté la fin atroce de Rango. Peut-être parce que mon sommeil en était saturé et qu'il me fallait l'en désengorger. Nonito m'écouta jusqu'au bout, impassible, un sourire énigmatique sur les lèvres. Quand j'eus fini mon récit, il me tapota la main et me confia à son tour :

— Je vais peut-être t'étonner, Diego, mais chaque fois qu'un de nos gars se fait dégommer, chaque fois qu'un *sicario* ou un dealer est mis hors d'état de nuire, je m'en réjouis. Rango est mort lynché ? Bon débarras. Ça fait un tueur de moins. Personnellement, je n'aimerais pas qu'on me regrette lorsque mon tour viendra. Je ne mérite pas de manquer à quelqu'un. Parce que je suis un parasite. J'ai conscience du mal que je fais, et pourtant je le fais. Combien de gosses empoisonnés, combien de familles endeuillées, combien de carrières bousillées à cause de moi, à cause de toi, à cause de Rango, à cause de ces gangs qui empêchent les braves gens de traverser la chaussée sans être foudroyés par une balle perdue ? Combien de macchabées sur notre route, combien de cadavres sans sépulture livrés aux vautours et aux coyotes dans la nature ? Ça fait longtemps que j'ai cessé de compter. Nous ne sommes que des marchands de mort, Diego, rien que des vauriens sans foi ni loi prêts à mettre le feu à la ville pour voir clair dans leurs nuits. Alors, ressaisis-toi et dis-toi que tu n'es qu'un fumier de fils de pute dont le diable se passerait volontiers, et que lorsque tu butes un autre fumier de fils de pute ou bien lorsque tu es buté par lui, Dieu est le premier à s'en féliciter. On a cessé d'appartenir à l'espèce humaine à l'instant où nous avons chargé les armes de parler pour nous. Nous sommes des assassins, la lie de l'humanité. Nous entre-tuer est le plus grand service que nous puissions rendre à la société.

Ses paroles me firent l'effet d'un élixir ; je me sentis un peu mieux, après.

7

J'étais plongé dans un roman d'Alberto Ruy Sánchez lorsque Ramirez rentra. Le réveil affichait 2 h 43. On n'entendait que les jappements des chiens dans le silence troublant de la nuit. Ramirez était éméché. Il sentait la sueur fauve des noceurs et il avait de la brume dans les yeux.

— Devine qui j'ai rencontré aujourd'hui ? me dit-il en s'écroulant dans le fauteuil pour retirer ses chaussures… Ce bon vieux con d'Albinos… Il trime dans un boui-boui à Mirador.

— Qu'es-tu allé faire à Mirador ?

— C'est pas la bonne question, Diego… (Il jeta au loin son soulier, s'attaqua au deuxième.) Je te parle du petit-fils de Paco.

— Je croyais qu'il avait été tué en tentant de traverser la frontière.

— Eh bien, il est revenu du royaume des morts. C'est un gagne-petit, mais il a l'air content de lui. Il s'est marié, tu sais ?

— Tu m'en voudrais si je ne sautais pas au plafond ?

— Tu sauterais plus haut si je t'annonçais qu'il sait où habite Maribel, la fille de Sancho.

Je posai mon bouquin et fronçai les sourcils :

— Désolé, mais je n'ai toujours pas la bonne question, Ramirez.

— L'Albinos dit que Maribel bossait pour Osario et qu'elle a peut-être une idée où cette raclure se planque.

J'étais presque debout, excité comme un cabot devant un marchand de brochettes.

— Qu'est-ce qu'on attend pour aller la trouver ?

— T'as vu l'heure qu'il est ?

— Raison de plus. À cette heure, on a des chances de surprendre ce fumier d'Osario dans son lit.

— On ira demain. Maribel doit être en train de pioncer, elle aussi. Je ne sais même pas si elle va se souvenir de nous. Et puis, on risque de l'effrayer pour rien.

Il se déshabilla, se glissa dans son lit et éteignit la lumière.

— J'ai pas fini de lire, je te signale.

— Fais pas chier, grogna-t-il en actionnant un petit ventilateur sur sa table de chevet.

Maribel, la vestale de l'Enclos de la Trinité qui faisait fantasmer les grands et les petits, n'était plus que l'ombre d'un lointain souvenir.

Elle nous reçut dans son taudis triste à crever, au milieu d'un désordre alarmant, une fille handicapée dans une encoignure et un marmot braillard sur les genoux.

— Tu devrais emmener ton bébé chez le médecin, lui suggéra Ramirez.

— Il pleure tout le temps et sans raison. Des fois, j'ai envie de l'étouffer en lui donnant la tétée…

Elle le berça pour le calmer, mais le bébé hurlait sans arrêt.

— Je vais le confier à la voisine, sinon, il ne nous laissera pas parler à tête reposée.

Elle sortit sur le palier, frappa à la porte d'en face et revint dans le salon, un peu soulagée d'avoir les mains libres.

— Perla est la meilleure des voisines. Sans elle, je ne m'en sortirais pas… Un café ?

— Ne te dérange pas pour nous.

— Ça ne me dérange pas. C'est un plaisir de vous revoir. Vous avez vachement grandi, tous les deux.

Ramirez la remercia puis, après avoir constaté le foutoir alentour, il s'enquit :

— Comment tu vas, Maribel ?

— Comme tu vois. Vous êtes arrivés à l'improviste, et c'est bien ainsi. Mais, par rapport à d'autres, je n'ai pas à me plaindre.

— C'est ta fille qui dort là ?

— Oui, Diego. C'est bien ma fille. Elle est clouée au sol tous les jours que Dieu fait.

— Qu'est-ce qu'elle a ?

— Paralysie. À cause d'un vaccin. L'infirmière lui en a administré une dose deux fois supérieure à la normale. Accident ou châtiment divin ? Qu'est-ce que ça change ? Elle avait à peine dix-huit mois lorsque c'est arrivé. Depuis, c'est un légume.

J'eus pitié pour le squelette recroquevillé sur la natte. La fille nous fixait de ses grands yeux ; j'eus l'impression que son âme appelait au secours derrière son regard suspendu entre le ciel et la terre. Elle devait avoir cinq ou six ans.

Maribel chassa une mouche qui persécutait sa fille.

— Elle s'appelle Lupita, comme ma mère. Elle a un beau visage, n'est-ce pas ?

— Ouais.

— Elle ferait des ravages dans le cœur des écoliers si elle pouvait porter un cartable sur le dos. Des fois, quand je la toilette, je lui tresse les cheveux et je la mets face à un miroir. Quelque chose remue fortement en elle. C'est comme si elle cherchait à sortir de son corps.

La mouche revint bourdonner sur le visage de Lupita. Maribel fit tournoyer un torchon et chassa la bestiole par la fenêtre. Épuisée par son effort, elle retomba sur le banc, redéploya son regard de mère sur le petit corps rigide, soupira tristement et dit :

— Au moins, elle me cause pas de problèmes, elle. Je la nourris au biberon à l'heure des repas, puis c'est comme si elle n'était pas là… Alors ? se ressaisit-elle, qu'est-ce qu'on raconte ?

Ramirez sortit des billets de banque de sa poche. Maribel les repoussa avec fermeté :

— J'ai ce qu'il faut, je t'assure. De ce côté, je me débrouille pas mal… Qu'est-ce qui vous amène à Juárez ?

— Le vent qui tourne.

— Je vois. On n'est que des girouettes, après tout…

— Ou des feuilles mortes.

— Des feuilles mortes, répéta-t-elle, pensive… Comment va ce bon vieil imbécile de Sancho ?

— Ton père va bien.

— Et ma mère ? Elle lèche toujours le cul à Petra l'Accoucheuse ?

— Elle fait bande à part avec les sœurs Rodriguez.

— Ces chipies. Ça leur suffit pas d'avoir envoyé tous leurs rejetons derrière les barreaux ?

— Quand on a goûté au soufre, on s'approprie l'enfer qui va avec.

— Tu sais qu'Alejandro a tué un chef de la police ?

— Je l'ignorais.

— On a montré son arrestation à la télé.

— On n'a pas de télé.

— Et Manuel le Gaucher ?

— Il a épousé la grosse Lourdes.

Maribel éclata de rire :

— Elle a fini par lui mettre la corde au cou. Pourtant, il la détestait et la moquait tout le temps. Tu t'rappelles, Ramirez, comme il la faisait pleurer quand on allait à San Cristo célébrer les morts ? Il l'appelait comment déjà ?

— La montgolfière, dis-je, pour me joindre à leurs bons souvenirs.

— Non, pas ça, il avait un autre truc qui la faisait hurler de chagrin.

— Je m'rappelle pas, dit Ramirez, pressé de passer au vif du sujet. Le Gaucher inventait toutes sortes de formules blessantes. Chacun y avait droit.

Il y eut un silence. Maribel avait la larme à l'œil.

— Ça se passe comment au village ?

— Il n'a pas changé d'un iota depuis que tu es partie.

Elle croisa les mains dans le creux de sa robe. Contrairement à son village natal, Maribel avait bougrement changé. Son visage portait nettement la marque des déchéances irréversibles.

— On cherche Osario.

Maribel s'ébranla comme sous l'effet d'un électrochoc. Une expression de fiel poussée à l'extrême lui distordit les traits.

— À votre place, je l'éviterais comme la peste.

— On a déjà eu affaire à lui. On a des comptes à régler.

— C'est une pourriture de la pire espèce.

— On le sait.

— Regardez ce qu'il a fait de moi, s'étrangla-t-elle en retroussant ses manches pour nous montrer ses bras criblés de piqûres noirâtres. Une junkie et une traînée. Il m'en a fait voir de toutes les couleurs, ce chien. J'ai jamais voulu partir avec lui. J'étais bien au village. Mais il a littéralement embobiné mon père. « Elle a une voix de diva », qu'il lui susurrait. « J'ai des relations solides dans le milieu de la chanson. Maribel va casser la baraque, et toi, tu jetteras du fric par la fenêtre. » Même ma mère se voyait écumer les grands magasins de luxe. Moi, je n'étais pas emballée. J'aimais ton frère aîné, Ramirez. Je rêvais de me marier avec lui. Mais mon père n'avait d'yeux que pour les mirages que lui faisait miroiter Osario.

— Il nous aurait embarqués tous, sans exception, admit Ramirez.

— Au début, quand on est arrivés à Juárez, j'étais sur un tapis volant. J'avais mis une croix sur mes amours d'autrefois. Osario m'achetait plein de robes de gala, m'emmenait chez les meilleures coiffeuses et les meilleures esthéticiennes, et dans les restaurants les plus chics, *Plaza Portales, Gómez Martín*... Je l'aurais suivi en enfer tellement il me traitait comme une reine. On habitait dans une belle maison. Osario avait promis de m'épouser. Je lui ai cédé ma virginité en chantant. Puis il m'a soumise au « protocole des stars » : des joints de plus en plus carabinés. « C'est bon pour les cordes vocales, et c'est le meilleur remède contre le trac », qu'il me disait, Osario. J'étais devenue accro en moins de deux. Après, ça a été le grand écart. Adieu les studios d'enregistrement, les contrats faramineux, les tournées dans le monde. Chaque soir, Osario faisait venir à la maison un invité de marque : imprésario, compositeur, parolier, magnat de l'industrie musicale. En vérité, c'étaient des magistrats, des notables, des haut placés et de respectables pères de famille ; un contingent de porcs, chacun avec son petit truc de pervers. Quand je n'en pouvais plus, Osario me battait. J'ai connu l'enfer avec lui.

— Le fumier, pesta Ramirez.

— Lupita est de lui. Il refuse de la reconnaître.

Maribel se perdit un instant dans ses souvenirs. Elle hochait la tête en fixant sa fille qui nous regardait de ses grands yeux vides.

— Il voulait que j'avorte. Il me cognait dans le ventre pour que je fasse une fausse couche. J'ai réussi à m'enfuir. J'ai accouché dans une cave. Comme une bête. Il m'a retrouvée. J'ai confié ma fille à une nourrice et j'ai repris le travail. Pour mon bébé. Osario m'a maquée quelques mois encore, puis les invités de marque ont commencé à me trouver de moins en moins bonne à leur goût, et ce chien m'a fourguée à des proxénètes de substitution qui m'ont abîmée. Depuis, pour joindre les deux bouts, je suis contrainte de sucer les poivrots de seconde zone.

— Le salaud, soupira Ramirez.

— Je ne dois m'en prendre qu'à moi-même. Je n'étais pas naïve, j'étais égoïste.

— Où est-ce qu'on peut le trouver ?

— J'en sais rien. La dernière fois que je l'ai entrevu, il fréquentait l'*Azteca,* un bar où l'on fait des paris du côté d'Agustín Melgar. Ça remonte à pas mal de temps. Sinon, essayez le cabaret *Rio Grande,* sur la grande avenue de Barrio Alto. C'est là-bas que les proxénètes jettent l'ancre.

— Merci, Maribel. Va récupérer ton bébé, maintenant.

— La prochaine fois, s'il vous plaît, ne venez pas les mains vides. Apportez-moi le scalp de ce chien.

— Promis, lui fit Ramirez.

Nous prîmes congé d'elle.

Nous étions rentrés directement à Santa Rosa. Au cours du trajet, ni Ramirez ni moi n'avions prononcé le nom d'Elena. Notre silence éloquent pouvait se passer de mots.

Nous avions fait le guet autour de l'*Azteca* et du *Rio Grande* pendant une semaine. Aucune trace d'Osario.

— Et si on demandait à Cisco de nous donner un coup de main ? Ses hommes sont partout. Ils pourraient le localiser vite fait.

— Ce sont pas leurs oignons, Diego.

— Oui, mais on fait équipe avec eux.

Ramirez m'a fixé d'un œil attendri :

— Diego, mon pauvre Diego, tu sais pourquoi je veille à ce que tu restes en dehors de ce que je fricote avec Cisco et ses suppôts ? C'est pour que tu continues de croire qu'il existe encore un cœur dans la poitrine des hommes.

Je n'avais sûrement pas posé la *bonne question*, mais Ramirez me tendait là un bout de réponse. Perche ou hameçon ? C'était à moi de voir. Car la question, la vraie, était celle que je m'évertuais à museler au fond de mes silences – devais-je prendre mes jambes à mon cou et fuir ventre à terre les stands de tir de Juárez ou bien faire corps avec eux ? En réalité, la question ne pesait pas lourd devant les promesses, certes piégées mais tellement tentantes, d'une aube nouvelle pour moi et pour mon cousin. Si Ramirez était prêt à faire « n'importe quoi » pour réaliser ses rêves de millionnaire en devenir, je me contentais d'y croire, et ça tenait les doutes à distance. En peu de temps, j'avais réussi à mettre de côté autant d'argent que durant toutes ces heures sup que j'avais passées à dépanner les tacots à San Cristo, à prêter main-forte aux maçons et aux déménageurs, à réparer les clôtures avant de retourner trimer comme un esclave dans l'arrière-boutique de la cantina de mon oncle.

J'avoue que certains soirs, lorsque mon livre me tombait sur la figure, je fermais les yeux et je m'imaginais heureux sur une plage privée, Elena en maillot de bain blanc courant devant moi et un mignon toutou jappant à nos trousses. Ces nuits-là, je m'endormais comme un ange sur son nuage.

8

César nous intercepta à la sortie d'un tripot. Il n'était pas là par hasard. Quelqu'un lui aurait téléphoné pour lui dire où nous étions. Il nous gratifia de son sourire de murène. Ramirez porta la main à sa poche, sortit des billets, en préleva dix et les lui tendit, sans lui laisser le temps de placer un mot. César empocha sa commission pour nous avoir mis en contact avec Cisco et en redemanda.

— Quoi ? lui fit Ramirez. On n'a pas parlé d'intérêts.

— J'ai une bonne nouvelle pour vous deux, et je vous la laisse à moitié prix.

— Tu peux te la garder. Je ne veux plus te revoir, le menaça Ramirez.

César ne se défit pas de son sourire, ne récupéra pas sa main, non plus. Il avait l'air certain qu'on allait payer.

— C'est à propos d'Osario. J'sais où vous pouvez le coincer, ce soir.

— Combien ? m'écriai-je.

— Cinq autres fafiots.

Ramirez n'était pas chaud, mais il avait constaté, à ma façon de piaffer, que je ne reculerais devant rien pour mettre le grappin sur le salopard qui avait enlevé Elena.

— Et puis merde, céda Ramirez avec dépit en portant de nouveau la main à la poche.

Osario était bien *Chez Norma*, une énorme tenancière qui gérait un boxon clandestin enfoui dans les bas-fonds de Paseo Ciprés. Lorsqu'il nous repéra, il se débina par une porte qui donnait sur l'arrière-cour. Nous nous dépêchâmes de le rattraper. Mais Osario ne s'était pas enfui. Il nous attendait tranquillement dans une courette jonchée de sacs-poubelles, adossé contre le mur, les pouces sous la boucle de son ceinturon.

— Vous voulez que je vous fasse des excuses ? nous lança-t-il. Pas de problème. Je vous demande platement pardon. Je ne vous ai pas pris votre fric, je vous l'ai seulement emprunté. J'avais des créanciers au cul. Dès que je les aurai calmés, je vous rembourserai jusqu'au dernier peso, avec un supplément pour les dommages que je vous ai causés. D'accord ?

— Tu vas abouler notre fric illico presto, Osario, lui cria Ramirez.

— J'ai que dalle sur moi, là. Je suis fauché.

— Rien à foutre. Tu ne nous enfumeras pas deux fois.

— Et Elena ? Qu'as-tu fait d'Elena ?

— Diego, mon p'tit frangin, je t'ai pas menti. Cette fille, je la connais même pas.

— Le Borgne est catégorique. Il l'a vue avec toi. Tu la lui as présentée.

Osario se donna un léger coup de reins pour se redresser.

— C'est pas parce que le Borgne a un œil crevé qu'il voit bien avec l'autre, Diego, mon p'tit frangin.

— J'suis pas ton p'tit frangin.

— Ne nous énervons pas. Je traverse une zone de turbulences, c'est tout. Mais ça va s'arranger, et on sera de nouveau les meilleurs potes du monde. J'ai honte, je vous assure. J'aurais pas dû vous piquer votre fric… Vous feriez quoi à ma place, si vous aviez des zombies au cul ? J'avais investi gros dans une affaire qui a foiré. Ça arrive aux plus malins. Mais je compte bien me rattraper, et je vous promets de me racheter. Peut-être même qu'on fera équipe, tous les trois.

— Comme avec Maribel, lui rafraîchit la mémoire Ramirez.

Osario tomba le masque et l'expression conciliante sur son visage laissa place aux traits du monstre.

— Vous croyez me faire peur, petites frappes ? J'essaye d'être aimable, et vous pensez que j'ai la trouille. Allez, caltez avant que je vous marche dessus jusqu'à vous faire sortir votre merde par les oreilles.

Ramirez extirpa son couteau. Osario sourcilla, amusé. D'un geste désinvolte, il nous sortit un flingue. À la vue de l'arme de poing, mon cœur rua dans ma poitrine. Le visage terrifiant du violeur d'Elena surgit d'entre mes souvenirs. Je me sentis défaillir.

— Tu penses que ton canif ferait le poids devant mon engin ?

Deux hommes, que nous n'avions pas remarqués, nous attaquèrent par-derrière. Ils nous tombèrent dessus comme la foudre. Ramirez reçut le premier un coup derrière la tête et s'écroula. Quelque chose explosa dans ma nuque. Mon visage heurta le sol.

Quand l'orage cessa, j'étais terrassé, le corps en capilotade.

Osario s'accroupit devant Ramirez disloqué par terre, l'attrapa par les cheveux et lui souleva la tête :

— Tu as encore du chemin à faire pour remonter jusqu'à moi, p'tit con. Ton fric, un jour, je te le rendrai. Quant à la fille (il se tourna vers moi), je sais pas de qui vous parlez. La lettre que vous avez envoyée au village a fait beaucoup de tort à ma mère.

Il nous laissa le nez dans les ordures et retourna dans le boxon.

Ses deux comparses nous saisirent par les pieds et nous traînèrent jusque dans la rue, où ils nous sommèrent de déguerpir.

Il nous a fallu deux jours de repos dans notre planque pour recouvrer un semblant de couleur. Cisco a voulu savoir ce qu'il nous était arrivé. Ramirez lui a dit qu'on avait rencard avec des filles mais qu'on s'était trompés d'adresse, et Cisco a rétorqué : « C'est bien fait pour vos gueules. »

Cuchillo me guettait devant le magasin de fripes, les poings sur les hanches, les sourcils bas. Il consulta sa montre de manière à me faire comprendre que je venais de perdre des points. De la tête, il me fit signe de passer par-derrière.

J'ai contourné le pâté de maisons. Nonito faisait le pied de grue dans le patio qui menait au sous-sol du labo. Il portait une sacoche noire en bandoulière. Une Volkswagen Coccinelle pétaradait à côté de lui. Adamo le chauffeur tambourinait sur le volant.

— Ça fait une plombe qu'on poireaute ici à cause de toi, me reprocha l'informaticien.

Il me poussa sur la banquette arrière, s'installa sur le siège du mort et somma Adamo de démarrer.

Nous avons traversé Santa Rosa vers le sud, puis nous avons pris une piste poudreuse qui conduisait hors de la ville. En cours de route, nous avons croisé un convoi militaire chargé de soldats sur le pied de guerre. Depuis quelques jours, ça bardait par endroits à Juárez, et la police, dépassée par l'ampleur des batailles rangées, avait demandé du renfort aux garnisons limitrophes. À la télé, on n'avait droit qu'aux speechs alarmants des autorités locales ; les gens commençaient à en avoir marre, mais j'ignore si c'était à cause des fonctionnaires corrompus qui n'honoraient guère leurs promesses électorales ou bien à cause des gangs qui proliféraient comme des rats dans les bas-fonds.

— Mets-nous un peu de musique, dit Nonito au chauffeur.

— Jamais pendant le service, a grogné ce dernier. Il était comme ça, Adamo. Il aurait exécuté n'importe quel ordre tordu ; mais pour ce qui était de rendre service ou de faire plaisir à un collègue, ça, pas question. Il ne fumait pas, ne buvait pas, ne fréquentait ni cabaret ni boxon ; il passait ses jours dans son tacot et ses nuits au sous-sol du labo. C'était un troglodyte en survêt qui semblait languir de sa caverne, l'air des temps modernes ne convenant guère à ses humeurs. Pas une fois je ne l'ai vu avec une petite amie. Pourtant, il n'était pas affreux, Adamo. Sa dégaine de type ombrageux plaisait aux filles dans la rue, mais comment être séduisant quand on ne sait pas sourire ?

Il nous transporta jusqu'à un abattoir désaffecté coincé entre une décharge publique et un chantier à l'abandon. Cinq hommes armés firent coulisser un large portail en fer pour nous laisser entrer.

Je m'étais souvent demandé où étaient passées les cages que nous avions réalisées, Ramirez et moi. Les cages étaient là, entreposées le long d'une rigole que surplombaient des esses de boucher. Certaines étaient vides, d'autres occupées par des chiens en rogne, probablement excités par les fantômes des bêtes que l'on tuait à la chaîne et dont l'odeur du sang empestait encore les lieux.

Les *sicarios* nous firent passer par une porte dérobée. Il y avait une autre salle camouflée derrière les cages. À l'intérieur, dix hommes et deux femmes noirs étaient enchaînés à une barre métallique.

Esquintés, malades et terrorisés, ils portaient des traces de torture.

Nonito sortit un appareil photo de sa sacoche et me confia un calepin et un stylo. Les *sicarios* libérèrent un prisonnier, le bousculèrent à coups de crosse jusqu'à un drap blanc punaisé sur le mur. Nonito le photographia et me chargea de noter sa filiation, son adresse et sa nationalité sur le calepin.

Nous fîmes la même chose pour le reste du groupe.

Une fois le travail fini, les *sicarios* nous raccompagnèrent à la sortie et refermèrent le portail derrière nous.

Adamo nous ramena au labo. Joaquín était parti, Pacorabanne n'était pas à son poste ; aucun bruit ne parvenait de la pièce interdite.

Nonito brancha son appareil photo à son ordi et entreprit de pianoter sur son clavier. Il était dégoûté.

— C'était qui ?

— Des migrants africains. Ils se sont fait piéger sur le Rio Bravo par nos gars déguisés en passeurs. On les a dépouillés de leurs biens et, maintenant, on va les vendre sur le Net.

Je m'assis sur une chaise à côté de lui.

— Comment ça, les vendre sur le Net ?

— C'est pourtant clair. Ces migrants sont nos prisonniers. Je vais mettre leurs photos avec leurs filiations sur un site que j'ai créé et nommé *Charité chrétienne.* On va faire croire, sur les réseaux sociaux, que ces naufragés sont malades et en difficulté et qu'ils ont besoin d'une aide urgente. Forcément, leurs proches vont se manifester. On les orientera sur un autre site et on leur demandera une rançon s'ils veulent revoir les leurs vivants.

Il cessa de tripoter son clavier et me fit face. La colère lui froissait le visage :

— La drogue, les putes, les jeux ne suffisent pas à calmer la boulimie du Cardinal. Il roule sur des millions et il en veut encore. Putain, il passerait sa vie à jeter son fric par la fenêtre qu'il lui en resterait encore de quoi mettre à l'abri du besoin ses héritiers sur plusieurs générations ! Est-ce qu'il a besoin de s'attaquer à des migrants qui ont parcouru des milliers de kilomètres pour fuir la misère dans leurs pays ? Réponds-moi, Diego. Est-ce qu'il a besoin d'appauvrir davantage leurs familles ?

À cet instant, Cuchillo débarqua et m'envoya chercher ses fringues chez le teinturier. Avant de sortir, je jetai un coup d'œil à Nonito, mais Nonito s'était déjà remis au travail, penché sur son clavier comme une cartomancienne sur le sort de ses clients.

Ramirez était calé dans un fauteuil, les mains derrière la nuque. Il ne répondit pas à mon salut. Je pris une bière dans le frigo, intrigué par le silence de mon cousin :

— Ça va ?

Ramirez se redressa, renfrogné :

— T'as quoi dans le crâne, bon sang ? Du cambouis ?

— J'ai gaffé quelque part, Ramirez ?

— T'as merdé.

— Je ne vois pas de quoi tu parles.

Il abattit le plat de ses mains sur ses cuisses et me foudroya du regard.

— Tu ne vois même pas où tu mets les pieds, cousin.

— J'étais pas au courant pour les migrants. Cuchillo…

— Rien à foutre des migrants et de Cuchillo. C'est de *Chez Norma* que je te parle. Tu es retourné deux fois là-bas.

— Moi ?

— Tu vois quelqu'un d'autre dans cette pièce ? Qu'est-ce que tu es allé fiche à Paseo Ciprés ? C'est un territoire ennemi. La raclée qu'on nous y a donnée ne t'a pas suffi.

— J'suis pas allé *Chez Norma*.

— Ne mens pas, Diego. Tu ne sais pas le faire. On t'a vu rôder autour du boxon. Tu cherchais quoi ? À faire peur à Osario ? T'as même pas un coupe-ongles sur toi. Le mordre ? Il te casserait les dents rien qu'en claquant des doigts. Et puis, te hasarder seul dans cette souricière ? Qu'est-ce que tu veux prouver ? Que t'es un abruti fini ?

Ramirez était fou furieux. Sa figure tressautait de colère et sa bouche clapotait de postillons.

Je ne me laissai pas impressionner :

— Je m'étais dit que peut-être Elena était dans les parages.

— Tu ne lâcheras donc jamais l'affaire ?

— J'ai fait attention à ne pas me faire remarquer, je t'assure. J'observais de loin. Osario est un zigoto. J'suis sûr qu'il a enlevé Elena pour lui faire subir ce qu'il a fait à Maribel.

Ramirez se leva, les mâchoires crispées. Il marcha jusqu'à la fenêtre, alluma une cigarette et se mit à rejeter la fumée par les narines. Il se tourna vers moi, me considéra longuement et revint s'écrouler dans son fauteuil :

— Oublie Elena. C'est de l'histoire ancienne. On a des projets, toi et moi, Diego. On est là pour amasser un bon paquet de fric et nous tirer de cette ville de merde. On montera une affaire réglo et on coulera des jours peinards, loin des tueries et des descentes de police. Tu n'as qu'une chose à faire en attendant : te tenir à carreau. C'est pour cette raison que j'ai convaincu Cisco de te muter dans l'équipe de Cuchillo. Tu bosses parmi des cracks, Diego. Tâche d'apprendre auprès d'eux. Je connais que dalle au travail des bureaucrates.

— Tu crois que ce sont des bureaucrates ?

— Ouais, ils savent manier les ordis et les fichiers. C'est dans tes cordes. Tu as lu un tas de bouquins, toi.

J'éclatai de rire :

— Et alors ? Je suis aussi nul que toi pour le reste.

— D'accord, mais si tu t'appliques un peu, avec la culture que tu as puisée dans les bouquins, tu as des chances de devenir un crack, toi aussi. J'ai pas une tête pour ça, Diego. Or, on a besoin de savoir gérer la paperasse, les fichiers et les réglementations si on veut monter une affaire nickel vis-à-vis de la loi. Je veux être le président d'une vraie entreprise, pas le caïd d'une bande de cinglés. Je veux faire partie du gotha, pas du cartel. Quand on aura suffisamment de blé, on ira à Acapulco, ou à Cancún, ou bien à Mexico monter notre boîte dans les règles de l'art. À la place des flingues et des chaînes de vélo, on portera des cravates et des costards sur mesure...

Il m'étreignit les poignets. Son souffle redoubla de débit et ses yeux brillèrent d'une flamme vorace.

— Regarde El Cardenal, Diego. Est-ce un foudre de guerre ? C'est qu'un gros con qui mène à la baguette un escadron de p'tits cons. Il ne sait ni lire ni écrire, et il descend des mêmes montagnes que nous. Est-ce que tu sais qu'il a débuté comme *burrero* pour le cartel de Sinaloa ? Il était en bas de l'échelle, sauf qu'il a décidé de brûler les étapes. Il serait encore en train de ramer s'il n'avait pas saisi sa chance au vol. La chance, il y en a pour tout le monde, Diego. Il suffit de ne pas laisser passer la nôtre. El Cardenal a osé se jeter au milieu des requins et nager dans les eaux troubles sans complexe. Il a pris des risques calculés. Regarde ce qu'il est devenu, le péquenot d'hier, le muletier de bas étage : un milliardaire.

— D'autres ont bâti des fortunes plus grandes, Ramirez. Parce que leur empire reposait sur du vent, ils sont tombés les uns après les autres.

— C'est pour cette raison qu'on ira ailleurs monter une affaire nickel.

— Quand ?

— Quand tu auras cessé de penser à cette folle d'Elena, Diego. Pas avant.

Le lendemain, à la nuit tombée, je me surpris en train de faire de nouveau le guet du côté du boxon clandestin. C'était plus fort que moi. J'étais comme un somnambule. Je fermais les yeux et, en les rouvrant, je me retrouvais au cœur de Paseo Ciprés, tapi dans un angle mort, à surveiller la ruelle, les gens qui entraient et sortaient de *Chez Norma*, les voitures qui passaient, les briquets qui s'allumaient dans l'obscurité, les fumeurs qui papotaient sur le trottoir, repoussant du pied les chiens qui venaient parfois me renifler les mollets.

Aucune trace d'Osario. Et pas l'ombre d'Elena.

9

Le pick-up de Cisco freina si violemment que la gomme des pneus imprima d'épaisses rayures au sol. Ramirez porta aussitôt la main sur le flingue posé sur sa table de chevet et bondit sur ses pattes. De la tête, il me somma de rester tranquille. Lorsqu'il reconnut l'Indien à travers la fenêtre, il se détendit.

Cisco entra dans notre bicoque tel un ouragan.

— Pourquoi je tombe sur ton répondeur quand j'essaye de te joindre ?

— J'ai pas entendu sonner, s'excusa Ramirez.

— On serait déjà en route si tu ne m'avais pas obligé à venir te chercher. C'est la dernière fois que tu me fais un coup pareil, Ramirez, t'entends ? On t'a pas fourni un portable pour faire des selfies.

— J'suis désolé, patron.

— J'sais pas ce que ce mot veut dire… Prends ton attirail et ramène tes fesses fissa. On a une mission.

Ramirez enfila rapidement ses chaussures, ramassa son veston et, le pistolet sous le ceinturon, il ouvrit les bras pour signifier qu'il était paré pour la mission.

Cisco se tourna vers moi, le pouce par-dessus l'épaule :

— Toi aussi, monsieur Mains-Propres.

— Pourquoi lui ? s'affola Ramirez.

— J'ai besoin d'hommes. On a localisé les fumiers qui ont descendu nos deux coursiers et on va leur faire la peau.

— Diego n'y connaît que dalle aux armes.

— Faut bien qu'il s'y mette un jour. On n'est pas en colonie de vacances.

Ramirez voulut insister ; je le coupai net :

— Je viens avec vous, dis-je en soutenant le regard contrarié de mon cousin.

— Tu vois ? lui fit Cisco.

Ramirez et moi grimpâmes à l'arrière du pick-up car il y avait deux hommes armés dans la cabine. Cisco manœuvra dans la cour pour faire demi-tour, renversa une poubelle et appuya sur le champignon.

— Abruti, me lança Ramirez, agrippé à la ridelle, abruti, abruti ! Je me tue à te laisser en dehors des terrains minés, et toi, tu te jettes dedans avec zèle. Pourquoi tu n'écoutes pas, Diego ?

— Parce que j'ai, moi aussi, mon mot à dire.

— Tu n'as pas entendu Cisco ? On ne va pas au bal masqué, abruti ! Il va y avoir de la casse. Tu t'rends compte dans quel guêpier tu viens de te foutre ?

— J'suis pas femme au foyer, Ramirez. Je veux en découdre, figure-toi. J'ai des projets, et ils ne sont pas forcément les tiens.

Ramirez fronça les sourcils, cisaillé par mes propos :

— Répète voir ?

Je haussai les épaules.

Il m'attrapa par le menton :

— Qu'est-ce t'as derrière la tête, Diego ? C'est quoi tes projets qui ne sont pas forcément les miens ? Tu veux me signifier qu'on n'est plus associés, c'est ça ?

Il était outré et chagriné à la fois.

— Ça veut dire simplement que j'ai des priorités. Après, je te suivrai en enfer les yeux fermés.

— Quelles priorités, Diego ?

Je ne lui répondis plus.

Le pick-up bondissait sur la piste comme une vedette sur une mer démontée. Cisco accélérait en se fichant royalement des secousses qui nous ballottaient dans tous les sens. Je faillis à deux reprises passer par-dessus bord. Agrippé à la ridelle, Ramirez n'arrêtait pas de me fixer en cherchant à percer ce que je manigançais. Je ne pensais à rien. Je regardais les lumières de Santa Rosa qui s'amenuisaient au loin tandis que nous foncions à travers les terrains vagues. Le ciel était constellé de millions d'étincelles. L'air sentait le sable moisi.

Une dizaine d'hommes nous attendaient dans l'entrepôt. Avec un prisonnier, un gamin à la figure ratatinée. Ce dernier était membre des Muchachos, un groupuscule d'enfants des rues qui naviguaient à l'aveugle dans notre secteur et qui s'étaient illustrés plus d'une fois en braquant des taxis pour dépouiller les passagers. Mais depuis quelque temps, les Muchachos commençaient à prendre goût aux hardiesses les plus folles et s'étaient mis à avoir les yeux plus gros que le ventre. On les soupçonnait d'être derrière le guet-apens qui avait coûté la vie à nos deux « coursiers ».

Cisco nous briefa pour l'opération : l'attaque d'une ferme isolée où, d'après les déclarations du prisonnier, se terrait le groupe en question constitué de six mioches et d'une fille.

— Ils ont bien choisi leur planque, dit Cisco en traçant un croquis sur le sol à l'aide d'un couteau. La ferme est au milieu d'un terrain à découvert. La vue est dégagée sur 360 degrés. Nous progresserons tous feux éteints en utilisant nos jumelles infrarouges. Quand nous serons à proximité de la cible, nous avancerons à pied.

On me mit un fusil d'assaut dans les mains et on me dota d'un gilet pare-balles identique à celui que portent les unités spéciales de la police. Cela me fit un drôle d'effet. Moi, que la vue d'un pistolet avait réduit à une larve autrefois dans les ruines du temple, voilà que j'étais d'un coup équipé comme un cheval de bataille. Une étrange dangerosité fermentait en moi. Je me sentais devenir quelqu'un d'autre.

Ramirez m'observait, désappointé. Je lui décochai un clin d'œil pour le rassurer.

Cisco nous ordonna de vérifier nos armes et nos munitions. On jeta le prisonnier dans le coffre d'une bagnole, et le convoi se mit en route, le pick-up de Cisco devant, deux voitures derrière et un 4 × 4 fermant la marche.

Il était deux heures du matin quand nous atteignîmes la ferme. Embusqués derrière des touffes d'herbes, nous scrutâmes les alentours. Pas âme qui vive. Cisco chargea deux groupes de se déployer sur les flancs de la cible afin de la prendre à revers. Lorsqu'ils prirent position de part et d'autre de l'objectif, le reste de la bande avança de front, par petits bonds, en rampant presque. Ramirez me collait au train, plus occupé à me surveiller qu'à faire attention où il mettait les pieds.

Un cadavre au crâne fracassé était étalé dans la cour à côté d'un chien abattu (sans doute exécutés tous les deux par un sniper). À quelques mètres, la ferme baignait dans un calme malsain…

Cisco donna l'assaut.

Aucune riposte.

Lorsque nous défonçâmes la porte de la bâtisse, nous ne pûmes que constater l'ampleur de la boucherie. Cinq corps étaient étendus autour d'une table chargée d'agapes, les uns par terre, les autres mitraillés sur leurs chaises. Tous des gamins originaires de cette jeunesse perdue qui écumait les bidonvilles pour apprendre sur le tas comment gâcher la vie des autres après avoir gâché la leur. Le plus âgé n'avait pas quinze ans.

Ils avaient été surpris pendant qu'ils faisaient la fête. Des bouteilles de tequila, des joints entamés et des assiettées de bonne chère jonchaient le sol, parmi les tessons et les flaques de sang. Une fille, criblée de balles, tenait entre ses doigts bleutés une console de jeux vidéo. Les murs et les meubles alentour portaient les traces d'un déluge de feu. Les fenêtres avaient volé en éclats.

— Ils ne leur ont pas laissé le temps de se moucher, grogna un *sicario* aux dents en or, mécontent d'arriver trop tard.

— Un raid des Rebeldes, y a pas à chier, dit Cisco, dépité, lui aussi, de rater l'occasion d'accrocher de nouveaux scalps à sa ceinture.

On fit venir le prisonnier. Ce dernier parut horrifié par le spectacle qui s'offrait à lui. Il tomba à genoux.

— Tu t'attendais à quoi ? lui cria Cisco. Qu'on entre dans la cour des grands comme dans un moulin ? Ils sont tous là, tes copains ?

Le prisonnier acquiesça de la tête. Il paraissait sur le point de tourner de l'œil. Il devait avoir moins de quatorze ans et peser dans les quarante kilos tout mouillé. Son visage faunesque portait l'empreinte des nuits farouches et des cuites carabinées à l'abri des portes cochères.

— Qui c'était le chef ?

Le prisonnier désigna du menton un freluquet à peine plus grand que le fusil qui gisait à côté de lui.

— Il s'appelait ?

— Rambo.

— C'est lui qui a monté l'embuscade contre nos coursiers ?

— C'était l'idée de Rosa, répondit le prisonnier en montrant la fille. Elle disait que c'était du gâteau et qu'on allait se faire un paquet d'oseille les doigts dans le nez.

— Vous roulez pour quel clan ?

— On roule pour notre compte.

— Je te crois pas ! lui brailla dans l'oreille Cisco. Il y a sûrement un clan derrière. Mes hommes ne se seraient pas laissé piéger par une poignée de moutards.

— Rosa était sûre de son coup. Elle avait un croquis sur elle, avec les itinéraires et les horaires de passage. On n'a pas de clan derrière nous, je le jure. J'ai tué personne, moi. La nuit du traquenard, je faisais le guet. J'ai pas tiré, j'ai juste donné le signal.

— Où se trouve la marchandise ?

— Je sais pas.

Cisco lui asséna un coup de crosse sur la figure.

— Raconte pas de salades. Montre-nous où se trouve la marchandise, et on te laisse rentrer téter le sein de ta mère.

Le prisonnier regarda l'Indien dans les yeux.

— Tu me relâcherais ?

— Ça dépend de ce qu'on va trouver.

Le prisonnier traîna jusqu'à une armoire antédiluvienne qu'il nous demanda de déplacer. Derrière le meuble, sous le plancher, il y avait une cachette.

Cinq colis et quelques enveloppes postales étaient enfouis dedans. Je reconnus mon écriture dessus.

— Où est le reste ? explosa Cisco. Il y en avait dix de chaque.

— J'sais pas.

Nous avons fouillé la ferme de fond en comble pour retrouver le reste de la marchandise volée à nos deux « coursiers ». En vain.

Dans un débarras, nous avons découvert le fermier et son épouse, deux vieillards terrorisés et gémissants. Ils étaient ligotés et bâillonnés. Leurs yeux s'écarquillèrent à notre vue, mais impossible de savoir s'ils étaient soulagés ou bien désemparés.

— Qu'est-ce qu'on fait de ces deux-là ? demanda Ramirez.

— De qui tu parles ? lui rétorqua Cisco, lui signifiant que ce n'étaient pas nos oignons.

Nous ramassâmes les colis et les enveloppes postales et nous sortîmes dans la cour. Avant de regagner nos véhicules laissés dans un lit de rivière, à quelques centaines de mètres au sud, nous formâmes un cercle autour du prisonnier, qui comprit aussitôt que son histoire s'arrêtait là. Il nous regarda les uns après les autres une dernière fois, ploya la nuque et attendit le coup de grâce avec un stoïcisme qui me sidéra. Le *sicario* aux dents en or lui tira une balle dans la tête. Le gamin resta un moment à genoux avant de s'affaisser lentement sur le côté tandis que le sang jaillissait de sa tempe par petites giclées.

Sur le chemin du retour, Cisco, qui était dans une colère noire, percuta une grosse pierre sur la piste, cassant net un cardan du pick-up et bousillant le pare-chocs. Ramirez s'en tira avec une bosse, et moi avec une grosse frayeur. L'Indien chargea le 4 × 4 de tracter le véhicule accidenté.

De retour à Santa Rosa, après avoir rendu fusil et gilet pare-balles, je me sentis démuni, pareil à un chevalier débarrassé de son armure. Je compris alors qu'il me fallait une arme pour renouer avec l'adrénaline qui avait boosté mon ego quelques heures plus tôt. À mon insu, je venais de réveiller la bête qui sommeillait en moi.

Ramirez ne m'avait pas adressé la parole depuis l'assaut. Il entra directement dans la cuisine, s'empara d'une bouteille de tequila et se versa une rasade, puis une deuxième, sans trouver les mots ni la force de m'engueuler.

— Tu vois ? lui dis-je. J'ai pas gerbé, cette fois.

Après avoir vidé d'une traite son troisième verre, il se leva et sortit dans la cour.

— Où tu vas ?

— Détacher le vieux fermier et son épouse, me lança-t-il en enfourchant sa moto.

Et il s'engouffra dans la nuit.

10

Le lendemain, vers vingt-trois heures, la voiture de Cisco se rangea dans la cour de notre planque. Pour ne pas se donner la peine de descendre du véhicule, l'Indien se contenta de klaxonner, soulevant un concert de jappements des chiens du voisinage. Nous sortîmes en courant. Cisco tortilla un doigt dans notre direction. Mon cousin pivota sur ses talons pour retourner chercher son arme.

— Pas toi, Ramirez... Diego.

Cisco se pencha sur le côté pour m'ouvrir la portière. Je me glissai sur le siège, les mains subitement poisseuses. Dans le rétroviseur extérieur, je vis Ramirez croiser les bras sur sa poitrine, l'air de se demander si je n'étais pas en train de lui couper l'herbe sous le pied.

Nous nous rendîmes dans un night-club, au cœur de Barrio Alto, un coupe-gorge où, dès le soir tombé, chacun ne devrait s'en prendre qu'à lui-même s'il croisait un péril grandeur nature sur son chemin.

Cisco gara sa voiture sur le trottoir, à quelques mètres de la bâtisse sur le fronton de laquelle clignotait une enseigne bleue en français : *Le Pharaon*. Il me tendit un colt et me conseilla de le dissimuler dans mon dos. Un homme à la forme d'un baril de mazout, la tronche ronde et compacte comme un boulet de forçat et des anses difformes en guise de bras, nous fit signe d'aller nous ranger ailleurs. Comme nous ne bougions pas, il s'énerva et marcha sur nous dans l'intention manifeste de nous écrabouiller avec notre tacot. Cisco alluma le plafonnier. Le mammifère en rogne freina net en reconnaissant l'Indien ; il fit demi-tour et regagna sa niche en roulant des mécaniques, sauf que, cette fois, son zèle manquait de crédibilité.

Nous entrâmes dans la boîte de nuit. Un monde fou grouillait sur la piste. Un échalas doté d'une oreillette se précipita pour nous frayer un passage dans la cohue. Il nous conduisit par un corridor et s'effaça pour nous laisser grimper un escalier. Sur le palier, deux malabars montaient la garde devant une porte blindée. Visiblement, ils s'attendaient à notre visite. L'un d'eux s'apprêtait à nous fouiller lorsque l'Indien le repoussa brutalement :

— Tu risques de t'électrocuter, face de singe.

Le malabar recula et afficha l'attitude du larbin qu'on n'a pas sonné. L'autre tripota un code sur un clavier mural et se déporta sur le côté pour nous laisser passer.

Tassé derrière un immense bureau en verre, un gros personnage chauve improvisa un sourire de circonstance en nous voyant entrer et posa majestueusement le cigare qu'il était en train de téter dans un cendrier en ivoire. Il dut se trémousser pour se décoincer de son fauteuil.

— Ça fait un bail, Cisco ! s'exclama-t-il en tendant une main que l'Indien ignora.

— Ouais, ça fait longtemps. T'en as fait du chemin depuis le caniveau dans lequel tu lapais, Naaman.

— Faut bien avancer dans la vie, tu ne trouves pas ?

Cisco jeta un coup d'œil sur le faste alentour. De part et d'autre du bureau, deux statues de pharaon en stuc veillaient sur le maître de céans. En face s'étageaient une dizaine d'écrans de télésurveillance sur lesquels s'affichait chaque recoin de la boîte de nuit, y compris les toilettes et le hall d'entrée. Au-dessous d'un aigle empaillé, une armoire vitrée exposait un tas de pistolets de collection, de mousquetons et de pétoires de pirates. Un divan rouge étalait sa grâce de vache sacrée sur l'aile gauche de la pièce, à côté d'une porte-fenêtre donnant sur un jardin.

— T'as une chouette baraque, dis donc.

— J'ai bossé dur pour l'acquérir.

— Ce sont de vrais tableaux ? s'enquit Cisco en contemplant les toiles ornant les murs recouverts de bois noble.

— Si on en croit le faussaire.

— Ça change des photos pornos qui tapissaient ta piaule de blaireau.

— Faut bien avoir la culture de sa fortune. Même les ploucs ont besoin de se saper en citadins lorsque leur tirelire est pleine.

— Qu'est-ce que tu entends par plouc, Égyptien de mes deux ? dit Cisco, susceptible.

— Je suis Libanais…

Les deux hommes se jaugèrent, le regard fielleux.

— Qu'est-ce qui t'amène, Geronimo ? fit le Libanais en reprenant son cigare. Nous avons tiré les choses au clair, avec Sergio. Il y a une charte et on s'est tous entendus pour l'observer à la lettre. Si tu viens décompresser, tu fais comme chez toi à condition de casquer cash et sans remise. Si c'est pour me faire perdre mon temps, je suis très occupé.

— Ne me prends pas de haut, Naaman, menaça l'Indien, dont la pommette gauche se mit à tressauter. N'oublie pas d'où tu viens.

— Même le pape se faisait torcher quand il était enfant. Si on passait aux choses sérieuses ? ajouta-t-il en glissant ostensiblement la main dans un tiroir, sans doute pour se saisir d'une arme au cas où les choses déraperaient.

Cisco ébaucha un rictus dédaigneux :

— Tu saurais pas t'en servir, l'Arabe.

— Qu'est-ce que t'en sais ?

Cisco se gratta le front. Nerveusement. Il ne s'attendait sans doute pas à une fermeté aussi insolente de la part du Libanais. Ce dernier devait avoir une quarantaine d'années. Son obésité l'aurait situé beaucoup plus du côté des videurs de tripot que des caïds. S'il s'était entouré de faste, c'était sans doute pour afficher une autorité qu'il peinait à incarner et que l'Indien contestait avec un mépris flagrant.

Après avoir discipliné sa respiration, Cisco passa aux « choses sérieuses » :

— Sergio déplore l'anarchie en train de torpiller nos petites affaires.

— Et c'est à moi qu'il s'adresse ? Je m'occupe de mon jardin potager. De ce côté, il n'y a pas de grabuge. Mes putes passent régulièrement leur visite médicale et mes clients portent des capotes. L'anarchie touche un secteur où je ne suis pas habilité. La drogue, le trafic d'armes, les migrants, c'est plus mon rayon, et Sergio le sait.

— Tu insistais sur la charte, il y a deux secondes.

— Justement. La répartition des zones d'influence ne souffre aucune équivoque. Chacun connaît ses frontières, Cisco. Les miennes sont parfaitement sécurisées. Pas de raids de police, pas de malentendus, pas de mauvais payeurs. Je gère des boxons et des boîtes de nuit, et tout se passe intra-muros. Si les Rebeldes lavent leur linge sale, c'est en famille, et je ne suis ni leur beauf ni leur cousin germain. (Il extirpa un chapelet du tiroir et se mit à l'égrener sans quitter des yeux l'Indien.) Ça me chagrine que Sergio t'envoie tâter le terrain chez moi. J'ai toujours nagé dans mon couloir.

Cisco se gratta de nouveau le front.

— D'après certaines informations, tu fricoterais avec Dida le Borgne.

— Et alors ? S'agit ni de complot ni d'alliance. Dida me propose occasionnellement des filles pour renouveler mes harems. Rien de plus. C'est un sous-traitant comme les autres.

— Ouais, mais ses moutards ne se limitent pas à escorter les putes jusqu'à tes écuries. C'est à cause d'eux si l'armée s'invite à la fête. La ville est cernée, et plus personne ne peut travailler tranquille. Ça fait deux semaines que le business est en cale sèche.

— Pas le mien, Cisco. Si Sergio a des problèmes avec les gamins de Dida – je suis au courant de ce qui s'est passé avec vos deux coursiers –, c'est pas chez moi qu'il va trouver la solution.

— Qui a exécuté les Muchachos ?

— D'après toi ?

— On n'a pas récupéré toute la marchandise.

— Je te dis que je ne pratique plus ce genre de commerce. J'ai un fournisseur pour ma clientèle, mais pas de stand sur le marché. Et maintenant, est-ce que je peux m'occuper de mes oignons ?

— Nos sources avancent que ton fournisseur t'a livré des colis suspects et Sergio souhaite jeter un œil sur leur traçabilité.

— Révise la charte, Cisco.

— Je la connais par cœur. Si on veut garder intactes nos bergeries, on doit dénoncer le loup partout où il se manifeste.

Le Libanais s'aperçut que son cigare s'était éteint. Il le ralluma, souffla la fumée vers le plafond et s'enfonça d'un cran dans son fauteuil.

— J'ai pas merdé, Cisco.

— J'ai pas dit ça. On veut savoir si, par hasard, des colis égarés n'ont pas échoué dans ta boîte aux lettres, c'est tout. Si c'est le cas, on peut s'arranger. Sergio ne t'en voudrait pas. Il y a un livreur clandestin et il devient compliqué de distinguer l'intrus de l'infiltré... Alors, ce Borgne ?

Le Libanais remua dans son fauteuil. Il réfléchit en suivant une volute de fumée en train de se dissiper au plafond. Pour la première fois, sa nuque s'affaissa lorsqu'il laissa échapper, en détournant les yeux :

— Ne compte pas sur moi pour confirmer.

Une grande satisfaction défroissa le visage de l'Indien. Je compris qu'il venait d'avoir la réponse qu'il cherchait.

— Tu vois ? C'est tellement simple.

— Au revoir, Cisco... Pas la peine de retourner dans la salle. Sortez par le jardin.

Cisco avisa une batte de base-ball sur une commode en acajou. Il la prit, la soupesa.

— Tu ne vas pas me faire le coup d'Al Capone, ironisa le Libanais en faisant allusion à la célèbre réunion crapuleuse au cours de laquelle le caïd de Chicago avait réduit en bouillie le crâne de l'un de ses lieutenants avec une batte de base-ball.

— Pas ce soir, mais je prends la trique pour y penser à tête reposée.

— Elle a appartenu à un grand champion. Je t'en fais cadeau, et c'est de bon cœur.

— De bon cœur ? Tu es né sans, comme tous les asticots de merde.

Cisco soupesa encore la batte, la fit tournoyer et frappa au vol une balle imaginaire. Avant de sortir par la porte-fenêtre, il se tourna vers le Libanais et lui lança :

— C'était le dernier des seigneurs.

— Jésus ?

— Geronimo. Depuis, le monde est livré à la racaille.

— Tu es mieux placé pour le crier sur les toits, Cisco.

L'Indien le pointa de l'index et fit le geste de l'abattre :

— Ton doigt tire à blanc, Cisco. Tu peux te le mettre là où je pense.

— Tu me manques de respect, là, blaireau d'Arabe.

— C'est quand tu veux.

Cisco souffla sur son doigt. Il y eut dans son regard un feu qui aurait glacé le sang à un serpent. Les deux hommes se toisèrent en silence, chacun attendant que l'autre se détourne. Finalement, le Libanais laissa tomber et Cisco se dépêcha de me pousser devant lui.

Nous dévalâmes un petit escalier jusqu'à une allée dallée jalonnée de lampadaires nains. Une fois dans la rue, Cisco sortit son téléphone et dit à son interlocuteur au bout du fil : « Confirmation obtenue. À toi de jouer. » Ensuite, avant de rejoindre notre voiture, il m'ordonna de lui remettre le colt.

— Je ne peux pas le garder ?

— Il fonctionne pas à l'eau, me dit-il.

— T'en as bien donné un à Ramirez dès les premières semaines. Pourquoi pas à moi ? J'ai fait mes preuves, non.

— T'as rien prouvé du tout.

— Qu'est-ce que je dois faire de plus ?

— Ce que je te dis.

Cette nuit-là, quelques heures après notre passage au *Pharaon*, seize personnes seront exécutées à Tres Castillos : neuf gamins, trois prostituées, quatre adultes, dont Dida le Borgne.

Ramirez m'attendait de pied ferme. Torché, mais furieux.

— Où est-ce qu'il t'a emmené ?

— Tracer mon chemin.

— C'est moi, ton géomètre, Diego.

Je me déshabillai et sautai dans mon lit. Ramirez se tenait debout au milieu de la pièce, les mains sur les hanches.

— Qu'est-ce que t'as dans le crâne, putain ?

Je tirai le drap sur mon visage et me tus pour de bon.

Ramirez sortit dans la cour. Lorsque je l'entendis enfourcher sa moto, j'éteignis la lumière.

11

J'ai demandé à Nonito de m'aider à retrouver quelqu'un sur le Net. Il m'a prié de prendre mon mal en patience jusqu'au soir. Il régnait une atmosphère sordide au labo. Cuchillo engueulait tout le monde pour des broutilles. Les voyants étaient au rouge à Juárez et, bien que notre secteur fût épargné, El Cardenal avait décrété l'état d'alerte. Les livraisons étaient suspendues jusqu'à nouvel ordre. Nous étions comme les troufions consignés dans leurs quartiers.

La télé traitait en boucle de la boucherie de Tres Castillos. On insistait sur l'âge des gamins exécutés : six d'entre eux avaient moins de quinze ans. Le chef de la police promettait d'identifier très vite les assassins et de les traduire en justice. Le maire, lui, exigeait un renfort conséquent de la part des militaires pour ratisser large dans les bidonvilles. Un rescapé au visage flouté racontait que les agresseurs étaient arrivés à bord de 4 × 4 et qu'ils avaient ouvert le feu avant de mettre pied à terre. Un repenti certifiait que le mode opératoire des agresseurs n'avait rien à voir avec celui des Rebeldes et qu'il s'agissait d'une purge intestine destinée à renverser Dida le Borgne dont l'autorité était contestée par certains de ses *capos.* Défilaient sur les plateaux des experts et chacun y allait de sa petite théorie. En fin de compte, tout le monde était dans le cirage.

Cuchillo était tellement furieux qu'il finit par nous renvoyer chez nous vers quinze heures. Il voulait être seul au labo.

Nous avions cassé la croûte dans un boui-boui, Nonito et moi, ensuite nous étions allés nous dégourdir les jambes sur les berges du Rio Bravo. La ville était sévèrement quadrillée par les forces de l'ordre. Il y avait des barrages confiés à des soldats et des postes de contrôle de police à chaque carrefour. Les embouteillages s'encordaient sur des kilomètres. De temps en temps, des ambulances ululaient au loin, angoissant davantage les badauds. Nonito paraissait outré par le chaos qui s'accentuait de jour en jour à Juárez. À bout, il me proposa d'aller chez lui.

Nonito habitait à l'angle de l'avenue Las Granjas et de la Hacienda de Tabalaopa. Une petite maison en dur, assez modeste. Il me pria de m'asseoir dans le salon et alla nous chercher des bières. Il observa un long silence, renfrogné dans son fauteuil, puis il se mit à me raconter sa vie, le père qu'il avait été, la belle maison qu'il possédait, place Général Zuloaga, ses deux jumelles qui lui manquaient, avant de revenir sur sa dégringolade et sur les « horreurs » qui faisaient de Juárez la ville la plus dangereuse du monde.

Il déplorait les drames qui endeuillaient quotidiennement des familles entières, la corruption en train de gangrener les gens censés la combattre, les lendemains qui s'annonçaient désastreux et la jeunesse vouée aux dérives les plus meurtrières. Je ne l'écoutais que d'une oreille, impatient de le voir devant son ordinateur tenter de retrouver la trace d'Elena. Il s'aperçut que ses histoires m'ennuyaient, s'excusa de me casser la tête avec ses états d'âme et consentit enfin à tripoter les touches de son clavier. Nous sommes restés des heures à chercher Elena Rodero sur les sites et les pages du Net consacrés au cinéma, aux castings, aux starlettes. Rien. Nous avons essayé avec Osario Guzmán. Son nom était cité dans quatre affaires de banditisme relatées en détail par la presse locale, mais ni page Facebook ni traces de lui sur les réseaux sociaux. J'en étais désespéré.

— Tu es sûr qu'elle est à Juárez ?

— J'ignore si elle y est encore, mais elle a été vue avec Osario.

— Je ne connais pas ce type. C'est quoi son métier ?

— Il a promis à la fille en question une carrière d'actrice et elle est tombée dans le panneau. Il avait réussi à piéger une autre fille de notre village de la même façon et il en a fait une souillure.

— C'est une parente à toi, Elena ?

— C'est très important pour moi.

— Ça crève les yeux, mais tu ne réponds pas à ma question, Diego.

— C'est une longue histoire.

— Tu veux qu'on cherche du côté de la prostitution ? Il y a des centaines de sites sur le Net. Ça va nous prendre un temps fou.

— Pas la peine. Elena est trop pieuse pour se laisser embarquer dans ces milieux-là. Elle préférerait mourir.

Épuisés, nous retournâmes dans le salon finir nos bières. Nonito retomba aussitôt dans la déprime. Il alluma une cigarette et la fuma jusqu'au filtre en fixant un point sur le mur, remuant au plus profond de lui-même la lie qui fermentait en lui. Parfois, il oubliait que j'étais là et se mettait à soliloquer. Quand il réalisait qu'il n'était pas seul, il me décochait un sourire gêné et continuait de hocher la tête avec chagrin.

— Tu ferais quelque chose pour moi s'il m'arrivait un pépin, Diego ?

— Que veux-tu qu'il t'arrive ?

— Nul n'est à l'abri dans cette ville. Mais la question n'est pas là. Je veux savoir si je peux me fier à toi. On n'est jamais sûr de rien ni de personne, sauf qu'on est bien obligé parfois de prendre des risques.

— Tu ne risques rien avec moi.

Il me montra une commode près de la fenêtre.

— Tu vois le tiroir gauche ? Si tu le retires complètement, il y a une enveloppe collée en dessous. Dedans, une lettre avec des instructions. S'il m'arrivait quelque chose, j'aimerais que tu y jettes un œil.

— Il ne t'arrivera rien, voyons.

— C'est pas ton affaire, Diego. Dis-moi seulement si je peux compter sur toi.

— Si c'est dans mes cordes.

— Je m'en voudrais de te solliciter pour quelque chose qui te dépasse.

— Dans ce cas, je suis d'accord.

— Merci. Tu trouveras la clef de la maison sous le pot, dehors.

— Je n'aime pas quand tu parles de cette façon.

— Y en a pas d'autre.

Il se détendit et alla nous chercher d'autres bières. Nous allumâmes la télé. Les informations continuaient de se focaliser sur la boucherie de Tres Castillos. Un jeune homme en pleurs criait vengeance en s'adressant au journaliste. Il traitait les assassins de lâches et de fumiers. Le journaliste nous le présenta comme étant le grand frère de deux des victimes du massacre.

— Tu étais dans le coup, Diego ?

— Moi ?

— Ben, ce sont nos gars qui sont derrière. Tu n'as pas remarqué comment Cuchillo se conduisait avec nous ce matin ? C'est lui qui a dirigé l'opération. Il est mal parce que le Borgne et lui ont grandi dans le même patio. Ils ont été plus que deux frangins avant que Dida ne décide de rouler pour son propre compte.

— C'est Cuchillo qui a buté tout ce beau monde ?

— Tu n'étais pas au courant ?

— Non. J'étais avec Cisco, hier soir. On a rendu visite au patron du *Pharaon.*

Nonito fronça les sourcils.

— Il faut garder tes distances avec l'Indien. Tu relèves de l'équipe de Cuchillo et tu n'as de compte à rendre à personne d'autre.

— C'est lui qui est venu me chercher.

Nonito posa sa bière sur la table et me fit face.

— Diego, il faut que tu saches que Cisco est un détraqué. Il a des comptes strictement personnels à régler avec des types qui ne sont pas obligatoirement dans le collimateur du Cardinal. Un jour, tu vas te retrouver dans de beaux draps et Sergio ne sera pas fier de toi. Cisco, parfois, cherche des gars assez cons pour qu'ils fassent pour lui la sale besogne. Il commence par te faire croire qu'il t'a à la bonne et quand tu mords à l'hameçon, il te jette à l'eau en veillant à ne pas se mouiller. Fais très attention. Il m'a roulé de la même façon, à mes débuts. J'ai tué un flic pour lui.

— Tu as tué un flic ?

— Ça doit rester entre nous. Je te le dis pour que tu fasses attention. Cisco opère de cette façon pour régler ses comptes à lui. Pas ceux du gang. Pas ceux du Cardinal. Rien que ses comptes à lui… Je parie que tu n'es pas fiché chez les flics.

— J'ai jamais eu d'embrouilles avec eux.

— C'est exactement ce que cherche Cisco. Un gars clean, inconnu de la police, sans empreintes digitales ni ADN répertoriés. Il l'utilise pour descendre les gars qui ne lui reviennent pas.

— Comment lui désobéir ?

— Ton chef attitré, c'est Cuchillo.

— Cisco commande Cuchillo.

— Ouais, mais il ne commande pas le labo et n'a aucune autorité sur le personnel du labo. Sergio est strict là-dessus.

Son ton alarmant ne m'éveilla pas à la dangerosité de l'Indien. En vérité, je m'en fichais de rouler pour Cisco ou pour quelqu'un d'autre.

Je promis à Nonito de me tenir sur mes gardes pour qu'il arrête de me prendre pour un enfant de chœur qui se serait trompé de paroisse.

Le soleil déclinait ; ses lumières rasantes envahissaient le salon. Nonito changea de chaîne, tomba sur un documentaire animalier et se cala dans son fauteuil. Dehors, des gamins chahutaient. Un camion traversa la rue dans un tintamarre de ferraille. Je me levai pour m'approcher de la fenêtre. Les gamins tapaient dans un ballon à même la chaussée ; leurs cris emplissaient l'air d'une clameur apaisante, supplantant pour quelques instants les mugissements des sirènes.

Je me tournai vers Nonito :

— Et toi, est-ce que tu peux faire quelque chose pour moi ?

— Ça dépend.

— J'ai besoin d'un flingue ?

Il sourit. Tristement.

— J'ai de quoi payer.

— Généralement, on paie de sa vie ce genre d'objet, sauf que l'on ne s'en aperçoit que trop tard.

— J'ai besoin d'un flingue, Nonito. Je suis sérieux.

— On ne l'est jamais vraiment quand on se range de ce côté des choses, Diego.

— J'suis assez grand pour savoir ce que je veux.

— Grand de taille ou d'esprit ?

— Nonito, s'il te plaît.

Nonito émit un hoquet dépité. Un sourire triste flotta quelques secondes sur ses lèvres avant de s'effacer. Ses doigts tambourinèrent sur son genou, il chercha ses mots, n'en trouva aucun susceptible de me faire entendre raison. Il se leva à son tour et marcha vers la commode, sur laquelle trônait, dans un cadre en bois, la photo d'une jeune femme entourée de deux petites jumelles blondes.

— C'est tout ce que je possédais sur terre, Diego. Une épouse que j'adorais et deux bouts de chou magnifiques que j'aime plus que tout au monde. Nous formions une belle petite famille tranquille. J'avais un boulot qui suffisait largement à nos besoins et il nous arrivait de nous offrir des vacances. Et puis, un mauvais placement, et la société qui m'employait s'est rompu le cou. Du jour au lendemain, j'étais sur la paille. J'ai frappé à toutes les portes, passé au peigne fin toutes les annonces, pas moyen de me ranger quelque part. Un soir, je suis rentré chez moi torché comme un cul. Et tu sais quoi ?

— Pourquoi tu me racontes ça, Nonito ? J'ai seulement besoin d'un flingue.

— Ma femme et mes jumelles s'étaient taillées. Je les ai cherchées partout. À Madera, où vivent mes beaux-parents. À Lincoln, chez mes parents. À Vado, où nous avions une résidence secondaire. On aurait juré qu'un ovni les avait enlevées...

— Nonito, est-ce que tu peux me procurer un flingue ou pas ?

Il revint vers moi, les yeux presque éteints :

— Tu as déjà tué quelqu'un, Diego ?

— Non.

— Alors, barre-toi... Retourne dans ton bled tout de suite.

— Tu sais comment on appelle mon village ? Le Cimetière des Vivants.

— Juárez est l'antichambre de la mort.

— S'il te plaît, ne me fais pas la leçon.

Nonito posa ses mains décharnées sur mes épaules.

— Des dizaines de p'tits gars qui pensaient qu'avec un flingue ils allaient changer la donne sont en train de pourrir dans des charniers.

Sa main droite glissa sur ma joue, avec tendresse :

— Je t'aime bien, Diego. Ce qui me chagrine, c'est que tu n'as pas du tout la tête de l'emploi. C'est pas ton monde, Santa Rosa. On se jouera de toi comme d'une marionnette, et après on te rangera au placard pour l'éternité. Tu veux changer de vie ? Saute dans un autocar et va loin de cette nécropole où la voix du Seigneur n'arrive pas à se faire entendre dans le chœur des canons.

J'ai quitté Nonito en claquant la porte derrière moi. Tellement furieux que je m'étais rendu directement dans un zinc avaler trois doigts de tequila afin de me calmer. J'en avais ras le bol d'être traité en immature par mon cousin, par Nonito, par Cuchillo, par Cisco, par tout le monde. Personne ne semblait mesurer l'étendue de ma frustration chaque fois qu'on me prenait de haut ou avec condescendance. Je voulais une arme pour être responsable de mes actes et ne plus dépendre de personne. Depuis l'assaut contre la ferme des Muchachos, je m'étais éveillé à l'impérative nécessité de me reprendre en main. Le dernier des mômes tués dans cette ferme m'avait paru plus grand que moi. Ces gamins connaissaient parfaitement les périls qui les guettaient et avaient *décidé* de les courir. Ils avaient agi en responsables. J'avais presque du respect pour eux. Ils sont morts pour avoir joué l'atout majeur, celui du quitte ou double, et rien que pour cette audace insolente, aussi hasardeuse que pathétique, je leur trouvais un mérite que je n'avais pas.

Maintenant que j'y pense, des années plus tard, je crois que j'avais décidé *de participer à l'assaut de la ferme non pas pour contrarier mon cousin, mais pour m'initier à l'exercice de la mort. Je l'ignorais sans doute à cette époque. Aujourd'hui, j'en suis convaincu : je voulais apprendre à tuer. Car, derrière ma nonchalance, tapi au plus profond de mon être tel un agent dormant, un manque lancinant fermentait en moi. Ce manque avait fini par me travailler, inconsciemment, comme le seul défi véritable susceptible de me restituer la dignité que j'avais perdue dans les ruines du temple. Le 14 mars, en assistant à l'exécution de Rango dans l'entrepôt, je n'avais pas vomi, je n'avais fait qu'expurger mon être des derniers résidus de cette part d'humanité qui me couvrait de ridicule chaque fois que j'étais confronté à la cruauté de mes semblables.*

12

— Je sais où se terre Osario. À Valle Alto, rue Manuel Goytica. J'ai même pris des photos de sa planque. Rassure-toi, elle n'a rien d'une forteresse. Un moulin, plutôt. Tu peux pas mesurer combien je suis content !

Ramirez accusa la nouvelle avec un léger soubresaut avant de continuer d'astiquer sa bécane, un torchon dépassant de la poche arrière de son pantalon, un autre dans ses mains maculées d'huile usée.

— Est-ce que tu entends ce que je te dis, Ramirez ?

Mon cousin se redressa pour contempler sa moto, passa machinalement un dernier coup de chiffon sur le guidon. Sans se tourner vers moi, il se dirigea vers le robinet extérieur, fit couler du savon liquide sur ses paumes et entreprit de se laver.

— Eh, ho ! Je te parle, Ramirez !

Il me balança la serviette sur la figure et entra dans la bicoque. Je le poursuivis, des boules dans la gorge.

— Quand est-ce qu'on va lui régler son compte, à ce salopard ?

Ramirez enfila un tricot et se mit face à la glace du vestibule. Il passa les doigts dans ses cheveux, lissa son menton rasé de frais. Il avait une petite cicatrice derrière l'oreille que je ne lui connaissais pas. Il me poussa sur le côté pour se rendre dans la cuisine, pêcha une bière dans le frigo, la décapsula d'une chiquenaude et avala une pleine rasade.

— Je te préviens, Ramirez. Si tu n'es pas partant, je le ferai tout seul.

— Osario n'a pas flingué que des chiens dans sa vie, je te signale, cousin.

— Dois-je comprendre que j'ai passé des nuits et des nuits à faire le guet *Chez Norma* pour des prunes ?

— J'ai pas dit ça. C'est pas le moment, c'est tout. Pour s'attaquer à ce genre de filou, il faut bien calculer son coup. Car on n'a droit qu'à un seul. Si tu le loupes, tout ce qu'il te restera à faire, c'est creuser ta tombe à mains nues. Je me suis renseigné sur ce faux-jeton. Il a une longueur d'avance sur le Malin. La preuve, il doit du fric à un tas de truands, et ça n'a pas l'air de le préoccuper. S'il s'amuse à se faufiler entre les mailles des filets où les plus gros requins échouent, c'est qu'il est capable de nous pendre avec notre propre lasso.

— Tu lui prêtes un talent qu'il n'a pas. Je l'ai suivi jusqu'à chez lui. Il était rond comme une barrique.

On peut se le faire cette nuit. Il était complètement cuit. Et seul.

Ramirez écarquilla les yeux, aussi sidéré qu'agacé par mon entêtement.

— Tu veux qu'on y aille maintenant ?

— Il faut battre le fer tant qu'il est chaud.

— Tu n'es pas au courant ?

— Au courant de quoi ?

— Mais, bon sang, il y a eu un cataclysme à Santa Rosa. Tu n'es pas passé au labo ce matin ?

— Si.

— Est-ce que Cuchillo y était ?

— Non.

— Et depuis quand Cuchillo n'est pas à son poste, le matin ?... Il y a eu un drôle d'orage, cousin. Cisco a été mis sur le banc de touche. C'est désormais Cuchillo qui le remplace. Il va y avoir d'autres têtes qui vont tomber avant le coucher du soleil.

J'étais scotché.

— Cisco est au courant de son limogeage ?

— Tu parles, s'il est au courant. Il a été relevé par Sergio en personne, hier. Et depuis, il est cloîtré chez lui. Je suis allé lui rendre visite pour me préparer au pire. Paraît que toute la clique à Cisco est visée. Mais Cisco a refusé de me recevoir. Il était soûl comme une tempête. Il a même failli me tirer dessus. Alors ? Tu veux qu'on aille régler son compte à Osario tout de suite ou bien tu préfères te tenir à carreau en attendant de voir quelle tuile va nous tomber dessus ?

Pendant deux minutes, j'étais resté bête. La tournure que prenaient les choses, conjuguée à l'état de guerre en train de consolider ses dispositifs dans les bidonvilles de Juárez, me prenait de vitesse. C'était trop rapide pour mon esprit habitué à réfléchir mollement sans pour autant parvenir à des synthèses probantes. Je ne connaissais que très peu de gens dans le clan. Le cloisonnement était observé avec une rare rigueur et les différents escadrons qui composaient la force de frappe du Cardinal agissaient chacun dans son territoire en veillant scrupuleusement à ne rien laisser au hasard ni aux autres. Chaque *capo* se limitait à sa zone d'influence, strictement. La majorité d'entre eux ne se croisaient qu'en de rares occasions. En fin stratège, El Cardenal disposait d'un conseil occulte, tenant ainsi son cheptel dans une opacité où tous les coups lui étaient permis : décimer un groupe gênant, restreindre ou élargir tel ou tel secteur, nommer ou dégommer un lieutenant. Nous n'étions que du menu fretin, Ramirez et moi ; cependant, notre rang de subalternes ne nous mettait aucunement à l'abri des purges. Étions-nous vraiment très proches de Cisco ? Je ne le crois pas. Nous ne détenions ni secrets ni informations susceptibles de faire de nous des cibles sérieuses, mais pour El Cardenal nous étions *tous* suspects. Sans exception. Il aurait liquidé un pauvre larbin juste pour dissuader les traîtres potentiels.

— Pourquoi a-t-on limogé l'Indien ?

— Les voies du Seigneur sont impénétrables.

— C'est quoi ton plan, si ça tourne mal pour nous deux ?

— On a un peu de fric pour nous refaire ailleurs.

— Et Elena ?

Ramirez se prit les tempes à deux mains et courut s'écrouler sur son lit, excédé par le décalage entre mes préoccupations et celles du jour.

La veillée d'armes nous obligea à rester en alerte jusqu'à quatre heures du matin. Chaque fois qu'une voiture s'arrêtait dans les parages, mon ventre se contractait. Un silence de plomb écrasait le quartier. Même les chiens du voisinage semblaient retenir leur souffle. Ramirez faisait la navette entre son pieu et le vasistas de la cuisine. Parfois, les nerfs à fleur de peau, il sortait dans la cour inspecter les alentours. Il avait fumé plus d'un paquet de cigarettes et ingurgité tout ce qu'on avait dans le frigo.

Personne ne vint frapper à notre porte.

Nous nous assoupîmes aux aurores, Ramirez dans un fauteuil, moi, la tête sur la table de la cuisine.

Aucune tuile ne s'était décrochée du ciel. Le « remaniement » imminent prévu par Sergio n'eut pas lieu. Ou peut-être ne nous concernait-il pas, mon cousin et moi.

On s'était levés vers midi. C'était un jour comme les autres, misérable et laid, avec son soleil poussiéreux et ses tintamarres habituels. Les rues grouillaient de mioches instables, les zincs débordaient de paysans aux dents jaunâtres descendus de leurs montagnes chercher une corvée mal payée, les *maquiladoras* tournaient à fond la caisse, les dealers faisaient le pied de grue çà et là, un œil devant, un œil derrière, pendant que, tels des vampires fuyant la lumière, les prostituées s'offraient une sieste post-digestive derrière les volets clos, attendant la nuit pour piéger les honnêtes pères de famille.

Ramirez et moi avions traîné dans le *barrio* jusqu'au soir. Depuis quelque temps, les Rebeldes procédaient à des purges sur leurs territoires, en particulier à Bellavista et à San Antonio, et la police était sur les dents. Notre secteur n'était pas touché, mais, par mesure de précaution, Sergio Da Silva, alias El Cardenal, avait décrété le stand-by jusqu'à nouvel ordre. Pour Ramirez et moi, c'était le chômage technique ; on ne faisait que tourner en rond comme des chiens errants.

On avait acheté des côtelettes de porc pour le dîner et rejoint le trou à rat qui nous servait de planque. Hormis deux voisines qui se chamaillaient à cause d'une vague histoire de mari dragué, le peuple de Santa Rosa s'apprêtait à regarder le match de foot. J'ai rincé les assiettes qu'on avait oublié de laver la veille pendant que Ramirez épluchait les patates. La radio diffusait les chansons d'El Divo. Les deux voisines avaient fini par se calmer, et le quartier, rendu à son silence, retrouvait ses angoisses car un drame était toujours à prévoir : une semaine sur deux, quelqu'un prenait du plomb dans le buffet lorsque ce n'était pas une gamine qui se faisait violer.

À part ces faits divers, somme toute ordinaires, les gens vivaient leur vie. Dans les *focos rojos*, la longévité est une simple question de hasard. Quand le sort s'abat sur l'élu, on pleure un coup, on promet de se venger, parfois on se venge, parfois on se fait descendre pour avoir crié vengeance, puis chacun reprend le cours de son destin là où il l'a laissé, avec le sentiment d'avoir échappé à un sortilège et que ce n'était que partie remise.

On s'apprêtait à passer à table, Ramirez et moi, lorsque Cisco débarqua, une batte de base-ball à la main. Il respirait comme un buffle qui se serait pris les naseaux dans une fourmilière.

— Allez le chercher ! nous cria-t-il en cognant sur la table.

Nos assiettes s'étaient envolées avant de se fracasser au sol, avec nos côtelettes de porc et nos frites.

Cisco tendit le bras vers la guimbarde qui pétaradait dans la cour.

— Ramenez-moi ici ce fils de pute !

Ramirez et moi, on était sortis au pas de course. On avait regardé à l'intérieur de la bagnole. Il n'y avait personne sur le siège avant ni sur la banquette arrière.

— Dans le coffre, connards ! hurla Cisco.

On avait soulevé le capot du coffre. Un militaire était recroquevillé à l'intérieur, les poignets ligotés.

Nous l'avons traîné à l'intérieur de la baraque. Le soldat regardait à droite et à gauche d'un air ahuri. C'était un gamin, malgré le duvet qu'il faisait passer pour une moustache. Il avait une belle petite gueule, le genre d'enfant élevé au biberon pour ne pas abîmer les seins de sa mère et destiné à porter des costards de banquier ou des tuniques d'officier. Il devait avoir entre vingt et vingt-trois ans, faussement frêle, les cheveux blonds soigneusement taillés en brosse et les oreilles propres et translucides comme les lanternes que l'on brade dans les bazars chinois.

— Tu disais quoi au tripot de la gare routière, face de fille ? feula Cisco.

— Où suis-je ?

— Tu ne me remets pas ?

Cisco tremblait comme un camé en manque. Ses prunelles étaient en feu. Cisco, quand il se mettait dans un état pareil, ça signifiait que la danse du scalp avait commencé pour quelqu'un. De toute évidence, le soldat était mal barré.

— Qu'est-ce que vous me voulez ?

— Ta peau, enfoiré.

— Je ne vous ai rien fait.

— C'est pas un empêchement.

Le soldat n'était pas tout à fait éveillé. Il tentait instinctivement de se défaire de la cordelette qui lui attachait les poignets derrière le dos.

Cisco balança la batte de base-ball contre le mur et extirpa son énorme flingue de sous son ceinturon. La vue de l'arme dégrisa le soldat. Il nous regarda, Ramirez et moi, comme s'il espérait un quelconque secours de notre côté, puis il revint sur Cisco ; ce qu'il décoda dans les prunelles effervescentes de ce dernier le pétrifia.

— Il s'agit d'un malentendu. Je suis seulement de passage dans la région. Ça fait des mois que je n'ai pas bénéficié d'une perm.

— Pourquoi tu me racontes ta vie, asticot de merde ? J'en ai rien à cirer de tes histoires. On a des comptes à régler, toi et moi, et rien de plus. Tu m'as manqué de respect. Et ça m'a affecté. J'ai presque envie de chialer tellement ça m'a fait mal que tu me manques de respect. J'suis Cisco, putain. J'suis pas n'importe qui.

Il était parti, Cisco. Une boîte de Pandore quand il se mettait à râler. Il expurgeait toute la lie qu'il avait engrangée au fond de ses tripes depuis son enfance minable, depuis ses nuits blanches passées dans les porcheries, depuis qu'il avait perdu la foi dans tout ce qui ne le faisait pas souffrir.

— Je ne sais même pas ce que vous me reprochez.

Cisco stoppa net son délire. On aurait dit qu'il s'était pris la tronche dans une baie vitrée. Pendant une minute, il se demanda où il en était, puis, se grattant la tempe avec le canon de son pistolet, il se pencha sur le soldat, l'air de le découvrir pour la première fois.

— Tu sais pas c'qu'on te reproche ?

— Non.

— T'es un gradé, c'est ça. T'es quoi ? Lieutenant ?

— Caporal.

— Wow ! T'as pas encore de poil au cul et déjà t'es caporal. C'est parce que tu portes un costume de majorette que tu m'as regardé comme si j'étais une crotte flottante ?

— Vous vous trompez. Ce n'est pas dans mes habitudes de me conduire de la sorte avec les gens.

Cisco ne l'écoutait plus. Il était reparti en vrille.

— Qu'on me tire dessus, c'est normal. C'est mon monde à moi. Des fois, c'est toi qui canardes. Des fois, le canard sauvage, c'est toi. C'est de bonne guerre. Mais qu'on me prenne de haut, ça, je le supporte pas. Ma dignité, c'est tout ce que je possède sur terre. J'suis pas un plouc. J'suis Cisco, putain. Tu me craches dessus et tu récoltes un tsunami avant que ta salive ne déborde tes lèvres. C'est ça, Cisco. C'est le manitou sur terre. S'il ne promet le paradis à personne, il voue aux enfers toutes les pédales qui se frottent à lui.

Ramirez et moi, on comprenait un peu ce qui mettait Cisco dans un état pareil. Ça a toujours été le même topo avec lui. Quand il grillait un fusible, il court-circuitait la ville entière. C'était un malade, un vent funeste lâché dans la nature, le genre à s'écraser comme une crêpe devant plus fort que lui avant de courir conjurer ses démons sur des gamins. Depuis qu'El Cardenal l'avait rétrogradé, Cisco était comme fou. Le soldat allait lui servir d'exutoire. Il a eu le malheur de se trouver là où il ne fallait pas. Pour Cisco, c'était du pain béni.

— Détachez-le.

Ramirez, qui avait un canif sur lui, s'exécuta. Il trancha la cordelette qui meurtrissait les poignets du soldat.

— Lève-toi ! cria Cisco au caporal. Un soldat doit mourir debout. C'est ce qu'on vous enseigne dans l'armée, pas vrai ? Mets-toi au garde-à-vous que je te crève dans les règles de l'art.

Le caporal n'avait qu'à lire dans les yeux incandescents de Cisco pour comprendre que son sort était scellé. La mort, chez Cisco, n'était pas forcément une question d'honneur. Une simple saute d'humeur suffisait à la légitimer. C'était absurde, mais c'était comme ça. À Juárez, on peut croiser son destin à n'importe quel moment, n'importe où, et ce soir-là, la sentence était tombée dans un zinc de la gare routière tandis que le militaire savourait une bière en attendant son autocar. Avait-il pensé une seule seconde qu'il allait louper la navette ? Je ne crois pas. Il était tranquille dans ce bar, à s'imaginer rentrant chez lui retrouver ses proches, et peut-être une fiancée, loin de se douter qu'il était en train de vivre les dernières heures de sa vie. J'avais de la peine pour lui. Mais, dans le monde où j'avais échoué par mégarde, les bons sentiments et les prières n'avaient pas cours. C'était le monde des balles perdues, des suspicions expéditives et des procès bâclés ; le monde des règlements de comptes, des humeurs massacrantes et des hasards meurtriers. On y trucidait à tout-va, sans préavis et, souvent, par simple formalité.

Le caporal se tourna vers moi. Je ne pouvais rien pour lui. Il regarda Ramirez, et Ramirez baissa la tête. Il décida alors de tenter l'hypothétique chance sur mille que le sort pourrait lui accorder – la chance de tous les miracles et de tous les dangers. Il bondit sur ses jambes et fonça tête baissée sur Cisco, espérant le renverser et filer par la porte restée ouverte sur la cour. Cisco s'y attendait. Ses yeux brillèrent d'un feu jubilatoire lorsqu'il appuya sur la détente. Ramirez et moi, on était restés scotchés.

Il y eut un silence.

Puis Cisco maugréa :

— Personne ne doit me prendre de haut. J'suis pas un nain.

Le caporal est mort sur le coup. La balle l'avait traversé de part en part. Couché sur le dos, il fixait le plafond de ses yeux bleus qui ne verraient jamais plus se lever le soleil sur ce monde de dégénérés. Un filet de sang coulait de sa bouche. Il avait l'air de s'être assoupi en mordant une cerise.

Ramirez s'écria :

— Qu'est-ce que t'as sur ta chemise, Diego ?

Il y avait du sang sur ma chemise. Probablement celui du caporal, car je me tenais juste derrière lui lorsque le coup de feu avait claqué. Ramirez n'en était pas convaincu. Il trouvait que je saignais trop. Il avait raison. Il ne s'agissait pas d'éclaboussures. C'était mon sang qui suintait sur ma chemise. Tout de suite, je perçus le tintement d'une coupe de cristal dans ma tête ; un tintement lent, qui n'en finissait pas de me fissurer le cerveau. Ensuite, mes jambes se dérobèrent.

— Putain, c'est pas vrai… répétait Ramirez, vert de panique. Hey, Diego, dis-moi que c'est pas vrai !

Je ne pouvais rien lui dire. J'avais la bouche pleine d'un goût de cendre.

— Qu'est-ce qu'il a ? a demandé Cisco. Il veut dégueuler ?

— Il a pris la balle dans le ventre.

— Quelle balle ?

— Celle qui a buté le caporal.

— Comment ça s'fait ?

— La balle a traversé le corps du soldat et est venue se loger dans le bide de Diego.

Cisco se frappa le front avec le plat de la main.

— Putain ! Qu'est-ce qu'il lui a pris, à cet abruti, de se mettre sur la trajectoire de la balle ?

Le froid me gagnait de partout. Bientôt les cris de Ramirez ne m'atteignirent plus. Je ne voyais que sa bouche qui remuait, ses bras qui me retenaient et ses yeux qui ne savaient quel saint implorer. Soudain, il y eut un flash. Tout devint blanc. Puis la brume se mit à s'échancrer et je vis un marmot aux fesses nues courir dans un champ. Je revins à moi, retrouvai le visage décomposé de Ramirez, sa voix me suppliait, à travers une multitude de filtres, de rester éveillé. *Ne lâche pas l'affaire. Accroche-toi…* C'était une voix lointaine, qui allait et venait dans un roulis. De nouveau, la brume. Cette fois, le marmot aux fesses nues, vêtu d'un tricot trop court qui lui dévoilait la moitié du ventre, a les doigts dans la bouche. Il regarde brailler une femme aux prunelles éclatées. Cette femme, qui a été sa mère la veille, lui est devenue étrangère du jour au lendemain. Il ne la reconnaissait plus. Elle ne le reconnaissait pas, elle non plus. Pendant qu'elle se déchaînait en s'arrachant les cheveux, le marmot faisait sur lui…

Les embouteillages n'en finissaient pas de nous ralentir tandis que chaque minute comptait. Une terrible course contre la montre se jouait à pile ou face, et moi, je pirouettais entre la vie et la mort comme une pièce de monnaie lancée en l'air. Je n'avais pas mal. J'étais hébété, un goût d'aliment avarié dans la bouche. Je tentais de m'accrocher à des bouts de nuages, mais ils s'effilochaient entre mes doigts. Quelque part, entre ciel et terre, une main se tendait vers moi tandis que j'hésitais à la saisir…

J'étais en train de mourir.

Lorsqu'on voit sa vie défiler sous ses yeux, ça signifie qu'on est en train de faire ses adieux à tout ce que l'on a subi, partagé, aimé et haï…

Étrangement, je n'avais pas peur. Je flottais quelque part, rasséréné, presque heureux de partir, survolais l'Enclos de la Trinité, les ruines sur la colline, voyais mon oncle debout devant sa cantina, Elena qui m'épiait derrière la moustiquaire, ma mère qui courait nue à travers champs, deux chats ébouriffés se disputant un oiseau mort, puis le ciel qui m'aspirait lentement.

Cisco klaxonnait sans arrêt. Ma tête retentissait de déflagrations diffuses. Un moment, tiraillé de toutes parts, j'ai souhaité que mon cœur lâche une fois pour toutes.

— Ne t'endors pas, Diego. Je t'en supplie, reste éveillé ! On va te conduire à l'hosto.

Deuxième partie

L'enfant court sur l'eau. Sous ses pieds nus, de petites gerbes virevoltent en gouttelettes nacrées. Une femme en blanc le regarde venir à elle. Ses yeux ne sont que tendresse. Le visage auréolé de soleil, elle écarte les bras pour accueillir son petit. L'enfant bondit contre la poitrine de sa mère, traverse cette dernière de part en part et tombe à l'eau. La femme ne comprend pas. Elle cherche son petit qui vient de se volatiliser. *Il est derrière toi, il est derrière toi...* La mère panique, regarde à droite et à gauche... *Il est derrière toi, maman. Retourne-toi, ton fils est en train de se noyer dans ton dos...* La mère ne se retourne pas. Elle ne m'entend pas. L'enfant sombre au ralenti dans les flots. On voit ses épaules, puis son cou, ensuite sa tête s'enliser dans les eaux qui, tache d'huile s'élargissant à l'infini, virent au gris. Sa petite menotte tente désespérément d'atteindre l'ourlet de la robe maternelle, s'accroche à des volutes d'écume... *Vite, retourne-toi, maman. Ton fils est en train de se noyer juste derrière toi...* Ma voix s'effrange sur les vagues. La mère ne la perçoit pas. Lorsqu'elle se retourne enfin, l'enfant a disparu. Des spirales s'élargissent à l'endroit où la petite main translucide a *coulé*. « Il va se réveiller, n'est-ce pas, docteur ? — Il est hors de danger, mais ne reste pas là »... Elena se promène sur une plage au sable blanc, un petit chien jappant devant elle. La silhouette de la mère s'est dissipée au large. Les vagues déferlent sur le rivage. Noires de nuit. Debout sur une dune, les mains en entonnoir, j'appelle Elena, et Elena ne m'entend pas. Je ne peux pas aller vers elle. Mes pieds sont enracinés dans la dune. *Elena... Elena...* Elena s'éloigne, le petit chien gambadant devant elle...

J'ouvre les yeux, aperçois un plafond, des visages flous penchés sur moi. J'essaye de revenir à mon rêve, de retourner sur la dune, mais la plage est déserte et Elena a disparu ; seule une robe blanche froufroute sur le sable tandis qu'une marée noire rampe vers elle...

— Docteur, il vient de se réveiller.

Ramirez me fit mal en étreignant mon poignet.

— Tu me vois ? Tu me reconnais ?

— Vas-y mollo, lui dit un homme en blouse blanche. Il n'était pas dans le coma, voyons, il était sous anesthésie. Dans moins de deux semaines, il pourra courir comme un lièvre.

Soulagé, Ramirez s'assit d'une fesse sur le rebord de mon lit sans se douter que son coude pressait sur ma blessure.

— Tu es sorti d'affaire, Diego. Tu seras bientôt sur pied.

Sa voix m'atteignait par bribes. J'eus le sentiment d'émerger d'un puits. J'essayai de bouger un bras. Mon corps ne réagit pas. On aurait dit un ballot de chair froide saucissonné dans un drap.

L'homme en blouse blanche braqua une lampe de poche sur mes yeux. La lumière me fit l'effet d'un coup de rasoir dans le cerveau.

— Il est encore dans les vapes. Laisse-le se reposer.

Je fermai les yeux et retombai dans les ténèbres.

13

Le docteur Singer me garda quelques jours en observation. Il me rassura : la balle n'avait touché aucun organe vital. Elle s'était logée à un centimètre de l'appendicite ; son extraction s'était déroulée sans problème. J'avais perdu beaucoup de sang, mais je réagissais très bien.

Je n'ai pas été opéré à l'hôpital. Cisco a préféré me confier à un chirurgien clandestin de Mirador qui avait l'habitude de rafistoler les *sicarios* et les fugitifs amochés au cours de leur traque.

Le docteur Singer (on le surnommait ainsi en référence à la célèbre machine à coudre) avait fait de la prison suite à un avortement bâclé pratiqué sur une gamine qu'il avait lui-même engrossée. La mort de la petite avait écœuré la nation, et le peuple avait exigé de la justice une sanction exemplaire contre le « boucher » qui purgera dix ans de détention criminelle et se verra renié par la corporation et interdit d'exercer sur l'ensemble du territoire national. Mais, dans les pays où les soubassements grouillent de vermine, rien ne se perd tout à fait. Le docteur sera récupéré par les cartels qui mettront à sa disposition un gourbi réaménagé dans les bidonvilles de Mirador où il soignera des dizaines de blessés par balle. Avant, il n'était qu'un médecin de campagne qui trimbalait, pour tout accessoire, un stéthoscope et un vieux tensiomètre. Les miracles qu'il accomplira, en apprenant sur le tas et après avoir charcuté un tas de voyous éclopés, lui vaudront le statut de chirurgien attitré de la pègre locale.

Au bout d'une semaine, je réussis à me traîner jusqu'aux toilettes sans l'aide de personne, un épais pansement autour de la taille. Ramirez venait chaque matin me rendre visite. Il m'apportait des fruits et des nouvelles de Santa Rosa : les purges déclenchées par les Rebeldes avaient cessé ; une bonne partie des soldats déployés dans la ville avait regagné ses garnisons ; on ne parlait plus du massacre de Tres Castillos ; Cisco s'était débarrassé du cadavre du soldat, sauf qu'il ne décolérait toujours pas.

L'Indien subissait sa mise sur la touche comme une terrible humiliation. Il passait ses journées cloîtré chez lui, et ses nuits à hanter les bordels, provoquant par endroits des bagarres générales.

Le septième jour, après avoir désinfecté ma blessure et changé mes pansements, le docteur Singer m'annonça que j'étais apte pour un retour chez moi. Il me prescrivit un traitement et me mit à la porte. Ramirez vint me chercher dans la voiture d'Adamo.

Ce dernier avait reçu l'ordre de me conduire directement à Santa Rosa. Quand on l'a prié de s'arrêter à une pharmacie pour acheter les médicaments, il a refusé, catégoriquement.

À la maison, un énorme steak saignant m'attendait. « Pour reprendre des couleurs », me dit Ramirez, content de me bichonner. Il était tellement soulagé, Ramirez, que les larmes perlaient à ses paupières chaque fois qu'il levait les yeux sur moi.

— Tu m'as foutu une de ces frousses, répétait-il.

— Je suis là, maintenant.

— Il faudrait que je te touche pour le croire.

Ramirez m'interdit de porter des choses lourdes, mais j'arrivais à tenir sur mes jambes et à ranger mes affaires. Ma plaie cicatrisait bien. Je ne saignais presque pas. J'avais un peu mal lorsque Ramirez me faisait rire, parfois une migraine revenait compresser mes tempes ; à part ces petits soucis, je récupérais et mes forces et mes couleurs avec beaucoup d'entrain. Par rapport au reflet que m'avait renvoyé la glace une semaine plus tôt, la figure spectrale que j'arborais laissait progressivement place à celle qu'Elena aimait caresser du bout de ses doigts de fée, autrefois, quand le rêve était permis.

Cisco me rendit visite pour s'assurer que j'étais encore de ce monde. Il s'excusa – chose inhabituelle chez lui – pour l'accident qui avait failli me coûter la vie, puis, après avoir accepté de partager notre dîner, il commença à se bourrer la gueule et à geindre :

— Je suis une merde sur laquelle les dieux ont marché.

— Te prends pas la tête, patron, tentait de le consoler mon cousin. Sergio n'a de respect pour personne.

Il aurait dû se taire, Ramirez, car l'Indien cogna si fort sur la table qu'il manqua de se déboîter le poignet.

— J'suis pas personne, je suis Cisco. Mon honneur n'est pas une crotte collée aux semelles.

Je fusillai du regard mon cousin qui ne sut où se mettre à l'abri. Cisco en voulait au Cardinal, au gang, à ses hommes qui n'avaient pas bougé le petit doigt pour lui, et jurait de se venger. De peur que ces propos ne tombent dans des oreilles indiscrètes, Ramirez se dépêcha de fermer les fenêtres.

Après une courte convalescence, je retournai au labo. Un gaillard au crâne tatoué avait remplacé Cuchillo. Il m'accueillit froidement. Pacorabanne était à son poste ; le judas donnant sur la pièce interdite était clos ; Joaquín surfait sur son ordinateur. J'eus le sentiment de déranger l'ordre des choses.

J'attendis Nonito, et Nonito ne se manifesta pas. Je demandai à Joaquín où était passé son collègue. Joaquín ne me répondit pas. Il se contenta de taper sur son clavier, puis il tourna l'écran de son ordi vers moi. Dans le reportage télévisé diffusé sur El Canal de las noticias, on voyait une unité spéciale de la police s'affairer autour d'un abattoir désaffecté, des corps de *sicarios* baignant dans des mares de sang et une vingtaine de migrants africains pris en charge par des ambulanciers.

— C'est quoi ?

Joaquín remit l'ordi à l'endroit et, sans un mot, reprit ses recherches sur le Net.

Pacorabanne ricanait en astiquant le canon de son fusil d'assaut.

— J'ai loupé un épisode ?

— C'est Nonito qui a alerté la police, dit Pacorabanne. Heureusement que les flics ont abattu nos cinq gars. Autrement, ils remontaient jusqu'à nous.

— Nonito a fait ça ?

— Ouais. D'ailleurs, il l'a reconnu tout de suite quand l'étau s'est resserré sur lui. Il n'a pas essayé de nier. Il a même dit qu'il était fier d'avoir contribué à la libération des migrants et que c'était la seule bonne action qu'il ait accomplie de toute sa putain de vie. Ce sont ses propos.

— Et il est où, maintenant ?

— À ton avis ?

Au sourire fielleux de Pacorabanne, je compris que Nonito devait se décomposer quelque part dans un charnier.

Je rentrai à la maison, dégoûté. Ramirez avait commandé une pizza et des bières pour le déjeuner et m'attendait à table. Il sourcilla lorsque, sans un regard pour lui, j'allai tel un somnambule m'effondrer sur mon lit.

— Qu'est-ce qu'il y a encore ?

— Tu étais au courant ?

— Au courant de quoi ? Il se passe un tas de trucs, ces derniers jours.

— Nonito.

— Connais pas.

— Mais si, tu connais. Le petit gars aux lunettes de myope qui bossait avec moi au labo.

— J'ai jamais mis les pieds au labo, tu le sais très bien.

Il laissa tomber la pizza et vint s'asseoir en face de moi.

— Raconte voir.

— Il paraît que c'est lui qui a alerté les flics à propos de l'abattoir où étaient détenus des migrants africains.

— Ah !... C'est pas mon rayon. J'sais même pas de quoi tu parles, Diego. Viens manger. Ce soir, je t'emmène dans un claque de première. T'auras même pas besoin de capote tellement les filles sont clean.

— J'ai pas la tête à ça.

— Mange un morceau d'abord. Après, tu verras.

— J'ai pas envie de manger. Je me sentirais mieux si tu me fichais la paix.

Ramirez retourna dans la cuisine, ramassa la pizza et la jeta dans la poubelle, puis il sortit enfourcher sa moto. Je m'assoupis aussitôt.

Le soir, Ramirez téléphona à un certain Sorolla et lui communiqua notre adresse. Une heure plus tard, deux jeunes filles frappèrent à notre porte. Elles étaient fardées à outrance et portaient des perruques blondes qui contrastaient avec leur teint chocolat. Au début, j'avais résisté à la tentation – la disparition de Nonito me rendait toute chose repoussante – mais, après quelques verres de tequila et deux joints, j'envoyai au diable El Cardenal et ses couillons, les morts et les vivants, les migrants et les passeurs, les gangs et les flics. Les deux filles étaient drôles. Elles riaient à propos de rien et nous amusaient, Ramirez et moi. On s'était foutus à poil et on avait dansé sur les airs bidon que la radio diffusait. Ça a été une vraie thérapie, pour moi. J'oubliai ma blessure, mon chagrin, ma haine, et je me surpris à rire et à pleurer sans raison, expurgé des toxines qui polluaient mon être.

14

Un détraqué haranguait une foule invisible, debout sur une bassine en plastique au beau milieu de la chaussée :

— Renoncez à vos voitures, renoncez à vos machines, reprenez vos ânes et vos mules. Il ne sert à rien de courir, mes frères. La vie est plus douce quand on prend son temps.

Mon cousin rangea sa moto contre le trottoir pour s'éponger dans un mouchoir et s'essuyer les mains. Un soleil de plomb écrasait la ville. Le détraqué continuait de déblatérer en décrivant de larges cercles avec ses bras décharnés. Des gamins le montraient du doigt en se gondolant.

— Tu es sûr que c'est le bon chemin, Diego ? Ça fait trois fois qu'on passe par ici. Je suis lessivé à force de tourner en rond. Si tu ne te rappelles pas la rue en question, rentrons à Santa Rosa. J'ai pas fermé l'œil de la nuit.

— Je ne suis venu qu'une seule fois dans le coin.

— À mon avis, c'est pas une bonne idée. Tu ne dois rien à personne.

— J'ai promis, Ramirez.

— Purée ! Tu vas finir par me rendre fou, avec tes promesses à la con. On est à Juárez pour lancer notre affaire, pas pour jouer aux bons samaritains.

Finalement, après quelques détours et des raccourcis négociés au hasard, nous parvînmes à atteindre la maison de Nonito. La clef était sous le pot, sur la dernière marche du perron. Ramirez inspecta les alentours. Hormis une femme en train de vider ses ordures à même la chaussée, personne ne s'intéressait à nous. J'introduisis la clef dans la serrure ; la porte céda dans un grincement et un petit cri de surprise nous accueillit dans le vestibule : une femme se trouvait dans le salon, un balai à la main. Un moment, je crus m'être trompé d'adresse.

La femme se figea un instant, les sourcils relevés. Notre intrusion ne l'effrayait pas ; elle l'intriguait. Je levai les bras pour la rassurer. Je n'avais pas envie de l'entendre ameuter le voisinage.

Elle ne cria pas, ne tenta pas de s'enfuir.

— Qui êtes-vous ?

— On ne vous veut pas de mal, madame.

— J'en ai eu ma dose. Qu'est-ce que vous faites chez moi ?

Elle devait avoir la trentaine, mais en paraissait dix de plus. Petite, amaigrie, elle flottait dans sa robe de chambre.

— Nonito m'a laissé la clef, je lui dis.

Tout son corps se souleva d'un coup et un immense espoir illumina son visage blême.

— Il est où ? Ça fait des jours que je l'attends. Mettez-vous à l'aise, nous pria-t-elle en nous désignant une petite table dans la cuisine. Vous voulez du café ? Il est prêt. J'en bois sans arrêt.

Elle tournoya autour de nous, fébrile, délivrée d'on ne savait quoi.

— Je vous en prie, asseyez-vous. Je suis sa femme. Nos deux filles sont à l'école. Prenez place et racontez-moi. Où est mon mari ?

Ramirez s'installa sur une chaise. Il ne comprenait pas grand-chose au cirque de la femme et il était trop fatigué pour s'y intéresser. Il s'empara de la cafetière sur la table et se servit une tasse, sans gêne aucune. La femme me força presque à m'asseoir. Elle s'agitait dans tous les sens, ne savait pas par où commencer, retourna dans le salon, revint dans la cuisine, complètement déboussolée.

— Où est Nonito ? J'espère qu'il va bien. J'ai fait un rêve atroce. C'est pour ça que je suis revenue. Mon Dieu ! J'ai demandé aux voisins. Personne ne sait où est passé mon mari. Le boutiquier m'a dit que ça fait des lustres qu'il ne l'a pas vu. J'étais mal, très mal. C'est le Seigneur qui vous envoie.

Elle tremblait de la tête aux pieds, telle une possédée. Les mots se télescopaient dans sa bouche. Plus elle parlait, plus son visage s'embrasait. Elle s'effondra sur une chaise en face de nous, saisit Ramirez par les poignets et les étreignit si fort que les jointures de ses phalanges en blanchirent.

— Il va bien, n'est-ce pas ? Il est en déplacement, hein ? Il rentre quand ?

— Ben, j'en sais rien, moi. Je le connaissais pas.

Elle se rabattit sur moi, me broya les mains.

— Ce n'est pas de ma faute si je suis partie. J'avais peur qu'il ne nous fasse du mal, à mes filles et à moi. Il n'était pas comme ça, avant. C'est à cause de cette maudite faillite. Quand il rentrait bredouille après avoir frappé à toutes les portes, il nous menaçait de nous tuer et de se suicider après. Il s'est mis à boire et à nous battre. Des fois, les voisins appelaient la police. Je disais aux policiers que ce n'était pas grave, que Nonito traversait des moments difficiles. Et Nonito remettait ça tous les soirs. Je ne l'ai pas quitté, j'ai mis mes filles à l'abri, c'est tout.

La malheureuse déraillait. Elle ne se donnait même pas la peine de reprendre son souffle. Ramirez était gêné. Il m'en voulait d'être là, à subir le chagrin et la détresse d'une femme qu'il ne connaissait ni d'Ève ni d'Adam et dont l'histoire lui échappait. C'était sans doute pour la faire taire qu'il lui cria :

— Pourquoi vous êtes revenue, alors ?

La femme se tut d'un coup, comme si elle venait de se réveiller, nous regarda d'une drôle de façon, parut ne plus savoir où elle en était.

— C'est à cause du mauvais rêve, dit-elle.

Elle releva la tête. Ce n'était plus un visage qu'elle avait, mais un masque mortuaire.

— Où est-il ?

— Je l'ignore, lui répondis-je.

— Est-ce qu'il va bien, au moins ?

— …

— Pourquoi vous êtes là ? Qu'êtes-vous venus chercher chez moi ?

— Nonito avait laissé quelque chose dans le tiroir gauche, lui dis-je en montrant la commode. Une lettre scotchée en dessous.

La femme courut vers la commode.

— Attendez, s'il vous plaît, lui lançai-je. Je ne tiens pas à savoir c'que c'est. Maintenant que vous êtes là, je n'ai aucune raison de rester. On va partir. Vous regarderez après.

Elle dodelina de la tête. Des larmes affluèrent dans ses yeux.

— Il lui est arrivé malheur, n'est-ce pas ?

— Adieu, madame, lui dis-je en faisant signe à mon cousin de me suivre dehors.

La femme s'agrippa à mon poignet, suppliante :

— J'ai le droit de savoir. Je suis sa femme. Est-ce qu'il est mort ? On ne cache à personne ce genre de chose. Il faut que je sache, sinon je vais me ronger les sangs tous les jours et toutes les nuits.

Ramirez ouvrit la porte, me poussa devant lui. Il se racla la gorge avant de laisser échapper :

— Nous sommes désolés, madame.

La femme porta ses mains à ses tempes et s'écroula dans le vestibule.

Rien, dans le boui-boui où nous avions atterri après notre rencontre avec la veuve de Nonito, ne trouva grâce à mes yeux : le barman tassé et rond comme un tonnelet en train de se tirer les vers du nez derrière son comptoir ; la serveuse en minijupe qui mâchait vulgairement un chewing-gum, la bouche de travers ; les trois guignols qui rigolaient à gorge déployée au fond de la salle ; la famille de paysans qui gloutonnait à deux tables de la nôtre, la bouche dégoulinante de jus et les joues cabossées ; les badauds qui déambulaient dans les rues, semblables à des épouvantails insolés – tout me remplissait de dégoût.

— T'as avalé ta langue, cousin ? Tu n'en as pas décroché une depuis une heure.

— Ce monde me fait gerber.

— Tu t'attendais à quoi, mon pauvre Diego ? À voir la vie en rose au fond du caniveau ?

— Tu penses qu'il existe un monde meilleur ailleurs ?

— Bien sûr.

— Et ça se trouve où, putain ?

— À portée de ta main, cousin. C'est ce que je me tue à te faire rentrer dans le crâne. On a tous le choix. Seuls les blaireaux disent qu'ils n'en ont pas. La vie est un casino. Ou tu t'improvises joueur et tu mets le paquet, ou tu fais le croupier.

— Tu crois que c'est aussi facile que ça ?

— Absolument. Ça a toujours été ainsi. Il y a le monde que l'on subit, et le monde que l'on s'offre, taillé sur mesure. (Il frotta le pouce contre l'index.) Si tu as de la thune, les dieux te mangeront dans la main. Mais si tu n'as que ta sueur pour beurrer ton croûton, tu ne dois t'en prendre qu'à toi-même s'il ne te reste plus de dents pour croquer la lune.

Je repoussai mon repas. La cuisse de poulet ratatinée, les frites ramollies, la chiée de moutarde sur l'assiette mal rincée me donnaient envie de dégueuler.

Ramirez renonça à son repas, lui aussi.

— T'as une gueule à désespérer un rat, grogna-t-il.

Il balança quelques billets sur la table, m'attrapa par le poignet et me traîna derrière lui.

Nous rentrâmes à Santa Rosa, chacun verrouillé dans sa colère.

Le soir, après avoir pris une douche, je repris un peu mes esprits. Ramirez fourbissait son revolver, assis sur son lit. Il n'avait pas proféré un traître mot depuis notre retour à la maison. Un mégot éteint au coin de la bouche, une tige de fer enroulée dans un bout de tissu, il nettoyait l'intérieur du canon.

— J'ai envie d'aller prendre de l'air.

— Qui t'en empêche ?

— Tu ne viens pas avec moi ?

— J'suis pas obligé.

Je m'assis en face de lui, sur mon lit.

— Vas-y, accouche. Qu'est-ce que tu me reproches ? D'être touché par la mort d'un pote ?

Il leva la tête vers moi :

— Laisse tomber, Diego.

— Je suis par terre.

— Tu adores t'apitoyer sur ton sort. À la longue, ça n'émeut plus personne… J'en ai marre de ton cinéma. (Il posa son flingue sur l'oreiller et me toisa.) On dirait un enfant gâté qu'aucun jouet n'amuse plus.

— Tu ne m'aides pas à remonter la pente, là, cousin.

— Il faudrait que tu le veuilles d'abord.

D'une main lasse, il reprit son revolver.

— Je te montre la lune et tu regardes mon doigt.

— Je n'ai qu'une parole, Ramirez. Mais tu dois me comprendre.

— Tu vois ? On en revient toujours à Elena.

Le lendemain le pick-up de Cisco s'immobilisa dans la cour dans un crissement désagréable. Une portière claqua. L'Indien marcha sur nous d'un pas martial. Il était sobre pour une fois. Son regard d'aigle avait recouvré son acuité. De la tête, il nous somma de le rejoindre dans la cuisine et nous désigna deux chaises. Il resta debout, solidement campé sur ses jambes pendant qu'on s'asseyait.

— Est-ce que je peux compter sur vous deux ?

— On a toujours été loyaux avec toi, lui répondit Ramirez.

— « Toujours » relève du passé. Il s'agit de demain.

— Moi, je suis partant.

— Tu ne demandes pas de quoi il retourne, Ramirez ?

— Non.

— Et toi, Mains-Propres ?

— Mon cousin ne sait pas se servir d'une arme, tenta de me protéger Ramirez.

— Tu ferais mieux de t'occuper de tes fesses, Ramirez… Alors, monsieur le liseur de bouquins ?

— Je suis partant, moi aussi.

— Les yeux fermés ?

— Oui.

Cisco sortit une clef de sa poche et la lança à Ramirez :

— J'ai récupéré mon pick-up. La berline est à toi.

Ramirez contempla la clef qu'il venait de saisir au vol.

— Tu veux dire que je peux la conduire, patron ?

— T'en fais ce que tu veux. Elle est à toi.

Ramirez enveloppa de ses doigts la clef comme s'il tenait la pierre philosophale, aussi heureux que l'enfant qui découvre son jouet préféré devant la cheminée, un matin de Noël.

— Je ne trouve pas les mots pour te remercier.

— Tant mieux… Maintenant, va chercher la caisse et restituer la moto à Domingo. Il t'attend à l'entrepôt.

Ramirez me fit signe de le suivre.

— Pars seul, lui dit Cisco. Diego et moi, on a des choses à se dire.

La joie de mon cousin s'estompa d'un coup.

— Va, je te dis… Domingo n'attend que toi pour rentrer chez lui.

Ramirez sortit dans la cour, les jambes lourdes. Il se tourna vers moi, porta discrètement l'index à son œil pour que je fasse attention à moi et disparut. Lorsque le vrombissement de la moto s'éloigna, Cisco extirpa de derrière son dos un pistolet et le posa sur la table.

— Tu en voulais un, je te l'offre.

C'était un bel engin à la crosse chromée, le barillet fourré de balles qui brillaient comme de l'or.

Un long moment, je restai cloué sur ma chaise, le cœur en déroute, ne sachant plus si je devais sauter au plafond ou bien me terrer dans un trou de souris. Je n'étais plus sûr de vouloir une arme, en même temps j'étais fasciné par l'objet.

— Il te plaît ?

— Je suppose que oui.

— Il est nickel. Pas de soucis à te faire, côté police scientifique. Il n'a jamais servi contre personne.

Je pris le revolver d'une main qui tremblait.

— Il est lourd.

— C'est pas un jouet pour minettes. T'as déjà tiré sur quelqu'un ?

— Pas même sur une boîte de conserve.

— Putain, tu comptes t'en servir comment si une lopette te sortait un bazooka ? Tu lui dirais quoi ? « S'il te plaît, donne-moi le temps de consulter le manuel ? »

— Ben…

— Amène-toi. Je vais t'apprendre à te prendre en charge.

Nous passâmes l'après-midi sur un terrain vague à viser des cailloux et des bouteilles vides. Chaque détonation éveillait en moi, coup après coup, un vieux démon dormant.

Sur le chemin de retour, Cisco me dit :

— Tu t'y connais vachement en bouquins, toi.

— J'aime lire.

— Il paraît que tu rêvais de devenir journaliste.

— Je vois que Ramirez ne sait pas garder un secret.

— Il n'est pas le seul.

Il me désigna la boîte à gants :

— Y a un cadeau pour toi, là-dedans.

— Qu'est-ce que c'est ?

— Ben, ouvre.

Il y avait un gros bouquin dans la boîte. Un pavé de huit cents pages avec, sur la couverture cartonnée, le portrait en noir et blanc d'un Indien au regard inconsolable.

— Geronimo, m'expliqua Cisco. Le roi légitime de toutes les Amériques. C'est le seul bouquin que j'ai acheté de toute ma vie. Sans marchander. J'en ai jamais tenu un autre dans ma main. Il m'a coûté la peau des fesses. Le vendeur m'a certifié qu'il s'agissait d'une édition rare, très ancienne…

— Il ne t'a pas menti.

— Je l'ai pas lu… J'sais pas lire. Je l'ai gardé comme une relique.

— Et tu me l'offres ?

— Oui.

— Je ne peux l'accepter s'il compte tellement pour toi.

— Il y a beaucoup de choses qui ont compté pour moi et que je n'ai pas su garder, Diego. C'est la vie. Ce qu'elle te donne d'une main, elle te le reprend de l'autre… J'ai un rêve, moi aussi, figure-toi. Plus important que mon projet de m'emparer de Tres Castillos.

— C'est donc ça, le projet ? T'emparer de Tres Castillos.

— Oui, sauf que ça doit rester secret défense. Depuis la mort du Borgne, les Muchachos sont livrés à eux-mêmes. Il leur faut un chef. Certains seraient prêts à me faire allégeance.

— Tu penses que Sergio…

— J'emmerde Sergio, me coupa-t-il. Il me fera pas boire le bouillon, ce péteux. Tres Castillos sera à moi. J'ai déjà placé mes pions… (Il se tut un moment, puis me confia :) Je veux laisser une trace de moi sur terre. Pour être digne de mes ancêtres que l'Histoire n'a pas ménagés… Tu penses que tu pourrais écrire quelque chose sur moi ?

— Quoi, par exemple ?

— Ben, c'est toi qui t'y connais. C'est ton rayon, les bouquins, non ?

— Tu veux que j'écrive un bouquin sur toi ?

— C'est à peu près ça.

— J'ai pas suffisamment de talent pour ce genre d'entreprise.

— Fais pas le modeste, Diego. Quand on sait lire, on sait écrire, forcément. C'est pas pour tout de suite. Tu as tout le temps, le temps de connaître la fin de l'histoire, si tu vois où je veux en venir.

— J'imagine.

— C'est déjà un début d'inspiration, tu ne crois pas ?

Je me mis à feuilleter le pavé pour ne pas avoir à lui répondre. Il acquiesça de la tête et accéléra, un large sourire sur la figure. C'était la première fois que je le voyais sourire.

15

Ramirez avait emmené la bagnole au lavage.

Les mains sur les hanches, il contemplait le tacot d'un air fier. La guimbarde était sur les jantes, mais la carrosserie tenait bon et étincelait comme un scarabée géant au soleil.

— On va fêter ça, s'écria-t-il en tapant dans ses mains.

Nous sortîmes nos plus belles chemises de leur emballage et les pantalons que nous n'avions pas eu l'occasion de porter, peaufinâmes notre look devant la glace, traquant le moindre faux pli, puis, fleurant bon à des lieues à la ronde, nous sautâmes dans la berline et mîmes le cap sur le centre-ville.

Ramirez conduisait d'une main, l'autre bras ballant par-dessus la portière. Il était sur un nuage. Chaque fois que son regard croisait celui d'une fille, il ajustait ses lunettes de soleil et snobait son monde.

Nous parcourûmes plusieurs fois les avenues de Los Insurgentes et de la Raza, dans les deux sens, après quoi nous sillonnâmes les beaux quartiers avant d'aller nous dégourdir les jambes à Chamizal. C'était un beau jour de printemps, le parc grouillait de badauds endimanchés. Des filles se baladaient par petits groupes, aussi jolies qu'un songe. Ramirez étalait son charme comme un marchand de tapis sa camelote, proposait des « virées inoubliables » aux demoiselles esseulées, mais aucune d'elles n'accepta de se joindre à nous. Bredouilles, nous regagnâmes notre tacot, prêts à rouler à l'aveugle jusqu'à ce qu'il n'y ait plus une seule goutte de carburant dans le réservoir.

On était toujours à Ciudad Juárez, gigantesque toile de bric et de broc, avec ses chasses gardées, ses polygones de tir qui s'improvisent au gré des conflits d'intérêts, ses jungles en parpaings et ses chaussées minées, sa faune et ses boucheries, et pourtant, le centre-ville s'en démarquait totalement – il était aux antipodes de Santa Rosa, de Barrio Alto et des coupe-gorge à ciel ouvert où les jours étaient plus enténébrés que les nuits. Les gens qui déambulaient sur les esplanades n'avaient pas le visage des damnés qui hantaient les *focos rojos*, ni le regard des paumés des *barrios peligrosos*. Ils vivaient sur une autre planète. Était-ce le « monde meilleur » dont s'exaltait Ramirez ?... Je voyais les mères se promener avec leurs rejetons sur le boulevard, les jeunes couples se becqueter tendrement dans les squares, les familles sortir des supermarchés, les clients attablés en terrasse, d'autres faisant la queue devant le cinéma, paisibles, tranquilles, patients comme s'ils avaient tout leur temps, comme s'ils dégustaient chaque instant. Il me semblait qu'ils parlaient une langue étrangère à la mienne, assainie, dépouillée, sans un mot qui dépasse ou un juron claironnant, qu'ils vivaient pleinement leur vie pour ne pas avoir à s'intéresser à celle des autres. En mon for intérieur, je maudissais d'être né si loin des choses simples et belles – belles parce qu'ordinaires, simples parce que justes ; maudissais cette malencontreuse rencontre, un jour où l'on célébrait les morts, qui avait foutu en l'air mes rêves et mes aspirations. J'aurais pu me joindre à ces gens qui partageaient ma ville sans en subir les effets secondaires, qui entretenaient leurs jardins à proximité de mes charniers. Je m'imaginais assis sur un banc, là-bas, avec Elena. Je voyais Elena partout où les enseignes rutilaient sur les frontons des magasins, partout où des bambins choyés trottaient derrière leurs parents. L'image du violeur d'Elena zébra mon esprit, aussi tranchante qu'un éclair. Je revoyais son sourire de bête immonde, son regard abyssal, sa figure hideuse et je me retenais de hurler. C'était injuste. Une rencontre imprévue, insoupçonnée, et c'est le destin qui s'invite à la croisée des perditions. Si le hasard nous avait fait rebrousser chemin ce jour-là pour une raison ou une autre, si, au moment où nous allions enjamber le muret du temple, un voisin nous avait aperçus, nous serions rentrés aussitôt au village, Elena et moi, pour garder intact, loin des dangers et des ragots, notre amour grandissant. Mais le sort en avait décidé autrement. Et j'étais là, faussement décontracté dans un tacot, à feindre le frimeur, un air affecté sur le visage et le cœur en charpie sous la chemise. Pourquoi ce voyou avait-il anéanti sous mes yeux le seul être sur terre qui m'aurait donné la force de croire à l'ensemble de mes vœux ? Je n'avais pas la réponse. J'avais un tel dégoût pour ma personne que je l'étendais volontiers à l'humanité entière. Plus je songeais au revolver que j'avais glissé sous mon lit tout à l'heure, plus j'étais certain qu'aucun lendemain ne chanterait pour moi tant qu'Elena ne m'aurait pas pardonné. En moi grondaient mille volcans. J'étais en enfer à chaque seconde et je m'interdisais de lui échapper…

— À quoi tu penses, cousin ?

— À tes lunettes de soleil. Je te signale qu'il commence à faire nuit.

Ramirez éclata de rire :

— Je me disais bien qu'il faisait plus sombre que d'habitude.

Nous trouvâmes une place sur un parking, non loin de l'avenue Heroico Colegio Militar. De l'autre côté du Rio Bravo, on pouvait voir les gratte-ciel d'El Paso, fière d'être américaine, qui, sans vergogne, dressait son faste ostentatoire sur l'autre rive pour narguer notre indécrottable statut de bouseux. D'un coup, face aux lumières festives d'El Paso, le centre-ville de Juárez me parut aussi triste qu'un cierge au fond d'une chambre mortuaire.

— Il te voulait quoi, Cisco ? me brusqua mon cousin pendant que nous remontions à pied une rue adjacente.

— S'assurer que j'étais partant.

— C'est tout ?

— Ouais, c'est tout.

— Il ne t'a pas parlé de son projet ?

— Non.

— T'es sûr ?

— On n'est jamais sûr de rien.

Il m'attrapa par le poignet.

— Je veux que tu restes en dehors de ce qui se trame dans la tête de ce cervidé.

— Pourquoi ? On est associés, non ?

— Cisco est sûrement en train de merdouiller quelque part. S'il est sobre, c'est qu'il prépare une grosse vacherie. Il a la rancune tenace. Sergio n'est pas con. Peut-être même qu'il le manipule à distance pour le zigouiller une fois pour toutes.

— Tu as promis de m'emmener dans un vrai resto, Ramirez. Commence par ne pas me gâcher l'appétit.

— Tu dois te méfier de Cisco. Son jeu n'est pas clair.

— Dans ce cas, tu n'aurais pas dû accepter son tacot.

— C'est pas la même chose, cousin.

— C'est du pareil au même, Ramirez. Il ne t'a pas offert une voiture pour tes beaux yeux. Il t'a tendu la perche et tu as mordu à l'hameçon. Cisco ne donne rien pour rien.

— Je suis sur mes gardes, moi.

— Et moi, sur mes jambes. Tu veux qu'on rentre à la maison s'expliquer ? Pour une fois que j'ai vraiment envie de décompresser, putain !

Ramirez relâcha mon poignet.

Je lui montrai les lumières d'El Paso qui scintillaient comme un arbre de Noël à même nos frontières pour nous rappeler au bon souvenir de notre misère.

— Le monde meilleur, Ramirez. Une rivière à traverser. Comment ne pas se mouiller ?

Il abdiqua de la main et me poussa devant lui.

Le chasseur de *La Terraza Grande* nous barra l'accès au restaurant. « C'est un club privé », nous dit-il, droit dans ses bottes.

Nous nous rabattîmes sur le *Marina Grill.* Une petite musique en sourdine berçait l'intérieur qu'une lumière tamisée couvait comme une mère poule. Tout y était feutré, policé, savamment agencé. Les tables recouvertes de nappes rouges se mariaient parfaitement avec le noir des chaises alentour. Les murs d'un blanc laiteux étaient ornés d'appliques cristallines identiques aux lustres nains surplombant la salle. J'étais presque fier de moi lorsque le garçon nous pria de le suivre jusqu'à une jolie table près de la baie vitrée.

— Tu es déjà venu ici ?

— Plusieurs fois, mais pas pour la même raison qu'aujourd'hui, avoua Ramirez, une lueur froide dans les prunelles.

Je consultai la carte.

— C'est pas donné, dis donc. Ce sont les prix ou bien des codes ?

— Le chic n'a pas de prix, cousin. Savoure l'instant et imagine un peu le monde qui nous attend. Et dans ce monde-là, aucun chasseur ne nous empêchera d'accéder au paradis. Bien au contraire, il accourra comme un chien nous ouvrir la portière et nous conduire en rampant jusqu'à notre table réservée à l'année.

— Wow ! Tu vas trop vite en besogne, là. On est juste dans un grill sympa.

— Disons que c'est un avant-goût, cousin.

— Je m'en lèche déjà les doigts.

Le garçon revint prendre nos commandes et nous apporter des amuse-gueules raffinés.

Des couples soignés arrivaient au fur et à mesure ; une bonne partie du restaurant était occupée.

Deux filles bien faites et bien mises papotaient à la table voisine. La plus jeune pétillait d'une énergie ardente et n'arrêtait pas de se trémousser comme si elle était assise sur un brasero. L'autre avait la mélancolie des anges auxquels rien ne réussit. Ramirez matait la cadette. Il levait son verre chaque fois qu'elle se tournait vers nous. Au début, elle s'était contentée de lever un sourcil circonspect, puis l'insistance de mon cousin la préoccupa et elle orienta sa chaise de manière à nous tourner le dos.

— Il est joli, lui fit Ramirez, la susceptibilité rudoyée.

— C'est à moi que tu causes ? dit la fille, le menton par-dessus l'épaule.

— Ouais, et je parle de ton cul.

Elle nous fit face, suffoquant d'indignation.

— Pardon ?

— Tu nous as tourné le dos pour nous proposer ton p'tit cul, non ?

— Surveille ton langage, plouc de mes deux ! explosa la fille. Non mais tu t'es regardé ? Tu portes encore la crotte de tes biques sur tes frusques, putain de ta race !

Toutes les têtes dans la salle se tournèrent vers nous. Ramirez était comme un rat pris au piège. Sa pomme d'Adam crapahutait dans sa gorge. Ses oreilles étaient rouges de confusion.

Le gérant se dépêcha d'intervenir, suivi par deux malabars patibulaires.

— S'il vous plaît, pas de grabuge chez nous.

La fille nous toisait comme si elle cherchait à nous faire rentrer sous terre.

— Par où il est entré, ce péquenot, bordel ? s'écria-t-elle. Je croyais le club chic, et on laisse passer des cons avec des frocs de clown ?

Le gérant n'eut pas le temps de la calmer. La fille se leva et somma sa compagne d'en faire autant. Les deux jeunes femmes quittèrent le restaurant sous le regard éberlué de la clientèle.

— Je sais pas ce qu'il lui a pris, se défendit Ramirez. C'est pas à elle que je causais.

Le gérant nous considéra en silence, ses deux gorilles derrière lui, puis il dodelina de la tête et décréta :

— Pour cette fois, je prends sur moi. Mais je ne veux plus vous revoir dans mon établissement.

— Bravo, dis-je à mon cousin lorsque les trois hommes retournèrent à leur travail. Je me suis farci copieusement ton numéro d'imbécile. Tu ne pouvais pas te conduire comme tout le monde dans cette boîte ?

Ramirez se versa à boire pour éviter de me répondre. Sa main tremblait de colère. Il s'en voulait de s'être laissé traîner dans la boue par une fille devant tout le monde, lui, le macho invétéré.

Pour mon premier « vrai restaurant », ce fut un fiasco. Nous n'avions presque rien mangé tant ce que nous ingurgitions nous restait en travers de la gorge. Ramirez paya l'addition ; le garçon ne nous raccompagna pas jusqu'à la sortie.

Dehors, le ciel étoilé se voulait festif, mais le cœur n'y était plus. J'avais hâte de rentrer à la maison.

Nous avons marché tels des somnambules, Ramirez cadenassé dans ses colères et moi dans ma déception.

Brusquement, je me raidis.

Un vieil homme costumé sortait de *La Terraza Grande,* une jeune fille à son bras. Cette silhouette ! Je l'aurais reconnue entre mille. Mes jambes faillirent se dérober. Je retins Ramirez par l'épaule pour ne pas tomber. D'un coup, je me mis à courir comme un possédé en criant « Elena ! Elena ! » La jeune femme se tourna vers moi avant de s'engouffrer dans une grosse cylindrée, le vieil homme derrière elle. Je n'eus pas le temps de les rattraper. La voiture démarra avant que j'atteigne le club privé.

— Qu'est-ce qui te prend ? me cria Ramirez.

— C'était Elena.

— Tu hallucines ou quoi ?

— Elle s'est retournée quand je l'ai appelée. C'était elle, ma main à couper.

— Ce n'était pas elle. Tu as vu comment elle était sapée ?

— C'était elle.

J'étais comme fou. Je ne savais plus quoi faire. Pas un taxi dans les parages, et notre tacot était garé à l'autre bout de la rue. Je ne pouvais que regarder la grosse cylindrée s'éloigner. Tout mon corps frémissait.

Le chasseur nous observait, sur ses gardes.

— Qui c'était, le vieillard ?

— Casse-toi, me somma-t-il.

— C'est un club privé. Tu dois connaître les habitués. Qui c'était, le vieux ?

— Casse-toi, je te dis.

Je lui sautai au cou. Il me repoussa. Je revins à l'assaut. Le chasseur me catapulta contre le mur. Ramirez me ceintura.

— Calme-toi, Diego. Ta blessure n'est pas tout à fait guérie.

Je me défis de son étreinte et me ruai sur le chasseur.

— Qui c'était, le vieillard ?

Ramirez s'interposa entre moi et le chasseur. Mon poing l'atteignit au visage ; il riposta du tac au tac. D'un crochet qui me foudroya. Je n'en revenais pas. On ne s'était jamais battus, Ramirez et moi. Il m'était arrivé de me bagarrer avec sa fratrie quand nous étions gamins, mais jamais avec lui. C'était la première fois que nous en venions aux mains. Je commençais sérieusement à détester les « premières fois ». Elles ne m'avaient apporté que fiel et désillusions. Alors, je cognai à mon tour. À bras raccourcis. Comme si je voulais abattre toutes ces foutues *premières fois* qui cherchaient à me faire croire que je n'étais jamais au bout de mes surprises. « Ne fais pas le con, Diego », me suppliait Ramirez. Je me relevai et fonçai sur lui. Il m'esquiva, et de nouveau j'étais par terre. Chaque coup que je portais dans le vide me rendait dingue. Ramirez comprit que je n'étais pas près de me calmer. Il décida d'employer les moyens appropriés. Son poing m'accueillit au menton et m'envoya au sol, ébranlé de la tête aux pieds.

En recouvrant mes esprits, je me surpris assis à même le trottoir, le dos contre une haie. Ramirez se tenait debout devant moi, les jambes écartées et les bras croisés sur la poitrine.

— Tu as besoin d'un psy, Diego.

Il se pencha sur moi pour m'aider ; je le repoussai.

— Ne me touche pas.

— Tu ne m'as pas laissé le choix.

— C'était elle.

— Ce n'était pas elle. C'est toi qui la vois partout.

— Je l'ai reconnue. Elle s'est retournée quand je l'ai appelée.

— Tout le monde se retourne quand on entend hurler un taré.

— J'suis pas un taré.

Je m'éloignai en titubant.

— Où tu vas comme ça ? La bagnole est de l'autre côté.

— Trouver Osario.

— Quoi ?

— Je l'obligerai à me dire dans quel merdier il a foutu Elena.

Ramirez n'eut d'autre choix que de me conduire rue Manuel Goytica, à proximité de Valle Alto.

Je m'étais esquinté les poings à force de cogner sur la porte d'Osario. Personne ne nous ouvrit. Ramirez n'essayait même pas de me raisonner. Ce n'était pas la peine. Et il le savait. Nous remontâmes dans la bagnole et attendîmes. Osario ne rentra pas chez lui cette nuit-là.

Nous revînmes rue Manuel Goytica, la nuit d'après. Osario n'était pas chez lui. Nous passâmes des heures à le guetter, embusqués dans la voiture. En vain.

16

Que j'ouvre un roman, Elena était dedans. Que je ferme les yeux, elle surgissait en moi. Ramirez ne savait où donner de la tête, certain que je n'avais plus la mienne. Je crois même qu'il me méprisait.

Nous étions en train de finir de dîner, dans un snack loin de la *colonia* de Valle Alto, lorsque le téléphone sonna. Ramirez regarda d'abord ce qui s'affichait sur l'écran de son portable avant de décrocher. Il écouta, hocha la tête, grommela « Bouge pas, on arrive » et rabattit le clapet de son mobile.

— Osario est rentré, m'annonça-t-il avec dégoût.

En moins de trente minutes, nous étions rue Manuel Goytica. Ramirez regrettait de m'avoir cédé le volant. Je ne conduisais pas un tacot, je pilotais un bolide.

Le gamin que Ramirez avait chargé de surveiller les parages nous attendait sur le trottoir, en face de la baraque où créchait Osario.

— Il est arrivé quand ?

— J'étais pas là, dit le gamin. J'suis arrivé y a pas longtemps. Dès que j'ai vu la lumière allumée, j'vous ai appelé.

— Et tu l'as vu, lui ?

— Non, mais y a que lui qui habite là-dedans.

— Il n'est peut-être pas seul.

— Vous m'avez chargé de vous appeler quand il y a du nouveau. C'est c'que j'ai fait, non ? J'suis pas censé surveiller les fréquentations de votre gars.

Il tendit la main. Ramirez le paya et le congédia.

La porte de la baraque n'était pas verrouillée. Nous tendîmes l'oreille. Aucun bruit à l'intérieur. Ramirez empoigna son flingue.

— S'il y a du monde, on se taille, me chuchota-t-il. S'il est seul, tu me laisses gérer.

J'opinai du chef.

La porte grinça avant de s'ouvrir sur un vestibule jonché de saletés. Une commode vandalisée barrait le passage. Nous l'enjambâmes, à l'affût du moindre craquement. Le salon était sens dessus dessous. Des tiroirs traînaient çà et là. Un canapé éventré gisait au milieu d'un tas de DVD et de magazines pornos. Une armoire murale avait les battants quasiment déglingués ; tout ce qu'elle contenait – vêtements, boîtes cartonnées, paires de chaussures, valises, cintres – était par terre. L'endroit portait les traces d'une formidable bagarre.

— Vous arrivez trop tard, gémit une voix.

Osario était dans la pièce d'à côté, recroquevillé dans un angle. Le visage violacé, il ne portait qu'un slip et un tricot de peau déchiré. Du sang coulait de son cuir chevelu.

— Ils m'ont pas laissé de quoi acheter une corde pour me pendre.

— C'est la preuve que tu ne vaux pas un lacet, lui rétorqua Ramirez.

Un sourire dépité s'esquissa sur les lèvres ensanglantées : deux dents manquaient à l'appel.

— J'avais votre fric, je le jure. Je l'avais mis de côté pour vous le rendre. Mais ces fils de pute ont tout raflé.

— Lève-toi, lui ordonna Ramirez.

— J'peux pas. J'ai une épaule déboîtée et un genou pété. J'ai du mal à respirer.

— Tu rendrais une fière chandelle à l'humanité si tu arrêtais de respirer pour de bon. On est venus chercher notre argent.

De sa main valide, il nous montra le chaos alentour :

— Ils ont ratissé large.

Je ne disais rien. Il était très abîmé, Osario. L'envie de l'achever me tenaillait.

— Malin comme t'es, sûr que t'as d'autres cachettes, lui fit Ramirez. Ça t'ennuierait si je jetais un œil ?

— Fais comme chez toi, frérot.

Je m'accroupis devant Osario. Sa jambe gauche se tordait ridiculement sur le côté, comme si elle ne tenait qu'à un tendon. Quant à son bras blessé, il pendouillait contre son flanc telle une branche morte.

— Ils ne t'ont pas raté.

— Ils m'ont pris par traîtrise. Je m'apprêtais à prendre une douche.

Je sortis mon revolver.

— T'en as fait des progrès depuis le temps où tu rinçais les casseroles dans la cantina de ton vieil oncle, admit-il.

— C'est ton sarcasme qui t'empêche de crever, Osario ?

J'entendis Ramirez remuer des meubles dans le salon.

— Je ne suis pas venu pour le fric, moi.

— S'il te plaît, Diego. Tu vas pas remettre cette histoire à la con sur le tapis. Combien de fois faut-il te répéter que je ne sais même pas qui c'est, cette gamine ? (Il s'interrompit pour discipliner sa respiration.) C'sont pas les filles qui manquent, voyons. Pourquoi faudrait-il que j'aille les chercher dans mon propre village ? On a le sens de famille, à l'Enclos. On est tous comme frères et cousins, là-bas.

— Osario, s'il te plaît, ne m'oblige pas.

— Je reviens de loin et j'suis fatigué. Si tu ne me crois pas, finissons-en. J'vais pas passer le restant de ma vie à…

— Osario ! le coupai-je.

Il essaya de changer de position, ne fit que relancer la douleur.

— Nous avons la preuve qu'elle était avec toi, lui mentis-je. L'Albinos vous a vus, tous les deux.

— Et moi, je te dis que je ne la connais pas, cette gosse.

— Et ça ? cria Ramirez en revenant du salon, un album photo ouvert sur le portrait d'Elena entre les mains.

Mon cœur rua dans ma poitrine. L'album était plein de photos grand format de jeunes filles dénudées, dont deux d'Elena ; sur la première (d'identité), elle souriait à l'objectif, le regard absent ; sur la deuxième, elle posait nue, couchée sur le plongeoir d'une piscine. Quelque chose explosa en moi et je me surpris à cogner de toutes mes forces sur le crâne d'Osario avec la crosse de mon revolver. Quand je revins à moi, ceinturé par Ramirez, Osario gisait par terre, la tête et la figure ruisselant de sang.

— Qu'est-ce qui t'a pris ? me hurla Ramirez… Et puis, d'où tu sors ce flingue ?

— Ça ne te regarde pas.

— Comment ça, ça ne me regarde pas ? Tu avais un flingue et tu m'as rien dit ?

— C'est pas le moment. Je veux que ce chien nous raconte ce qu'il a fait d'Elena.

— L'album est clair, non ? Regarde toutes ces filles. Tu crois qu'elles posent pour Noël ? Elles sont jeunes et belles. Et elles ne sont pas toutes mexicaines.

— Boucle-la, cousin. Ces photos ne veulent rien dire.

— Il te faut un dessin ?

— Tu as toujours cherché à te débarrasser d'elle.

— Ah, oui ? Qu'est-ce que je fous dans cette baraque, d'après toi ?

— Alors, garde tes insinuations pour toi.

— Et ces photos ?

— C'sont pas des preuves. Elena n'est pas une… une…

Je ne parvins pas à prononcer le mot.

Ramirez me fixa avec pitié.

— On fait quoi, maintenant ?

— Retrouver Elena.

— Quoi ?

— Tu as très bien entendu. Tu n'es pas obligé de t'impliquer, tu sais… Je ne rentrerai pas tant que je n'aurai pas retrouvé Elena.

Je bondis sur Osario et me remis à le tabasser. Chacun de ses cris décuplait ma fureur. Ramirez dut me plaquer au sol pour me neutraliser.

Osario finit par se rendre à l'évidence : sa seule chance de revoir le jour était de coopérer.

— Je ne l'ai pas enlevée. C'est elle qui est venue me trouver chez ma mère. Elle voulait dégager du village. J'ai essayé de la raisonner. Elle était déterminée. Elle serait partie de toute façon… J'avais pas grand-chose à lui offrir à Juárez. J'étais fauché et je devais beaucoup d'argent à un tas de gens, dont Dida le Borgne. Comme je pouvais pas le rembourser, Dida a pris Elena comme consigne. J'ai emprunté du fric à des amis pour la récupérer. Quand je suis retourné chez le Borgne, elle a dit qu'elle était bien avec lui et elle a refusé de me suivre. Je jure que c'est la vérité.

— Dida est mort, Osario.

— J'suis au courant. Mais Santos est toujours en vie.

— Qui est Santos ?

— Le trésorier de Dida. C'est lui qui s'occupait des filles. Il doit savoir où est Elena. Son contact est barbier à Tres Castillos.

Ramirez nota l'adresse du *contact* de Santos.

Avant d'évacuer les lieux, je dis à Osario :

— Il te faut briser combien de vies pour gagner la tienne ?

Il balbutia quelque chose avant de se coucher sur le côté.

L'adresse que nous avait fournie Osario menait à un salon de coiffure minable, dans une sinistre ruelle au cœur de Tres Castillos. À l'intérieur, trois énergumènes se racontaient des histoires hilarantes. Il y avait un gros tout laid, avec un nez flasque au milieu de la figure et une tête de Christ tatouée sur l'épaule. Il trônait sur un fauteuil en tournant le dos à la glace. En face de lui, deux garçons se tenaient le ventre à force de rigoler. Le plus grand, dégingandé et presque noir, se leva d'un bond et porta instinctivement la main à sa poche quand nous poussâmes la porte.

— On cherche Santos, le calma Ramirez.

— Qu'est-ce que vous lui voulez ? nous lança le gros.

— Lui parler.

— Il est pas ici… Qui vous envoie ?

— Osario.

— Cet enculé. Il est encore de ce monde ?

— Pas en entier, mais il s'accroche.

Le gros fit pivoter son fauteuil dans notre direction.

— Et vous êtes qui ?

— On cherche une fille, dis-je en montrant la photo d'Elena, au grand dam de mon cousin.

— C'est pas le bureau des objets trouvés, ici.

— On veut causer à Santos, intervint Ramirez en me priant de la main de le laisser faire. Osario pense qu'il peut nous aider à retrouver une parente.

— Sans blague.

— On ne cherche pas d'embrouilles.

— Vous êtes en plein dedans, mes gars. Revenez demain matin. Peut-être qu'il sera là, Santos.

— On veut le voir, et tout de suite.

Le gros fronça les deux énormes chenilles velues qui lui servaient de sourcils.

— Wow ! Vous avez pas l'air commodes, vous deux.

— On n'en a pas d'autres.

Il se trémoussa sur son siège, nous dévisagea deux secondes :

— Je vous préviens, Santos prend cher. Cinq minutes d'entretien avec lui coûtent plus qu'une auscultation chez le meilleur toubib de la ville.

— On a de quoi payer.

— Je vois pas de sacoche sur vous.

— C'est cher tant que ça ?

Il se tourna vers les deux garçons. Le regard qu'il échangea avec eux était chargé de codes facilement déchiffrables.

— José, tu sais où il se trouve, Santos ?

— Probablement chez lui, à l'heure qu'il est, répondit le garçon filiforme.

— Alors, conduis-y ces deux messieurs et tâche qu'ils ne reviennent pas me casser les couilles dans ma boutique. C'est pas écrit « Information » sur la devanture de mon salon.

Les deux garçons nous invitèrent à les suivre.

— C'est loin d'ici ? demanda Ramirez.

— Tu parles, maugréa le gros. C'est aussi loin que le bout du monde.

Une fois dans la rue, Ramirez s'apprêta à rejoindre sa guimbarde.

— Pas la peine, dit l'autre garçon, qui était tassé comme une borne. C'est à deux pas d'ici.

Les deux énergumènes nous baladèrent à travers deux pâtés de maisons avant de nous braquer subitement avec leurs couteaux. On était dans un cul-de-sac. Sur notre gauche se dressait une palissade haute de trois mètres enfaîtée de plusieurs rangées de fils barbelés. Sur notre droite, un garage brandissait son portail en fer cadenassé. L'échalas ricanait en faisant sauter son couteau d'une main à l'autre. L'autre, comprimé tel un ressort, se tenait prêt à nous sauter dessus.

— Aboule le fric, carcailla le dénommé José.

— On n'a pas un rond sur nous, dit calmement Ramirez.

— À d'autres. On ne vient pas voir Santos les mains vides. Allez, passe le fric si tu veux rentrer chez toi en entier.

Ramirez fit mine de s'exécuter. Il feinta le grand et envoya son pied dans le bas-ventre du second qui, pris au dépourvu, tomba à la renverse devant moi. Il y eut un flash dans mon esprit. Un tourbillon me catapulta jusqu'au temple. L'image d'Elena se tortillant sous la carcasse de son violeur me coupa le souffle. Puis tout se passa très vite. Je me vis abattre la crosse de mon revolver sur le crâne du garçon qui tentait de se relever. La voix de Ramirez me parvint du fond d'un gouffre. Le grand échalas tenait mon cousin à terre et bataillait pour lui enfoncer le couteau dans la gorge. Ramirez étreignait la lame de son agresseur qui vibrait à deux centimètres de son cou. « Diego, qu'est-ce que tu attends ? Descends-moi ce fils de chienne... » Du sang suintait entre les doigts de mon cousin. Mon ventre se contracta. Mon vertige s'accentua. À mes pieds, l'autre agresseur ne bougeait plus. Une lumière s'éteignit à une fenêtre. Je crus entendre des volets se fermer. « Diego, bordel, je vais lâcher prise. » Un éclair... Je me rendis soudain compte que mon cousin était en danger de mort. Mon bras se tendit de lui-même, mon doigt pressa sur la détente du revolver et la tête du dénommé José explosa... Blanc... « Tu attendais quoi, putain ?

Qu'il me décapite ? »... Blanc... Je me voyais courir comme un possédé, la tête retentissant d'une même détonation... « Prends le volant. Je peux pas conduire. Ma main est fichue », haletait Ramirez... Crissements des pneus... Blanc... Je roulais à tombeau ouvert le long d'une avenue. « Lève le pied, hurlait Ramirez. Ça va, on est loin, maintenant. » Je ne parvenais pas à retirer le pied de l'accélérateur. Le sang battait à mes tempes. Je tremblais de partout. D'un coup, mes tripes se soulevèrent et je rendis mon dîner sur le volant. Mes vomissures se déversèrent sur le tableau de bord, cascadèrent sur moi, chaudes et rances. Ramirez se jeta sur le volant pour éviter une voiture garée sur le bas-côté... Blanc...

Lorsque je recouvris mes sens, j'étais à quatre pattes en train de dégueuler dans le fossé.

Ramirez se tenait accroupi devant moi, sa main blessée sous le bras ; il me regardait comme si j'étais un extraterrestre.

— Tu crois que je l'ai tué ?

— ...

— Putain.

— Je t'avais prévenu, tête de lard. Les armes, c'est pas ton rayon. Mais tu m'as pas écouté.

— Putain, j'ai tué un homme... J'ai tué un homme...

— Chiale un coup, si ça peut te soulager. Mais fais vite. On va pas y passer la nuit. J'ai une main à réparer, moi.

Il m'attrapa par les cheveux et m'obligea à le regarder dans les yeux :

— Une dernière chose, cousin. Je ne veux plus entendre parler d'Elena.

17

Je n'ai pas réussi à fermer l'œil. Ramirez a été obligé de dormir dans la cuisine parce que j'avais peur d'éteindre dans notre chambre. Il a étalé son matelas par terre et s'est couché dessus, la main dans un bandage de fortune. Le matin, il est parti solliciter le docteur Singer.

J'ai verrouillé les volets et cherché à faire le vide dans ma tête. Impossible d'atténuer la détonation qui retentissait par intermittence en moi. Son onde de choc se répandait à travers mes fibres tel un souffle calamiteux. Je n'avais rien mangé depuis la veille. La nausée me tenait en alerte. Je m'étais rué plusieurs fois dans les cabinets sans parvenir à rendre quoi que ce soit. La tête dans le bidet, je râlais, me contorsionnais, plongeais le doigt dans ma gorge, sans succès. Je ne faisais que trembler et transpirer.

Le téléphone sonnait par moments. Je ne décrochais pas. J'étais malade comme un chien. Le moindre soubresaut me démaillait.

Ramirez rentra tard dans l'après-midi. Le docteur Singer lui avait rafistolé la main et l'avait piqué contre le tétanos.

— C'est pas méchant, m'annonça-t-il pour rompre le silence sidéral qui régnait dans la baraque.

Il nous prépara à manger. L'odeur de friture me renvoya clabauder dans la cuvette des chiottes.

— Faut que tu voies un toubib, me suggéra Ramirez, plus ennuyé que préoccupé.

Je refusai.

Ramassé en chien de fusil sur mon lit, j'attendais de m'endormir. Le sommeil ne vint pas. Toute la nuit, je n'ai pas arrêté de me retourner dans les draps tel un poulet de rôtisserie, le corps en nage.

Le jour d'après, je ne fis qu'errer dans le patio.

Le labo envoya Adamo me chercher. Je retrouvai la pénombre délétère du sous-sol, l'odeur des vesses, un énorme « courrier » en instance sur ma table et la grimace reptilienne de Pacorabanne. Joaquín manquait à l'appel. Il était allé aux funérailles d'un proche.

J'avais du mal à me concentrer sur la tenue des registres et le classement des enveloppes et des colis. Le ventilateur au plafond me donnait le tournis. Au bout d'une heure, je ne tenais plus. Je pris mes cliques et mes claques et allai marcher au hasard jusqu'à épuisement.

Le soir, Ramirez me traîna dans une pharmacie. On me prescrivit un traitement de choc. Je dormis quatorze heures d'affilée.

J'appris par la suite que le garçon que j'avais tué s'appelait José Maria Fuentes, qu'il avait dix-huit ans, qu'il était marié et père d'une petite fille. Et ce n'était pas tout : José Maria Fuentes était le cousin germain de Joaquín, notre informaticien.

Cisco convoqua sa nouvelle équipe chez lui, tard dans la nuit. Il y avait là une bonne partie du groupe qui avait participé à l'assaut de la ferme où s'étaient retranchés les exécuteurs de nos deux « coursiers », ainsi qu'un étranger sapé comme un jeune premier. L'Indien nous annonça que les choses se mettaient en place à Tres Castillos et nous briefa sur l'attitude à observer afin de ne pas gâcher l'effet de surprise. Après nous avoir soumis à un rituel d'un autre âge qui consistait à nous mobiliser corps et âme autour de lui, il étala une carte d'état-major sur la table et nous désigna le territoire que nous comptions conquérir. Ensuite, il nous présenta l'inconnu : il se prénommait Jorge et était l'émissaire d'un célèbre gang de Tijuana venu nous apporter le soutien de son caïd.

— Nous avons de solides appuis. Et nous ne laisserons personne nous couper l'herbe sous le pied, décréta l'Indien.

Tout le monde, ce soir-là, piaffait d'impatience de passer à l'acte.

Le jour de la rencontre avec nos « alliés » de Tres Castillos fut fixé à vendredi, quatorze heures. À midi, nous étions sur les lieux, échafaudant un dispositif de sécurité autour de l'entrepôt afin de parer à tout imprévu. Les Muchachos arrivèrent sur des motos. Ils étaient six gamins plus ou moins débraillés ; le plus âgé, Marlo, devait avoir dix-huit ou dix-neuf ans. Solidement baraqué, la mâchoire carrée et le front volontaire, il portait un maillot de la Seleção au-dessus d'un pantacourt bariolé, des baskets neuves et une casquette à large visière rabattue sur la nuque. À côté de lui se tenaient les frères Valderas, des jumeaux à peine sortis d'une maison de redressement. Ils avaient un regard d'outre-tombe qui faisait froid dans le dos. Les trois autres s'appelaient Farinha, dix-sept ans, ancien voleur à l'esbroufe reconverti en tueur à gages ; Lechuza, dix-sept ans, rescapé du massacre qui avait décimé Dida le Borgne et sa cour ; et un orphelin enténébré qu'on aurait cru né d'un sortilège, surnommé Picasso à cause des tatouages qui l'habillaient de la tête aux pieds.

Cisco consulta sa montre.

— Où sont passés les autres ?

— Ils ne viendront pas, dit Marlo, qui semblait être le porte-parole de ses compagnons.

— Ils étaient tous d'accord, pourtant.

— Y en a qui ont changé d'avis, depuis.

— On peut savoir pourquoi ?

— El Enano dit qu'il réfléchit et Santos fait bande à part pour garder le butin du Borgne pour lui tout seul. Il veut être son propre boss.

— Boss de qui ? Il n'est même pas fichu de rentrer chez lui sans raser les murs.

— Il a le soutien de Benito.

— Qui c'est, ce Benito ?

— Un proxénète de Bellavista, un type très dangereux qui a descendu trois des nôtres quand on est allés réclamer nos parts à Santos.

— Et Reyes, pourquoi il est pas venu ?

— Il s'est rangé du côté d'Hector le Rouge.

— Hector n'est qu'un clodo.

Marlo haussa les épaules :

— Moi, j'suis venu. Le reste, c'est pas mes oignons.

— Ouais, ouais, glapit Farinha. Depuis le massacre, Santos fait celui qui ne nous remet pas.

— C'est vrai, renchérit Lechuza. Cette fiotte ne veut pas partager.

— S'il détient le butin de Dida, il va devoir le restituer, promit Cisco. Mais il y a des priorités. Je vous ai réunis pour lancer notre projet : faire de Tres Castillos un bastion respectable. Ce qui se passe là-bas n'arrange les affaires de personne. Depuis la mort du Borgne, c'est le bordel. Chacun fait ce qu'il lui passe par la tête et pas un chiot ne sait où il va. J'ai décidé de mettre de l'ordre dans les esprits, et au pas les brebis galeuses. Ça va changer, je vous le garantis. Parce que ça *doit* changer. Tres Castillos ne peut prospérer qu'à deux conditions : la discipline et la loyauté. Ce sont les deux mamelles d'une vraie famille. Et je compte bâtir une vraie famille, avec sa hiérarchie, ses lois, ses devoirs et ses obligations.

— Cisco, s'il te plaît, on n'est pas à la messe, dit l'un des frères Valderas. Tu ne nous as pas convoqués pour nous faire la morale.

— Il s'agit de directives, s'énerva Cisco.

— Du baratin, tout ça. D'ailleurs, on en a déjà discuté et on est d'accord avec ton projet. Maintenant, on veut juste savoir quand est-ce qu'on va en découdre. On a la liste des indésirables et la liste des indécis. Qu'est-ce qu'on attend ? Pas vrai, Farinha ? On n'est pas venus pour parler cahiers et crayons.

— Ouais, ouais, fit Farinha. Il faut tout de suite frapper un grand coup, si on veut mettre au pas les tocards.

Cisco leva la main pour exiger le silence. Il toisa les Muchachos, les uns après les autres. Ses narines frémissaient d'une colère intérieure.

— Il n'y a pas que les tocards qu'il va falloir dégommer, à ce que je vois, lâcha-t-il d'une voix caverneuse, mais suffisamment claire pour rappeler à l'ordre les entendeurs. Que les choses soient nettes et précises entre nous, les gars : j'ai horreur d'être interrompu. Parce que je ne parle pas en l'air. Ce que j'ai à dire est très sérieux. Tres Castillos est vacant, et je vais faire en sorte qu'il ne risque pas d'être annexé aux Rebeldes ou à un autre gang mieux structuré. Si nous voulons disposer de notre propre secteur, il faut solliciter ce qu'on a dans le crâne. Réagir au quart de tour, comme vous venez de le faire, est la preuve que vous ne réfléchissez ni à vos intentions ni à leurs conséquences. Aucun troupeau n'est à l'abri sans un berger attentif. Et je suis un berger *très* attentif. J'ai des baroudeurs aguerris sous la main, des flics dans la poche, des partenaires solvables (il montra Jorge du pouce) et assez de potentiel pour me démerder en enfer. Et vous avez quoi, vous, hormis des casiers judiciaires qui pèsent des tonnes et des asticots dans la cervelle ? À part détrousser les vieilles mémés et tabasser les marchands de soupe, que savez-vous faire d'autre ? Braquer des kiosques pour quelques pesos ? Dealer une fois par hasard et déguerpir comme des rats dès qu'un uniforme pointe au coin de la rue ? Je veux faire des Muchachos des adultes, des hommes d'affaires, des types qu'on craint et qu'on respecte dans le milieu. Mais avant, il faut qu'ils apprennent à écouter.

— Pourquoi tu nous engueules, Cisco ? maugréa l'autre frère Valderas.

— Pour me faire entendre, et je n'aime pas me répéter. Si la discipline est la force principale des armées, la loyauté est leur longévité. Si je vous ai choisis, c'est parce que j'ai confiance en vous. Je sais ce que vous valez et connais vos petites faiblesses. L'insolence n'a jamais fait de grands hommes, elle ne fait que de grands perdants. À partir d'aujourd'hui, vous me devez respect et obéissance. Quand je parle, on se tait. Vous tenez à grandir ? Rentrez dans les rangs et marchez au pas. Ce sont mes conditions et elles ne sont pas négociables. Nous allons trancher ici, et tout de suite. Ou vous êtes d'accord avec moi sur toute la ligne ou on annule tout, et chacun ne doit s'en prendre qu'à lui-même.

Un silence abyssal écrasa l'entrepôt pendant deux bonnes minutes.

— On marche avec toi, dit Marlo.

— Tu n'es pas obligé. Mais si tu t'engages, plus de marche arrière.

— Je suis partant.

Cisco se tourna vers les autres. À tour de rôle, les Muchachos levèrent une main et promirent soumission et loyauté à l'Indien.

— Très bien, dit Cisco. À ce soir, à l'heure et aux endroits indiqués.

À minuit pile, l'opération fut déclenchée. Cisco commença par la villa de Dida le Borgne. La demeure était squattée par un certain Hector le Rouge, trente-cinq ans, un *capo* déchu qui voulait se refaire la main. Il avait été actif au sein des Rebeldes, autrefois. Après un séjour en prison, son ancien gang ne l'avait pas repris. Pour gagner sa croûte, il avait dû toucher à tous les petits boulots sans en garder un seul plus d'une semaine. Son addiction à l'alcool le disqualifiait d'office. Quand il avait appris que le Borgne avait été descendu, il avait cru saisir la chance de sa vie, persuadé, avec son passé d'ancien Rebelde, de ne faire qu'une bouchée de la marmaille délurée de Tres Castillos. Très vite, il s'était rendu compte qu'il n'était pas de taille à fédérer les Muchachos. À défaut de ratisser large, Hector le Rouge s'était entouré d'une poignée de mioches instables et adjugé la villa du Borgne.

Nous le surprîmes dans la cour du jardin en train de jouer au pacha avec ses louveteaux. Au milieu d'un tas d'ordures et de canettes de bière. La villa évoquait un dépotoir. Les vitres éclatées pendant le massacre n'avaient pas été remplacées et personne n'avait songé à balayer les bris de verre qui jonchaient la véranda ni à nettoyer les flaques de sang qui grumelaient çà et là. Par la porte-fenêtre grande ouverte, on pouvait voir le capharnaüm qui régnait à l'intérieur de la baraque : écran plasma crevé, murs criblés de balles, tableaux décrochés, lustre éparpillé au sol, mobilier chamboulé...

Hector le Rouge se prélassait sur une chaise longue, deux gamines faméliques blotties contre lui. Une énorme chaîne de rappeur ornait son torse nu. Il devait être soûl ou bien complètement abruti aux psychotropes car il ne manifesta aucune surprise lorsque nous surgîmes devant lui, armés jusqu'aux dents.

— Cisco ? balbutia-t-il... T'as rongé ta laisse ou quoi ? Qu'est-ce que tu fiches si loin de ta niche ?

— Je suis venu prendre possession de la villa.

— Rien qu'ça ?

Ses louveteaux nous fixaient avec des yeux troubles. Certains d'entre eux souriaient bêtement. Ils gravitaient tous à la périphérie du coma éthylique.

— Je te donne cinq minutes pour te rhabiller et prendre tes jambes à ton cou sans te retourner.

— Arrête, tu vas me foutre la frousse de ma vie.

— Cinq minutes, Hector. Quant aux rats d'égout qui t'entourent, ils vont tout nettoyer avant de disparaître de ma vue.

Hector le Rouge repoussa mollement les fillettes qui somnolaient contre lui, tendit un bras vers un gros Magnum sur la table basse devant lui. Marlo le devança.

— Ne m'oblige pas à te dépecer avec un arrache-clou, lui conseilla Cisco.

— T'as rien à glaner ici, l'Indien. Santa Rosa est de l'autre côté de la ville. Tu vas gentiment remonter dans ton tacot et actionner le GPS parce qu'apparemment tu ne sais pas où tu mets les pieds.

— Quatre minutes…

Hector le Rouge se leva – il tenait à peine sur ses jambes –, donna un coup de pied dans le flanc de ses galopins pour les secouer un peu. Ces derniers ne semblaient pas comprendre ce qu'il se passait. Ils continuaient de sourire bêtement.

— Tu dégages, Hector.

— Je t'emmerde. Tu te prends pour un caïd avec tes tresses de squaw ? Retourne lécher le cul à ton Cardinal. Ici, c'est mon territoire.

— Si tu y tiens, on te trouvera bien un coin où te caser. T'as qu'à choisir. Dans le jardin ou dans les chiottes ? Mais fais vite. Je risque de changer d'avis.

Hector le Rouge fut bâillonné, empaqueté, saucissonné et jeté à l'arrière d'une fourgonnette. On ne retrouvera jamais son corps.

Une heure plus tard, nous débarquâmes chez Santos. Ce dernier dormait comme un loir, un garçon dans les bras. En entendant la porte de sa chambre s'ouvrir avec fracas, il bondit hors du lit. Sa bedaine remuait sur ses genoux, pareille à un gros machin gélatineux.

— J'suis pas venu les mains vides, lui annonça Cisco en exhibant un petit sac en toile de jute dégoulinant de sang frais.

Santos regarda dans tous les sens à la recherche d'une échappatoire. Lorsqu'il comprit qu'il était fait comme un rat, il leva les mains en signe de capitulation.

— Tu ne veux pas savoir ce que je t'ai apporté, l'enflure ?

— Cisco, je t'en prie, je ne t'ai rien fait, gémit Santos d'une voix flageolante. J'sais pas ce qu'on t'a raconté à mon sujet, mais c'est pas vrai. Je me suis toujours tenu à carreau et je suis sympa avec tout le monde.

— Paraît que tu voulais être ton propre boss.

— C'est faux, Cisco. J'ai jamais visé si haut, moi. J'suis rien. Demande à Farinha. Hein, Farinha ? Tu me connais mieux que personne. Est-ce que tu m'as vu doubler quelqu'un ou briguer des postes vacants ? Je suis bien à ma place. Je demande qu'à rendre service.

Farinha émit un hoquet de mépris.

Cisco vida le sac sur le lit. Une tête ensanglantée roula aux pieds de Santos qui se mit aussitôt à mugir et à s'arracher les cheveux.

— Tu le reconnais ? C'est ton protecteur Benito la Balafre. Je pouvais pas le ramener en entier. Y avait pas assez de place dans la voiture.

Santos ululait, les yeux révulsés d'épouvante. Il tomba contre le mur et se mit à se chier dessus. Le garçon qui partageait sa couche avait beau faire le mort, on le devinait à deux doigts de rendre l'âme pour de vrai.

— On raconte que c'est toi qui détiens le butin de guerre de Dida le Borgne, lui dit Cisco.

— J'y ai pas touché, je le jure, chevrota Santos. (Il se mit à genoux, les doigts croisés sous le menton.) Je l'ai gardé intact. Pas un peso ne manque. J'ai toujours été réglo avec Dida. Je le serai avec toi, Cisco.

— On va chercher ce putain de butin ?

— Tout de suite, Cisco. C'est toi le patron. Je suis tout à toi. Tout ce que je possède, mes contacts, mon argent, ma vie, te revient de droit. Le boss, c'est toi.

— Mais non, le boss, c'est toi.

— Plus maintenant, Cisco. Tu peux faire de moi ce que tu veux.

— Je vais me gêner.

Cisco ne lui laissa pas le temps de se torcher. Il le jeta tout nu à l'arrière du pick-up, sous la garde rapprochée de Farinha et des frères Valderas.

Le butin se trouvait au sous-sol d'une boutique, dans une cachette murale dissimulée derrière un vieux coffre-fort rouillé – quelques centaines de milliers de pesos en petites coupures, ce qui en disait long sur la misérable rentabilité de Tres Castillos.

Cette nuit-là, je ne faisais que suivre Cisco sans savoir où il m'emmenait. J'étais en apesanteur, comme dans un mauvais rêve. J'avais assisté à des descentes musclées, à une décapitation, à une torture au chalumeau sans vraiment être sûr que je n'hallucinais pas. J'évoluais dans un monde parallèle, fait de cris et de furie, avec du sang qui giclait des chairs meurtries et des rires qui cadençaient les hurlements des suppliciés. C'était cauchemardesque, mais je prenais mon mal en patience en attendant de me réveiller. Lorsque le jour se leva, tandis que nous finissions d'enterrer les corps de nos victimes quelque part à Rio del Navajo, je m'aperçus que j'étais bel et bien réveillé.

18

La « nuit des longs couteaux », version Cisco, ne tarda pas à porter ses fruits. En quelques semaines, Tres Castillos jeta l'éponge. Il restait encore deux ou trois poches de résistance, mais le plus dur était accompli.

Cisco élut domicile à la villa de Dida le Borgne, y établit son QG. En un rien de temps, la maison fit peau neuve, s'offrit un portail blindé à la place de la grille et se coiffa de fils barbelés sur les façades. Quatre *sicarios* de l'ancienne école montaient la garde dans le jardin, deux molosses salivant au bout de la laisse. Il ne manquait que le sas.

En fin manipulateur, l'Indien appâtait les Muchachos sans rien promettre de précis ; il louait la sagacité des uns pour stimuler celle des autres. La nouvelle donne semblait convenir au contribuable du coin. Ce n'était pas encore le bastion exemplaire, mais les boutiquiers n'étaient plus obligés de baisser le rideau dès le coucher de soleil et les gens pouvaient s'attarder dans la rue débarrassée des arracheurs de sacs et des détrousseurs d'ivrognes. Il y avait des guetteurs dans chaque pâté de maisons ; des patrouilles de Muchachos sillonnaient les quartiers à bord de motos, traquant les dealers indépendants et calmant les esprits dans les zincs surchauffés.

Ramirez et moi avions emménagé dans un patio à quelques encablures du QG. La maison était plus grande que celle que nous occupions à Santa Rosa – seul petit bémol, les WC étaient dans la courette. Nous avions chacun notre chambre, un téléviseur grand écran dans le salon, un frigo à deux portes, une cuisinière flanquée d'un micro-ondes sophistiqué, et nous disposions d'un garage et d'un débarras extérieur rempli d'outils hors d'usage. Tous les matins, on devait pointer chez le boss pour recevoir ses instructions et on passait le reste de la journée à traquer les « indésirables ». Les plus raisonnables comprenaient qu'ils n'avaient pas le choix et s'alignaient à contrecœur ; les têtes brûlées étaient livrées en vrac aux frères Valderas et à Farinha. Une seule fois, un groupe de mécontents nous tendit une embuscade à la sortie d'un boxon clandestin. Au cours de la fusillade, Lechuza reçut une balle dans la fesse. Cisco exigea des représailles immédiates. Les mécontents furent liquidés avant le lever du jour dans un chantier où ils s'étaient repliés. Il s'agissait d'un groupuscule que chapeautait Reyes, un garçon de vingt ans à qui Hector le Rouge avait promis monts et merveilles et qui rêvait d'un empire aussi vaste que celui des Rebeldes.

Après quelques mises au point expéditives, tout rentra dans l'ordre. Le secteur était à nous. Je m'attendais à une guerre d'usure jalonnée d'assauts et de replis, de tractations orageuses et de défections, mais non, les passations de pouvoir se déroulèrent sans contestations sérieuses. Cisco fut intronisé comme un envoyé du Ciel. Je dirais même que les gens furent soulagés d'avoir enfin quelqu'un à qui se plaindre.

— Comment il a fait pour s'emparer si vite de Tres Castillos ? j'ai demandé à Ramirez.

— Tu y as participé, non ?

— Oui, mais…

— Mais quoi, cousin ? C'est dans la nature des choses. Dans les bas-fonds comme dans la forêt, il y a le mâle dominant. Il fait marcher le clan à la trique, se tape toutes les femelles en solo jusqu'au jour où un de ses rejetons vient lui foutre la raclée du siècle et le bannir.

Cisco nous affecta dans la section de Farinha. On s'occupait de l'aile sud de Tres Castillos, c'est-à-dire de pas grand-chose. C'était la partie la plus pauvre du bidonville, une sorte de limbes pour vieux briscards en fin de vie. Les gargotes périclitaient et les épiciers croulaient sous les ardoises impayées. Pour ne pas perdre la main et la face, il nous arrivait d'inventer des brebis galeuses, généralement d'anciens taulards convalescents ou des dealers en rupture de stock. Ramirez se prêtait volontiers au jeu. Il adorait rouler des mécaniques et était fier de lever le gibier rien qu'en se raclant la gorge. Persuadé que Farinha n'était qu'un fusible, mon cousin faisait étalage de son savoir-faire de chef potentiel. Ses petites manœuvres n'échappaient à personne, et Farinha n'avait qu'à bien surveiller ses arrières.

Ramirez se dénicha une copine. Une brunette assez mignonne qu'il avait draguée dans un bistrot du centre-ville. Elle s'appelait Maria et avait quelques années de plus que nous. Au début, quand elle a débarqué sans préavis à la maison, je l'ai détestée d'emblée. Ensuite, au fur et à mesure que je goûtais à sa cuisine, j'ai fini par tolérer sa présence. La nuit, lorsque les ébats dans la pièce d'à côté m'empêchaient de me concentrer sur mes bouquins, je sortais prendre l'air dans le patio, une bière fraîche dans une main, dans l'autre un joint. Je restais là jusqu'à ce que les lumières s'éteignent dans la chambre des jouissances tapageuses.

On était mieux lotis qu'à Santa Rosa. Et beaucoup mieux rétribués. Pendant que Ramirez s'escrimait à se bâtir une réputation dans le clan, j'apprenais à compter mes sous. Je n'avais pas besoin de ruer dans les brancards. Tout le monde avait remarqué que Cisco m'avait à la bonne.

Un soir, de retour d'une ronde, j'ai demandé à Ramirez si le Santos qu'on avait buté était le même que celui dont parlait Osario, la nuit où j'avais tué José Maria Fuentes.

— Osario nous a envoyés au casse-pipe, a rugi Ramirez, fâché que je ramène cette « vieille » histoire sur le tapis. Santos n'était qu'un nom de code.

— Qu'est-ce que t'en sais ?

— Je le sais, un point, c'est tout. Le vrai Santos était le trésorier de Dida le Borgne. Il ne s'occupait pas de la traite des *putes*.

Ramirez avait appuyé exprès sur « putes », et cela m'avait profondément affecté.

— Une nouvelle vie commence pour nous, cousin. Le passé, tu oublies, compris ?

Le doigt qu'il avait braqué sur moi faillit m'éborgner.

Un dimanche, Cisco nous ordonna de lui ramener « vivant » un certain Miguel Bonanza qui habitait dans un ranch pourri à une trentaine de kilomètres de Ciudad Juárez. Nous étions partis dans deux voitures, les frères Valderas, Picasso et Farinha devant, Ramirez, Marlo et moi derrière. Miguel Bonanza ne nous opposa aucune résistance lorsque nous l'avons tiré du lit à trois heures du matin. Il demanda juste qu'on l'autorise à faire ses adieux à son épouse. « Si t'as l'éjaculation précoce, y a pas d'inconvénient », lui dit Marlo. Le pauvre bougre portait mal la cinquantaine. Une méchante tonsure au milieu de ses cheveux blancs, les joues tombantes et le ventre dégrossi posé gauchement sur ses deux pattes d'échassier, il n'avait rien d'un dur à cuire. Il se montra très coopératif afin qu'on laisse sa femme tranquille. Elle était très jolie, sa femme. Elle ressemblait un peu à Salma Hayek, en plus potelée, mais suffisamment provocante dans son déshabillé transparent pour polluer les idées aux frères Valderas – sans le *niet* catégorique de Ramirez, le rapt aurait tourné à l'orgie.

On a jeté Miguel Bonanza dans le coffre de la voiture de Farinha et on a pris le chemin du retour.

Notre bagnole ouvrait la marche. Tout avait l'air tranquille. La voie était libre. J'ignore pourquoi la voiture de derrière s'était mise à zigzaguer.

— Tu crois qu'ils ont crevé ? s'enquit Marlo.

Ramirez, qui conduisait, observa le manège derrière dans le rétroviseur.

— Je pense pas. Ils font ça depuis un moment.

Marlo appela Farinha avec son émetteur-récepteur. Il y eut un crachotement, puis des rires dans la radio.

— À quoi vous jouez, putain ?

Crachotement. Puis la voix de Farinha :

— Le *viejo* chiale. On le berce pour qu'il s'endorme.

— Ils s'amusent, les cons, maugréa Marlo en jetant la radio sur le tableau de bord. Ils sont pas près de grandir, ces mioches de merde. Et dire que c'est cet abruti de Farinha qui commande. Je me demande sur quels critères s'est basé l'Indien.

Soudain, une sirène retentit dans le noir. En me retournant, je vis des gyrophares tournoyer au loin.

— Voilà c'qui arrive quand on fait les cons, pesta Marlo.

La voiture de police rattrapa celle de Farinha qui mit le clignotant pour se ranger sur le côté.

— Éteins les phares et gare-toi, ordonna Marlo à Ramirez.

On s'était arrêtés un peu plus loin pour observer ce qui se passait derrière. Trois minutes plus tard, on vit deux flammèches fulgurer, immédiatement suivies de deux détonations.

— Merde, merde, ils ont tiré sur le flic.

Marlo ordonna à Ramirez de faire demi-tour.

Nous sautâmes à terre et courûmes vérifier si le policier était vivant. Très vite, nous comprîmes que nous étions dans de beaux draps. Personne ne peut continuer de vivre avec la moitié de la cervelle répandue sur le bitume.

— Qu'est-ce qui vous a pris, bon sang ? hurla Marlo.

— Le gars dans le coffre s'est mis à faire des siennes. Le flic a demandé ce qu'il y avait dans la malle. Il m'a pas laissé le choix, dit Picasso.

Pendant qu'on poussait le cadavre du flic dans le fossé, Picasso monta dans la voiture de police et s'installa confortablement derrière le volant.

— Qu'est-ce que tu fabriques ? lui lança Marlo.

— Mon oncle est mécanicien, répondit Picasso.

— Et alors ?

— Il a un garage. On va désosser la caisse pour la revendre en pièces détachées.

— Quoi ? T'as fumé la moquette ou quoi ? C'est une voiture de police.

— T'inquiète. On a l'habitude. Et puis, j'ai besoin d'argent de poche.

Je n'en revenais pas. Ramirez non plus. Marlo tenta de dissuader Picasso ; ce dernier enclencha la vitesse et démarra sur les chapeaux de roue en actionnant la sirène.

— Vous avez vu ça ? nous prit à témoin Marlo. Il est complètement niqué de la tête, ce morpion. T'aurais pu le rappeler à l'ordre, Farinha ! C'est toi le chef, non ?

Farinha paraissait éberlué. Il regardait les gyrophares qui tournoyaient en s'éloignant, l'air d'avoir reçu un coup de massue sur la tête.

— Ça, alors…

Dès notre retour à Tres Castillos, Ramirez demanda à voir Cisco en privé. Il lui rapporta dans les moindres détails ce qu'il s'était passé sur la route, en chargeant à fond Picasso dont l'immaturité catastrophique représentait un danger évident pour le gang et en faisant porter le chapeau à Farinha qui manquait gravement d'autorité.

— Pourquoi t'as rien fait pour dissuader Picasso, toi ?

Et Ramirez, qui n'attendait que cette question :

— Parce que j'suis pas le chef.

Cisco reçut cinq sur cinq le message :

— T'es un malin, Ramirez. Ton indignation laisse à désirer, mais je t'accorde le bénéfice du doute.

Deux jours plus tard, on découvrit le corps de Picasso dans une cage d'escalier. Il aurait succombé à une overdose.

La semaine suivante, Farinha céda ses galons de *capo* à Ramirez. Pour fêter sa promotion, mon cousin invita Maria et une copine à elle à la maison. On avait commandé un festin et on avait bu et sniffé comme des damnés.

19

Pour sa première tournée des popotes, le *capo* Ramirez n'y alla pas de main morte. Il délogea manu militari un « indésirable » qui rackettait les cybercafés et le remplaça par Marlo. Ensuite, le soir, il procéda à deux raids spectaculaires, l'un dans la tanière d'une fratrie indocile, l'autre dans une maison de passe. Je n'avais pas participé aux expéditions. D'après la rumeur qui se répandit comme une épidémie le lendemain, le nouveau maître du Bloc 7 avait frappé très fort.

Je n'avais pas de fonction claire au Bloc 7. Pour tout le monde, j'étais le cousin du *capo* et le protégé de Cisco. Ce dernier m'emmenait avec lui, de temps à autre, assister à des tractations, histoire, pour moi, de mémoriser ses faits d'armes.

Ramirez était au four et au moulin, parfois dans le pétrin à cause de l'étourderie des gamins sous sa tutelle qui prenaient des initiatives dont ils ne calculaient guère les retombées, perturbant ainsi le nouveau format en vigueur à Tres Castillos.

Au début, les absences de mon cousin me tarabustaient. Ensuite, j'appris à me débrouiller. Je faisais la cuisine et employais une vieille femme du voisinage pour le ménage. Quand les programmes de la télé m'assommaient, je me rendais dans un bar, rue de la Libertad, retrouver les frères Valderas. Je descendais quelques bières en leur compagnie, suivais trois ou quatre parties de cartes et sortais me dégourdir les jambes et l'esprit dans le bidonville. Les gens me saluaient avec respect. Certains me sollicitaient pour que je fasse part de leurs requêtes à Cisco, d'autres, craignant pour leurs petits commerces, me graissaient la patte pour que mon cousin leur lâche du lest.

Un soir, tandis que je m'ennuyais ferme (Ramirez était parti en mission pour trois jours), je fis venir à la maison une prostituée croisée dans un parc. À mon réveil, la fille s'était volatilisée après m'avoir fait les poches, volé la montre que m'avait offerte mon cousin pour mon anniversaire, une paire de baskets neuve et un lecteur de DVD dans son emballage d'origine. Bien sûr, je n'ai rien dit à Ramirez – j'avais trop la honte. Je n'ai plus osé ramener une fille à la maison depuis.

Marlo me téléphona pour m'annoncer qu'il passait me prendre chez moi. Je lui dis que j'étais occupé. Il insista parce qu'il y avait urgence. À dix heures, il frappa à ma porte et m'invita à monter derrière lui sur sa bécane. Il me conduisit dans un dépôt délabré où un vieillard nous attendait.

— C'est mon beau-père, m'informa Marlo. Il veut vendre son magasin. Des gars de l'extérieur lui ont proposé un prix.

— Et en quoi ça me concerne ?

— D'abord, Cisco n'aimerait pas voir des étrangers sur son territoire. Ensuite, on pourrait faire de ce dépôt, qui prend la poussière depuis des lustres, un endroit attractif. Les gens n'ont rien, par ici. Ni ciné ni cabaret. C'est pour ça qu'ils vont ailleurs claquer leur fric. Il y a suffisamment d'espace pour transformer le magasin en salle de jeux. On mettra un bar au fond avec un juke-box, des billards de ce côté et des machines à sous en face. Je connais des artisans impec. Ils prennent pas cher et ils font du bon boulot… Qu'est-ce que t'en penses, Diego ?

— J'suis pas promoteur immobilier, moi.

— Ça va changer pas mal de choses au Bloc 7, persévéra Marlo. Une belle salle de jeux, avec de la musique à fond la caisse, des spots encastrables qui pètent le feu, des glaces sur tous les murs… On ira plus se faire sécher au centre-ville. En plus, ça va lifter le quartier.

— OK, j'en toucherai deux mots à Ramirez.

— Non, pas au *capo*. Il nous faut l'aval de Cisco lui-même. Mon beau-père ne jure que par lui. Et puis, les acheteurs en question ne vont pas lâcher l'affaire. Ils sont venus trois fois cette semaine relancer le vieux. Ils lui ont foutu la pétoche.

— Ils t'ont menacé ?

— En tous les cas, j'ai pas aimé leur façon de me causer, marmonna le vieillard en fuyant mon regard. Moi, j'veux pas de problèmes. J'veux juste vendre.

Je lui promis de voir ce que je pouvais faire et, une fois dans la rue, je demandai à Marlo s'il ne connaissait pas un barbier assez gros avec une tête de Christ tatouée sur l'épaule.

— Tu veux parler d'Osa-Mayor ?

— J'ai oublié son nom. Il tient un salon de coiffure en face d'un bazar.

— C'est bien Osa-Mayor. Mais on a un barbier pas loin. C'est un as de la brosse.

— Non, c'est le gros avec le Christ sur l'épaule qu'il me faut.

Marlo ne s'était pas trompé sur la personne. Je reconnus tout de suite l'énormité foraine en train de se contempler dans la glace. C'était bien l'énergumène qui avait chargé José Maria et son acolyte de nous descendre, Ramirez et moi, la nuit où nous avions surpris Osario chez lui. Il était seul dans son salon. Je priai Marlo de m'attendre dehors.

Le barbier, les yeux plissés, me dévisageait ; apparemment, je lui rappelais quelqu'un, mais il ne parvenait pas à me situer.

Il me proposa un fauteuil et s'apprêta à décrocher un tablier.

— J'suis pas venu me faire une beauté, lui dis-je. J'ai des questions à te poser.

— J'ai plaqué l'école à cause de ça.

— T'as intérêt à l'écouter, le prévint Marlo du trottoir.

— Pourquoi ? C'est Bob Marley ?

— Fais pas le malin, je t'assure, insista Marlo. T'as devant toi le bras droit de Cisco.

Le barbier leva les mains en signe d'abdication. Avec dégoût.

— Déjà que j'arrive pas à joindre les deux bouts, j'vais pas me mettre le bon Dieu à dos.

— T'as tout pigé, mon lapin.

Je demandai au barbier si Santos s'occupait des filles pour le compte de Dida le Borgne. Le barbier attesta que Santos avait droit de regard sur tout ce qui concernait de près ou de loin les intérêts du Borgne et que si je voulais plus d'informations sur le sujet, je n'avais qu'à m'adresser à Dolly Aguires, qui habitait à deux pas, derrière le collège.

Dolly Aguires était l'amant de Santos. C'était le garçon qui faisait le mort dans la chambre du trésorier, le soir de la prise de Tres Castillos. Il me reçut dans un petit studio joliment décoré, peint en rose et tapissé de posters de culturistes aux muscles torsadés. Quand Marlo me présenta, le pauvre garçon faillit tourner de l'œil. Il était encore sous le choc.

— Pourquoi on vient m'importuner ? Santos n'était pas mon confident. On s'aimait, c'est tout. Je me mêlais pas de ses affaires. Je ne voulais pas savoir ce qu'il fricotait.

Je levai la main droite et, pour le calmer, dus jurer qu'il n'avait rien à craindre. Il promit de me dire le peu de choses qu'il savait. Et il en savait beaucoup trop. Chaque fois que je prononçais le nom de Santos, il s'emparait d'un mouchoir et sanglotait dedans. Il répondit à mes questions sans détour, les yeux rivés sur le colt que Marlo feignait de dissimuler sous sa chemise, et m'assura de sa disponibilité de jour comme de nuit.

Ramirez disposait d'une salle de réunion qui nous servait aussi de cantine à la fin des briefings – une grande pièce à l'arrière d'un ancien chenil. Les vendredis soir, Ramirez convoquait ses proches collaborateurs pour leur communiquer les dernières instructions de Cisco. Il m'arrivait de me joindre à eux, sauf que je n'intervenais pas dans les débats. D'ailleurs, je n'en éprouvais pas le besoin. J'étais là parce que je ne savais rien faire d'autre de mon temps. Après la réunion, on se faisait livrer des pizzas et des boissons. On dînait autour d'une table en fer et on se racontait les cocasseries de la journée. Farinha, qui n'avait pas digéré sa relégation, boudait dans son coin. Les frères Valderas le charriaient et, des fois, les plaisanteries dérapaient.

Un soir, Farinha s'amena avec un individu dont la tête m'était familière, mais impossible de la cadrer. Il était grand et maigre, les pommettes saillantes et la bouche déformée par une vilaine cicatrice, vestige d'un bec-de-lièvre mal raccommodé.

— C'est Pedro Diaz dont je t'ai parlé, dit Farinha à Ramirez.

Ramirez, qui finissait de manger, s'essuya les lèvres dans un torchon et se tourna pour considérer froidement le visiteur.

— À entendre Farinha, tu serais un foudre de guerre.

Farinha voulut intervenir, Ramirez le freina de la main.

— Je t'ai assez entendu, toi. C'est lui que je veux écouter.

Farinha recula d'un pas, mécontent d'être rabroué. Les frères Valderas ricanaient ostensiblement pour lui signifier qu'il l'avait bien cherché.

— J'ai fait l'armée, dit Pedro Diaz.

— La bouffe était dégueulasse. C'est pour ça que t'as décroché ?

— C'était pas un boulot pour moi. J'ai une mère qui vient de faire un AVC, un père qui a perdu un bras dans un accident de travail et des sœurs à nourrir. Forcément, j'ai besoin d'être auprès de ma famille pour limiter la casse. Depuis que Cisco a pris en main le secteur, les choses s'améliorent. Ça me botterait d'y contribuer.

— De quelle façon ? Tu as toujours vécu aux crochets de ta fausse sœur et de son cocu d'infirme depuis qu'on t'a viré de l'armée.

Un silence malsain plomba la salle. On n'entendit que les rats en train de fureter derrière les cloisons. Pedro Diaz se passa un doigt sur le nez ; sa pomme d'Adam crapahutait dans sa gorge.

— Arrête-moi si je me trompe, poursuivit Ramirez. Tu as vingt-quatre ans, tu es célibataire, ta mère a effectivement fait un AVC suite à la disparition brutale de deux de ses rejetons dans la tuerie qui avait ciblé le Borgne, mais ton père est mort depuis longtemps et le manchot dont tu parles est un pauvre bougre dont tu baises la femme en la faisant passer pour ta sœur. Exact ?

D'un coup, ça me revint. Ce visage, je l'avais déjà vu. À la télé. Le lendemain de la boucherie qui avait endeuillé Tres Castillos. C'était Pedro Diaz qui s'adressait à la caméra du journaliste en promettant de venger la mort de ses deux frères cadets tués cette nuit-là.

— Je me porte garant de lui, dit Farinha.

Ramirez saisit son assiette et la fracassa contre le mur. Il entra subitement dans une colère que je ne lui connaissais pas. Ses prunelles éclatées jetaient des flammes de l'enfer et ses mains tremblaient comme si elles étreignaient un câble haute tension. Il saisit Farinha à la gorge et le plaqua contre une armoire métallique, un flingue sous le menton :

— Et qui se porte garant de toi, monsieur le recruteur de merde ? Tu me ramènes un fils de pute et tu me le fais passer pour mon jumeau.

— Qu'est-ce qui te prend, Ramirez ?

— Fais pas ta sainte-nitouche. Je lis à travers ton crâne de demeuré comme dans une boule de cristal. Je suis au courant de ton petit manège, Farinha. Tu n'arrêtes pas de comploter dans mon dos. Mais t'as misé gros, cette fois, et t'as engagé toute ta réserve. T'es foutu… Tu pensais sincèrement que j'allais recruter les yeux fermés toutes les fiottes que tu me ramènes ?

Pedro Diaz se mit à avoir chaud aux oreilles.

— Je vois pas de quoi tu parles, dit Farinha.

— Le problème est que tu ne vois même pas la fosse que tu viens de te creuser. Parce que ce fumier que tu veux me fourguer n'a qu'une idée en tête : venger ses frangins. La police lui a fait croire que c'est Cisco qui est derrière la boucherie, et il est tombé dans le panneau. Il a accepté de nous infiltrer.

— Tu es en train de délirer, Ramirez, protesta Farinha. Pedro n'est pas le genre à se laisser embobiner par les flics.

Le sang allait couler et je ne tenais pas à être présent.

Je quittai le chenil en me bouchant les oreilles pour n'entendre ni les cris ni les détonations.

Ce fut à partir de cette nuit que les hallucinations commencèrent.

Ramirez rentra à la maison vers minuit. Méconnaissable. Les yeux enténébrés. Il s'était enfermé dans sa chambre. À double tour. Sans un mot. Lorsque j'éteignis dans le couloir, je vis la lumière sous sa porte. Ce n'était pas dans ses habitudes de dormir la lumière allumée.

Un bruit me réveilla. Il était environ trois heures du matin. Quelqu'un se tenait debout contre la fenêtre de ma chambre et m'observait. Je sautai hors du lit, en caleçon, et, revolver au poing, je courus pieds nus jusque dans la cour. L'intrus se tenait encore debout contre la fenêtre. Je pointai mon arme sur lui. Il se tourna vers moi : c'était José Maria Fuentes, le garçon que j'avais tué la nuit où Osario nous avait envoyés trouver Santos. Sauf que l'individu qui me faisait face avait toute sa tête et pas un grumeau de sang sur la figure.

Le sol se déroba sous mes pieds.

20

— Chassez le naturel, il revient au galop.

Je ne saisissais pas ce que Ramirez entendait par là ni où il voulait en venir, cependant quelque chose me disait que ses propos me visaient directement. Je posai le bouquin que j'étais en train de lire et levai les yeux sur mon cousin. Il était dans tous ses états.

Il m'envoya à la figure les photos qu'il tenait dans sa main.

— Tu aurais pu en imprimer des centaines d'exemplaires et les placarder sur tous les murs de la ville, tant qu'on y est.

C'étaient les reproductions de la photo d'Elena que j'avais confiée à Dolly Aguires, l'amant de Santos, pour qu'il les distribue un peu partout en quête d'un informateur.

— Tu me brises le cœur, cousin.

— Toi aussi, Ramirez.

— Sans blague.

— Tu m'as menti. Santos s'occupait bel et bien de la traite des *putes*.

J'avais appuyé exprès sur « putes ».

— Je croyais qu'on avait tourné la page, Diego.

— Je le croyais, moi aussi. Mais, sur la page suivante, il n'y a que du blanc.

— C'est-à-dire ?

— Que je suis obligé de revoir ma copie.

Ramirez se jeta sur moi, me souleva et m'écrasa contre le mur.

— T'as quoi dans le crâne, imbécile ? Qu'espères-tu trouver en cherchant cette fêlée ? Elena n'est plus la petite gamine qui te faisait courir comme un chiot dans les champs. Elle se fait sauter à plein régime, et toi, t'as mal au cul. Quand vas-tu comprendre, une fois pour toutes, qu'elle a choisi de faire carrière dans la location de sa chair et que tu n'y es pour rien ?

Il me relâcha et quitta la maison en claquant la porte derrière lui.

Ce que Ramirez refusait d'admettre est que nous avons tous une étoile qui brille plus que les autres et que cette étoile ne nous éclaire pas tous de la même façon. Dans mon ciel à moi, Elena ne laissait place ni aux astres ni aux prières. J'étais incapable de dire si je l'aimais encore ou si elle ne m'était qu'autoflagellation. Il était évident que je m'accrochais à du vent, sauf que je n'avais rien d'autre à quoi m'agripper. Ramirez n'avait pas tort. Elena n'était plus la gamine qui me faisait courir dans les champs, mais comment renoncer au plus beau des souvenirs quand bien même il muterait en une insoutenable culpabilité ? Et dans quelle sève vénéneuse cette effroyable culpabilité puise-t-elle son énergie : dans celle de la résilience ou bien dans celle du remords ?

Je suis allé voir Dolly Aguires pour qu'il m'explique comment les photos d'Elena s'étaient retrouvées dans les mains de mon cousin. Ramirez m'avait devancé. Dolly en portait la preuve ; il était sérieusement amoché. Il m'a juré qu'il avait remis les photos à des contacts sûrs dans le circuit et qu'à aucun moment il n'avait cité mon nom à qui que ce soit. Je lui ai demandé s'il avait des nouvelles d'Elena, ou un semblant de piste susceptible de me conduire à elle. Il a fait non de la tête :

— C'est pas facile, Diego. Y a plusieurs filières dans ce genre de commerce. Les filles sont orientées en fonction de leurs prédispositions : le trottoir, les boîtes de nuit ou le porno.

Je l'ai attrapé par le menton et lui ai cogné la tête contre le mur.

— Le trottoir, les boîtes de nuit et le porno ? C'est tout ce que t'as trouvé ? Le trottoir, les boîtes de nuit et le porno ? J'ai bien entendu ?

— J'comprends pas, Diego. J'ai gaffé quelque part ?

— Et comment, enculé de ta race ! Je te parle d'Elena et toi, tu me parles de pouffiasseries. Si tes contacts n'ont pas réussi à la retrouver, c'est parce qu'ils ont cherché là où Elena n'a aucune raison d'être. Est-ce que tu as seulement la moindre idée de qui est Elena ? (Je ponctuais chacun de mes propos en lui cognant la tête contre le mur.) Elena est saine de corps et d'esprit, malheur de ta mère ! Elle n'est pas faite pour traîner dans votre monde dégueulasse. Elena est pieuse, et propre, et bonne, et pudique, putain de ta race…

Je quittai Dolly Aguires en vibrant de rage. L'envie d'empoigner mon arme et de tirer sur tout ce qui bouge me dévorait de l'intérieur. Dans ma tête, le ricanement du violeur d'Elena fusionnait avec les reproches de Ramirez. J'en avais les tempes qui menaçaient d'éclater.

Je suis allé me soûler dans un bar sordide, loin du Bloc 7 et de ses indiscrétions. Une grosse dame se morfondait derrière le comptoir, un nid de cigogne en guise de coiffure et une horrible verrue sur le nez. Elle ne m'a pas souri quand j'ai commandé un verre de tequila et m'a à peine effleuré du regard quand elle m'a servi. Son attitude souffla sur le brasier qui sourdait en moi. Un moment, j'ai failli l'attraper par son goitre jusqu'à ce que ses yeux bovins lui giclent de la tête.

J'ai pris la bouteille de tequila et mon verre et je me suis rabattu sur une table au fond du zinc. J'ai avalé rasade sur rasade, pas moyen de noyer le volcan qui grondait en moi.

Marlo me trouva chez moi en train de ruminer mes aigreurs. Il voyait bien que j'étais mal, mais il ne put s'empêcher de me déranger.

— J'suis désolé, Diego. Il faut vraiment faire quelque chose. Ils ont encore rappelé mon beau-père et ils ont dit qu'ils vont s'amener avec des documents à signer. Mon beau-père n'en peut plus. Il a peur de ces gens. Si on se bouge pas, il sera obligé de céder.

— De quoi tu parles, putain ?

— Des acheteurs. Tu as promis d'en toucher deux mots à Cisco et il ne se passe rien. On aura besoin, tôt ou tard, de ce dépôt. Si ce n'est pas pour en faire une salle de jeux, ce serait pour autre chose. C'est une affaire, Diego. Y a du fric à la pelle dans cette histoire. C'est pourquoi les acheteurs refusent de lâcher le morceau. Ils vont s'amener dans une petite heure, et mon beau-père sera obligé de signer. Il leur avait donné sa parole, tu comprends ? Maintenant, il ne peut plus faire machine arrière.

— Tu es sûr qu'ils vont s'amener ?

— Et comment !

Je me rhabillai et sautai derrière Marlo sur sa bécane.

Le beau-père se rongeait les sangs sur le seuil du dépôt. Il courut vers moi, les bras déployés, prêt à se prosterner à mes pieds.

— Ils ont l'air décidés, cette fois, se lamentait-il. J'ai le couteau sous la gorge, Diego. J'suis sûr qu'ils vont me faire la peau si je continue à me défiler.

Quelques minutes plus tard, un 4 × 4 étincelant freina devant le dépôt. Un homme costumé en descendit, une serviette à la main. Il était petit, légèrement pansu, rasé de frais et tiré à quatre épingles. Deux autres hommes étaient restés dans le véhicule, avec le chauffeur.

— C'est le notaire, me souffla Marlo dans l'oreille.

Je sortis mon revolver et tirai dans la jambe du notaire qui, visiblement, ne s'attendait pas à un accueil aussi chaleureux puisqu'il mit un certain temps à réaliser ce qu'il lui arrivait. Il tomba à la renverse en hurlant et en se tenant la cuisse des deux mains. J'orientai mon arme sur le 4 × 4 et tirai sur le pare-brise. J'étais moi-même étonné par ma réaction. C'était comme si une entité démoniaque s'était emparée de moi et appuyait sur la détente. Le 4 × 4 recula dans un crissement de pneus, heurta une benne à ordures, effarouchant les deux chats qui roupillaient dedans, et battit en retraite.

Marlo me fixait avec des yeux ronds comme des soucoupes. Son beau-père courait déjà se mettre à l'abri.

Le notaire beuglait, un pied en l'air.

Je m'accroupis devant lui et lui confiai :

— Je te laisse une jambe pour que tu retournes dire à ton employeur que le dépôt n'est pas à vendre et que je suis nul en tractations.

— Bravo, me fit Ramirez.

J'étais dans ma chambre en train de descendre des bières, le cendrier débordant de mégots et la tête telle une ruche assiégée de frelons ardents. J'avais fermé tous les volets pour faire corps avec l'obscurité. Mais, à chaque gorgée, à chaque bouffée, j'avais l'impression de jeter de l'huile sur le feu qui me dévorait.

Ramirez alluma la lumière, me considéra de biais, puis, les mains dans les poches, il s'appuya d'une épaule contre le chambranle.

— Il paraît que tu as déconné grave, aujourd'hui, me dit-il.

— C'est pour ne pas te casser la figure que je me suis défoulé sur le premier venu.

— Tu vois ? Tu te trompes toujours de cible.

Il attrapa la chaise qui traînait à proximité de mon lit et s'assit dessus à califourchon, les bras croisés sur le dossier.

— Il faut être cinglé pour tirer sur un huissier de justice.

— Ce n'était pas un huissier de justice, c'était même pas un notaire. Tu as déjà vu un notaire avec un flingue collé à la cheville, toi ?

— Il avait un flingue sur lui ?

Je lui indiquai du menton un Smith & Wesson sur ma table de chevet.

— Il croyait avec son cartable et sa cravate impressionner le monde.

— Tu lui as bousillé une patte, Diego. C'était pas la peine. Rien ne te forçait à jouer au cow-boy. Et puis, on est au Bloc 7. C'est moi qui suis censé régler les litiges au Bloc 7. Tu veux m'attirer des problèmes, cousin ?

— Je ne sais pas ce qui m'a pris. Tes propos m'ont fait mal. J'avais la haine. J'étais plus moi-même. Je me serais jeté sous un camion que j'aurais trouvé ça gratifiant.

— Je t'avais mis en garde, cousin. La déprime n'est pas la meilleure des compagnes. D'ailleurs, je ne vois pas pourquoi tu te prends la tête. Je t'ai pas insulté, ce matin. J'ai seulement cherché à te secouer un peu pour que tu te réveilles. Lorsqu'on m'a remis les photos, c'est comme si le ciel m'était tombé sur la tête. J'ai dit ça y est, ça recommence. Je croyais que tu avais compris où était ton bien. On a une vraie maison avec des rideaux aux fenêtres, du pognon, et des projets. Je pensais que ça roulait pour nous, qu'on avait la tête sous la même casquette. Et puis, vlan ! Je vois ces photos et tout dégringole comme un château de cartes.

Il écarta la chaise et vint s'écrouler à côté de moi sur le lit :

— T'as aimé une fille dans une vie antérieure, Diego. Mais est-ce qu'on aime vraiment quand on a douze ans ? À cet âge, que connaît-on de l'amour ? Un jeu d'enfants plus sympa qu'une partie de cache-cache, c'est tout. Avec le temps, on doit passer aux choses sérieuses. Mais toi, Diego, tu es resté coincé dans ta maison de poupées alors que t'as plein de poil au cul. Y a à peine quelques saisons, on crevait la dalle au village. On n'avait pas plus d'enthousiasme que les clébards qui tournaient en rond dans nos champs où rien ne poussait. Et regarde autour de toi. On a un toit, une bagnole, des fringues, des téléphones portables... Tiens, où est la montre que je t'ai offerte ?

— Je l'ai perdue.

— C'est pas grave. Tu en auras d'autres, serties de diamants.

Il enroula son bras autour de mes épaules :

— Je t'aime beaucoup, Diego.

— Je sais…

— Il faut que tu passes aux choses sérieuses, maintenant.

— Tu as probablement raison. On ne court pas deux lièvres à la fois.

— Tu le penses vraiment ?

— Vraiment.

— Alors, oublie cette conne.

— Elena n'est pas une conne, Ramirez.

— Oublie-la quand même.

— C'est fait.

— T'es sûr ?

— Puisque je te le dis.

Il me prit par le menton pour lire dans mes yeux.

— T'as le regard triste, cousin. C'est pas bon signe.

Il se leva, ragaillardi :

— Va te changer. T'as l'air d'un biffin dans ses chiffons. L'Albinos nous invite à dîner chez lui. Est-ce que tu sais que je suis le parrain de son nouveau bébé ?

— Je n'étais même pas au courant qu'il attendait un gosse.

— Tu l'es, maintenant. Et c'est pas un garçon, c'est une fille. Débarbouille-toi et donne un coup de peigne à ta tête de mule. Je t'attends dehors.

Ramirez m'attendit patiemment dans la voiture. Ne me voyant pas le rejoindre, il revint me chercher et me trouva effondré dans le salon.

— Qu'est-ce qu'il y a encore ?

— J'ai pas envie de sortir.

Il me saisit par le bras, me traîna jusqu'à la voiture, me poussa dedans et claqua la portière sur moi.

Je ne me souviens pas de ce dîner chez l'Albinos.

21

Ramirez trouva séduisante l'idée de transformer le dépôt du beau-père de Marlo en salle de jeux. L'endroit avait du potentiel et était bien situé. Il fit venir des artisans pour s'assurer que le projet était réalisable, leur demanda un devis et prit un tas de photos de la bâtisse pour les montrer à Cisco car l'Indien ne se déplaçait désormais que pour traiter avec des grosses huiles, déléguant ses lieutenants pour le menu fretin. Marlo était ravi. Il se voyait déjà gérer la boîte et se remplir les poches dans notre dos. Je suis certain que c'était lui qui avait persuadé son beau-père de revoir à la hausse le prix du magasin. Mais Ramirez était emballé et ne se souciait guère du budget. Les affaires avaient repris à Tres Castillos. Le gang de Tijuana avait obtenu le marché de la came dans notre secteur et nous étions obligés de recruter des dealers et de grignoter quelques empans des territoires voisins pour écouler les livraisons.

L'Albinos nous téléphona pour nous annoncer que Maribel avait perdu sa petite fille handicapée. C'était un vendredi soir, nous étions en réunion derrière le chenil parce qu'un certain El Enano faisait des siennes en remontant les Muchachos contre la nouvelle refonte de Tres Castillos. Cisco, qui déplorait pas mal de défections dans ses rangs, exigeait un traitement de choc pour rétablir la situation. (El Enano considérait l'Indien comme un squatteur et contestait sa légitimité.) Depuis quelques jours, tous les Blocs étaient en alerte. Il fallait absolument neutraliser la brebis galeuse avant qu'elle ne contamine le troupeau.

Le samedi matin, Ramirez ordonna à Marlo de verrouiller le Bloc 7 afin d'interdire toute intrusion malintentionnée et nous partîmes rendre visite à Maribel. En cours de route, Ramirez me dressa à gros traits le tableau de ce qui ne tournait pas rond à Tres Castillos. D'après lui, El Enano ne faisait que s'insurger ouvertement contre ce que la populace condamnait en silence.

En réalité, il ne m'apprenait rien. Tout le monde avait remarqué que quelque chose clochait dans le secteur depuis que le gang de Tijuana y avait jeté l'ancre. Cisco avait troqué son vieux pick-up contre un 4 × 4 BMW, fumait le cigare et portait des costards confectionnés chez les meilleurs couturiers de Juárez. Il s'était constitué une garde rapprochée impressionnante et il ne s'occupait que de ses petites affaires personnelles, cumulant les concessions au profit de ses partenaires du Nord et négligeant ses troupes… Mais ce n'était pas ça qui me tarabustait. Je m'inquiétais surtout pour

Ramirez. Il paraissait dépassé par la tournure que prenaient les événements et je commençais sérieusement à douter de sa capacité à régner sur des garnements élevés dans la prédation crasse, presque à l'état sauvage, initiés aux batailles rangées et aux volte-face avant même d'apprendre à compter sur leurs doigts. Il me semblait que mon cousin privilégiait les exécutions sommaires pour asseoir une autorité de moins en moins évidente, un peu comme les tyrans qui terrorisent leurs peuples pour juguler leur propre angoisse. Il avait perdu de son assurance, Ramirez ; quand bien même il ne le montrait pas, j'étais trop proche de lui pour ne pas percevoir les préoccupations qui le taraudaient. Il parlait peu, ne s'attardait pas dans la rue, changeait fréquemment ses itinéraires et ses habitudes ; certaines nuits, je l'entendais sortir dans le patio, arme au poing, vérifier si tout allait bien.

Ce samedi matin, pendant que nous nous rendions chez Maribel, il n'avait pas arrêté d'étreindre nerveusement le volant. Ses mâchoires roulaient comme des poulies dans son visage tendu.

— C'est à cause du type que Farinha voulait que tu recrutes ?

Ramirez sursauta :

— Quoi ?

— Tu n'es pas bien depuis que tu as exécuté ce gars et Farinha.

— Qu'est-ce que tu racontes, Diego ?

— On dirait que ta conscience te travaille.

— Pourquoi veux-tu que ma conscience me travaille ?

— Peut-être que tu n'es plus sûr que ce Pedro Diaz était un infiltré.

Ses mâchoires se crispèrent davantage et ses doigts blanchirent aux jointures autour du volant. De toute évidence, le sujet l'agaçait au plus haut degré. Il respira un bon coup, le temps pour lui de gérer son exaspération, et dit, d'une voix faussement décontractée :

— Il n'y a pas de fumée sans feu.

— Tu avais des preuves ?

— Et comment ! Cisco avait tout un dossier concernant ce fumier.

— Tu as eu accès à ce dossier ?

— On est pas au tribunal, Diego.

— Farinha était dans le coup ?

— C'est quoi cet interrogatoire, putain ? T'as qu'à poser la question au boss. Je n'ai fait qu'exécuter ses ordres.

— Qu'exécuter ses ordres ? Il s'agit de mort d'hommes, Ramirez. Tu ne peux pas buter des gens simplement parce qu'on te le demande.

— Ah oui ?

— Cisco a changé. Il s'est entouré d'hommes de confiance et manipule le reste. Pourquoi il ne t'a pas pris dans sa garde prétorienne ? Il t'a donné un os à ronger et te charge des sales besognes. Je n'ai pas confiance. Cisco est en train de se débarrasser de ceux qui ne lui servent pas à grand-chose. Lorsqu'il aura liquidé les fortes têtes des Muchachos, il placera ses pions aux bons endroits et aura le monde à ses pieds. Cisco a une longueur d'avance sur le diable, Ramirez. Il se sert de nous en attendant de nous dégommer sans préavis. Qu'est-ce qui prouve que tu ne seras pas le prochain ?

— Rien, et je m'en tape. Si je dois regarder sous mon lit chaque fois que je m'apprête à dormir, j'suis pas sûr de trouver le sommeil toutes les nuits.

Il se rangea sur le côté pour me dévisager :

— Qu'est-ce qui te tracasse, Diego ? T'as entendu des trucs sur moi ou quoi ?

— Tu as promis qu'on se taillerait de ce merdier dès qu'on aurait de quoi lancer notre projet.

— Tu penses qu'on a largement de quoi nous payer une affaire ?

— En tout cas, suffisamment pour ne pas courir de risques inutiles.

— Qui ne risque rien n'a rien, cousin. Arrête de te court-circuiter les neurones pour des prunes. J'assure, t'inquiète.

En vérité, j'avais peur ; peur des Muchachos instables et imprévisibles, peur des gens qui se taisaient sur mon passage, des regards qui me suivaient dans la rue ; peur des morts que j'entendais arpenter mon sommeil en faisant grincer leurs chaînes ; peur de ce que j'étais en train de devenir. Je ne contrôlais plus rien, ni mes gestes ni mes pensées. J'avais l'impression d'être sorti de mon corps et de me regarder errer tel un somnambule à travers un dédale aussi tortueux que les méandres de la folie. Une voix, au tréfonds de mon être, me suppliait de partir loin de Juárez et de ses fouillis sanglants, d'aller me reconstruire ailleurs, n'importe où ; reprendre une vie normale, réapprendre à rêver des joies ordinaires. Il m'insupportait d'évoluer dans une arène où toutes les filles me rappelaient Elena, et toutes les têtes louches celle de son violeur... Elena, mon Dieu ! Elena. Qu'aurais-je à lui dire si, par on ne sait quel miracle, je me trouvais nez à nez avec elle ? *Pardonne-moi ? Viens avec moi ? Sauve-moi ?* Pourtant, j'étais persuadé que la « fiancée » que j'avais adorée me serait aussi étrangère qu'une inconnue. Je n'avais aucun doute là-dessus. J'aurais en face de moi une fille salie, avilie, qui m'en voudrait plus que jamais d'avoir été la pire chose qui lui soit arrivée. Alors, pourquoi remuer le couteau dans la plaie ? Pourquoi ne pas m'exiler dans un bled où chaque jour qui se lève me rapprocherait de moi-même un peu plus, jusqu'à ce que je me réconcilie avec le sort qui m'avait frappé ? Pourquoi ne pas me faire oublier quelque part où le remords le plus cuisant ne saurait supplanter le besoin naturel de renaître à des lendemains apaisés ? *Regarde-toi, Diego. Regarde la Bête dont tu accouches à la césarienne. Si on t'avait dit, un an plus tôt, qu'un meurtrier sommeillait en toi, tu ne l'aurais pas cru une seule seconde. Et pourtant, te voilà bel et bien un assassin, une brute, un complice et un parfait salaud, toi, la petite nature d'hier, le tranquille liseur de bouquins que la vue d'un flingue a tétanisé à un moment de vérité où n'importe quel garçon digne de ce nom aurait risqué sa peau pour mériter d'être aimé et respecté.*

— Tu veux qu'on aille voir Maribel un autre jour ? me demanda Ramirez en tambourinant sur son volant.

— Pourquoi ?

— Avec la tronche que tu tires, tu rendrais malheureux un clown.

— Il n'y a pas plus malheureux qu'un clown, Ramirez. C'est pour masquer ses grimaces qu'il peint de larges sourires sur son visage blanc. Et son rire, tout son rire, n'est qu'une diversion.

Ramirez me considéra avec des yeux ronds comme le double canon d'un fusil de chasse.

— Wow ! Tu déprimes grave, cousin. On ferait mieux de rentrer à la maison. Je dirai à Maribel qu'on a eu un empêchement.

— Ça changerait quoi ?

Ramirez resta coi, une girouette folle dans le crâne. Je voyais bien qu'il se posait un tas de questions sans leur trouver la bonne réponse. Il pêcha une cigarette dans un paquet sur le tableau de bord, l'alluma d'une main nerveuse et se mit à téter dessus à grandes bouffées, le regard droit devant lui. Ensuite, après avoir consumé la cigarette jusqu'au filtre, il écrasa le mégot dans le cendrier, enclencha la vitesse et démarra.

Il garda le silence jusqu'à notre arrivée chez Maribel.

22

Dolly Aguires me donna rendez-vous sur la place du Zócalo. « J'ai du nouveau », m'avait-il annoncé au téléphone.

Il m'attendait dans une vieille voiture cabossée, près d'une boutique close, d'énormes lunettes de soleil sur la figure pour masquer les traces de la raclée que je lui avais infligée une semaine plus tôt.

Hormis quelques galopins en train de martyriser un chien au bout de la rue, la place était déserte. Pas un café dans les parages. Pas un banc public. Rien que des bâtisses misérables aux volets rabattus et des venelles livrées à la poussière.

Je me tenais sur mes gardes. N'importe qui pouvait surgir d'un angle mort, tirer et s'évanouir dans la nature, et personne n'aurait vu quoi que ce soit.

— J'espère que tu ne m'as pas dérangé pour des salades…

Dolly se pencha pour m'ouvrir la portière.

L'intérieur de la cabine empestait la marijuana. Sur la banquette arrière se prélassait un petit chien toiletté, coiffé et parfumé, un ruban rose en guise de collier.

— Aère ta caisse. On se croirait dans une étuve.

— Désolé, j'ai pas la clim, dit Dolly en actionnant un minuscule ventilateur rivé sur le tableau de bord.

— Aboule, j'ai pas qu'ça à faire.

— On a une piste, Diego. Osa-Mayor va nous rejoindre dans un quart d'heure. Il t'expliquera.

— Pourquoi il n'est pas venu avec toi ?

— On n'était pas ensemble.

Je sortis exprès mon revolver et feignis de m'assurer que le barillet était chargé.

— T'as rien à craindre, Diego. On veut juste t'aider à retrouver la fille que tu cherches.

— Ça a un prix, la perche ?

— Ta protection… Osa-Mayor et moi voulons que tu nous prennes sous ton aile. Les choses changent à Tres Castillos et personne ne se sent à l'abri. Depuis la mort de Santos, je suis totalement largué.

— Je ne suis pas le boss.

— Oui, mais Cisco t'a à la bonne et ton cousin est *capo*. Je demande pas grand-chose, Diego. Le fait d'être vu, de temps en temps, en ta compagnie suffirait. Sinon, n'importe qui voudra me maquer. Y a deux jours, un proxénète m'a proposé de faire des passes pour lui… J'suis pas une pute, j'suis gay.

J'orientai le rétroviseur vers moi de manière à surveiller mes arrières.

— Il a un nom, cet enfoiré ?

— C'est pas important. Si c'est pas lui, ce sera quelqu'un d'autre. Mais si on me voyait avec toi, une ou deux fois par hasard, ça calmerait pas mal d'esprits.

— Je ne tiens pas à ce que Ramirez soit au courant de notre petite affaire.

— Promis. Ça restera entre nous… Tu n'as qu'à laisser entendre que t'as un œil sur moi et aucun fumier ne s'avisera de m'embêter.

Il était aux abois, Dolly.

— Je peux compter sur toi, Diego ?

— Je ne suis pas une ardoise.

— J'veux dire…

— Je sais ce que tu veux dire.

À l'autre bout de la rue, les gamins jubilaient chaque fois que l'animal recevait un coup de pied.

— Est-ce qu'on t'a dit que tu ressemblais à Bruno Mars ? me susurra Dolly en retirant ses lunettes et en posant sur moi un regard lascif.

— Qui c'est ?

— Quoi ? Tu ne connais pas Bruno Mars ? C'est une méga star. Ses clips sont vus par des centaines de millions de gens sur le Net.

Il extirpa un CD de la boîte à gants et le glissa avec une délicatesse affectée dans le lecteur.

— Écoute-moi ça. Ça s'appelle *When I Was Your Man.* (Ses yeux se remplirent de larmes.) C'était la chanson préférée de Santos.

— Éteins cette saloperie. Je n'ai pas la tête à écouter de la musique.

Il éjecta le disque, le contempla pensivement avant de le remettre dans la boîte à gants. Ensuite, il reprit son regard de chien battu et posa une main frémissante sur mon poignet.

— Je veux t'appartenir, Diego.

— Ne joue pas à ce petit jeu avec moi, Dolly.

Il retira sa main et se ramassa sur lui-même, le menton dans le creux du cou.

Osa-Mayor arriva avec dix minutes de retard. À cause des « embouteillages ». Il monta derrière et manqua d'écraser le petit chien sous sa carcasse éléphantesque.

Il tendit un bout de papier à Dolly.

— C'est l'adresse. T'as qu'à la mettre dans le GPS de ton portable.

— Quelqu'un va-t-il m'expliquer de quoi il retourne ? m'écriai-je.

— Tu ne lui as rien dit ? reprocha Osa-Mayor à Dolly.

— Me dire quoi, putain ?

— On va rendre visite à Madame Rosa, une professeure de danse, bredouilla Osa-Mayor en s'épongeant dans un mouchoir. La fille que tu cherches a pris des cours chez elle.

— Une professeure de danse ?

— Elle est très connue, me rassura Dolly. C'est chez elle que Santos envoyait ses strip… (Il s'aperçut de sa bourde, la rectifia aussitôt.)… Madame Rosa est une pointure dans le milieu artistique. Elle donne des cours à des vedettes de la télé.

Madame Rosa habitait dans une grande maison en pierre de taille, non loin de la Hacienda de Tabalaopa. C'était une femme d'un certain âge, mince comme un roseau dans son collant noir qui mettait en exergue la parfaite topographie de son corps. Fardée comme une actrice japonaise, le chignon strict et le geste chorégraphié au millimètre près, elle nous pria de la suivre le long d'un corridor aux murs ornés de diplômes et de portraits sur lesquels elle posait aux côtés d'artistes célèbres et de pontes cravatés.

Elle nous installa dans un salon cossu et nous servit du thé.

— Elle avait son p'tit caractère, celle-là, dit-elle en reconnaissant tout de suite Elena sur la photo que Dolly lui présenta. Très jolie, mais un peu farouche. D'ailleurs, elle n'est pas restée longtemps chez moi. Elle n'était pas faite pour la danse.

— Elle ne vient plus prendre de cours ? m'enquis-je, désappointé.

— Depuis plusieurs mois. Je crois qu'elle était trop malheureuse pour apprendre à s'amuser. La danse est une vocation. C'est dans les gènes. On l'a ou on ne l'a pas. Cette fille (elle promena un doigt manucuré sur la photo) avait de sérieux problèmes avec elle-même.

— Est-ce qu'elle portait des traces de sévices ?

— Au contraire, on veillait sur elle comme sur de la porcelaine. Elle était très belle et on était aux petits soins pour elle. Des filles comme elle doivent coûter cher à entretenir.

— Vous dites qu'elle était malheureuse.

— Beaucoup de femmes riches et choyées le sont. L'argent n'achète pas tout.

Madame Rosa ne m'avança pas à grand-chose. Elle se souvenait d'Elena, mais ignorait où elle résidait et avec qui elle était. Selon Dolly, les filles destinées au commerce de la chair étaient rarement « choyées ». Le statut d'Elena était plus proche de celui de la maîtresse d'un nabab que de celui d'une star du… (il évita de prononcer le mot). J'ai quitté la professeure de danse sur ma faim, mais, curieusement, quelque chose me laissait penser que je pouvais encore voler au secours de la fille que j'avais aimée.

Dolly me proposa de me déposer au Bloc 7. Je refusai. Non à cause de Ramirez, qui aurait été déçu d'apprendre que je n'avais toujours pas tourné la page malgré la promesse que je lui avais faite, mais pour marcher un peu et réfléchir à tête reposée à ce que je devais entreprendre.

— Si tu as besoin de moi, tu appelles, dit Dolly. Je reste dans les parages, à toutes fins utiles.

— Ce n'est pas la peine. Rentre chez toi.

— On la retrouvera, me promit Osa-Mayor en déversant ses flaccidités sur le siège du mort.

J'attendis de voir s'éloigner la voiture avant de traverser la chaussée. Le besoin de téter un joint m'obligea à fumer cigarette sur cigarette. J'avais beau essayer de m'intéresser au soir en train d'adoucir la chaleur de la journée, pas moyen de désengorger mon esprit. À la sortie de la Hacienda de Tabalaopa, je vis une espèce de Raspoutine haillonneux debout sur une bassine en plastique. Je me rendis compte que je n'étais pas loin de l'avenue Las Granjas et, pour une raison que j'ignore, je me surpris en train de sonner chez la veuve de Nonito. Elle me reconnut aussitôt et s'écarta pour me laisser entrer. Deux fillettes jouaient dans le salon.

— Je passais par là et j'ai tenu à vous rendre visite pour voir comment vous allez.

— Beaucoup mieux.

— Je vais vous laisser mon numéro de téléphone au cas où vous auriez besoin de moi. Nonito était un ami très cher.

— Je n'en doute pas. C'était quelqu'un de bien. Il nous manque tellement… Qui est Diego ? Vous ou l'autre garçon ?

— C'est moi.

Elle essuya une larme et courut chercher une enveloppe dans la commode.

— Nonito nous a laissé de l'argent. Il y avait aussi cette lettre dans la grande enveloppe. Elle vous est adressée.

Je pris la lettre, sur laquelle on avait tracé au stylo-feutre : *Pour Diego.*

— Prenez une chaise, monsieur. Je vais vous chercher du café.

— Non, merci. On m'attend chez moi. Vous avez de quoi noter ?

Je lui laissai mon numéro de téléphone et pris congé.

La nuit était tombée. J'ouvris la lettre au pied d'un réverbère. Il y avait une petite fiche cartonnée à l'intérieur et des billets. Sur la fiche, deux mots m'étaient destinés : *Barre-toi.*

Je retournai chez la veuve lui remettre l'argent que Nonito m'avait légué et revins errer dans le quartier. Le vieux fou sur sa bassine continuait son numéro. Je poursuivis ma route, un énorme poids sur la poitrine. Deux prostituées m'interceptèrent au coin de la rue, me chuchotèrent quelque chose que je ne saisis pas et m'abandonnèrent à mes tourments.

Je marchai dans une sorte de brouillard jusqu'à un jardin vandalisé et m'échouai sur un banc public. Une sirène ululait quelque part. La tête dans les mains, je fixai la pointe de mes chaussures pendant de longues minutes.

Quelqu'un vint s'asseoir à côté de moi.

C'était José Maria Fuentes.

Il se tenait la tête à deux mains, lui aussi, et fixait le sol. Comme s'il me singeait.

— Tu perds ton temps avec moi, lui dis-je. Tu es mort et fini.

Je me levai et, sans un regard derrière moi, je partis chercher un taxi.

23

Étendu sur une chaise longue en toile, Maria assise à califourchon sur lui, Ramirez tétait un joint en prenant le frais dans la courette du patio. Des bouteilles de bière vides traînaient par terre, autour d'une table basse encombrée de restes d'agapes.

En m'entendant rentrer, Ramirez écarta sa petite amie pour me faire face.

— Je t'ai appelé plusieurs fois sur ton portable, cousin.

— La batterie était à plat.

— T'étais où ?

— En ville.

Il repoussa Maria et s'assit sur le rebord de la chaise. Il était torse nu, une chaîne en or sur la poitrine. Ses mollets velus contrastaient avec le pantacourt blanc qu'il venait de s'acheter dans un magasin de luxe.

— Elle est jolie, au moins ?

— Qui ?

— La fille sur laquelle tu as flashé en ville.

— Est-ce que je me mêle de tes parties de jambes en l'air, moi ?

— Non, mais tu aimes bien coller ton oreille au mur.

Maria gloussa. Je perçus son rire comme une provocation.

— Je n'aime pas quand tu uses de ce genre d'allusions avec moi, Ramirez.

— Parce qu'on est des gens bien élevés ?

— Parce qu'on est cousins. C'est important, le respect.

Une voiture se mit à klaxonner dehors. Maria ramassa son sac, embrassa Ramirez sur la bouche et se dépêcha de gagner la rue. Sans me regarder.

Une portière claqua et la voiture s'éloigna.

D'une chiquenaude, Ramirez balança son joint à travers la courette et m'invita à le suivre à l'intérieur de la maison. Il sortit une bière du frigo.

— T'as une dent contre Maria ?

— Ça changerait quoi ?

— Qu'est-ce qu'elle t'a fait ? Elle est gentille, pas envahissante, et elle t'apprécie. Elle ne comprend pas pourquoi tu lui fais la gueule.

J'étais trop déprimé pour lui répondre.

Ramirez changea de disque :

— J'aime bien quand tu disparais comme ça toute la journée. Je ne sais pas où t'as été ni avec qui, mais je te préfère ainsi. Je t'ai toujours demandé de rester à l'écart de mes petits trafics.

— J'ai tué un homme, je te rappelle.

— Tu m'as sauvé la vie. Ce n'est pas la même chose. Ce fumier était à deux doigts de me trancher la gorge. Il ne t'a pas laissé le choix. C'était lui ou moi.

— J'ai donc fait un choix ?

— Tu le regrettes ?

Je me laissai choir sur une chaise, pris une bouteille de tequila sur la table de cuisine et me versai un verre.

— Tu as tué combien de gars, Ramirez ?

— Six ou sept.

— Est-ce qu'ils reviennent te persécuter ?

— Parfois, lorsque j'ai trop mangé du mouton avant de me coucher. Et seulement dans mon sommeil… Je t'ai entendu, l'autre nuit. Je croyais que tu parlais à quelqu'un dans le patio. Mais il n'y avait personne avec toi. Il faut que tu te ressaisisses, cousin. C'était un accident de parcours.

Il avala une gorgée de bière, clappa des lèvres, renifla fort avant d'ajouter :

— Ne crois pas que je suis insensible. Quand je bute quelqu'un, je suis mal les jours d'après.

Il décrocha une chemise safari accrochée à une patère derrière lui, l'enfila.

— On va manger chez l'Albinos. Puis on ira voir un spectacle. Il y a un grand humoriste qui se produit au *Al Sereno*. Ça te retapera le moral.

Nous dînâmes dans le resto où l'Albinos bossait comme cuistot. Ensuite, nous allâmes au *Al Sereno*, mais le spectacle tirait à sa fin.

C'était une belle nuit scintillante de millions d'étincelles. Les magnifiques immeubles du centre-ville arboraient leur panache au milieu de la magie des enseignes au néon. Partout, des panneaux de réclame appelaient à la consommation immodérée. Un monde était en train d'avancer à toute allure tandis que je me délitais corps et âme dans l'empuantissement des bidonvilles.

Nous garâmes la voiture sur le parking d'un centre commercial et rejoignîmes à pied la berge du Rio Bravo. Les boulevards pullulaient d'insomniaques et de fêtards. Dans les squares, les vendeurs à la sauvette embobinaient les pères de famille avec leurs jouets sophistiqués. Des gamins, par petites bandes, paradaient en mordant dans des tranches de pastèque, d'autres se pourchassaient comme des moineaux en riant ; des couples se picoraient tendrement, tapis dans leur bonheur : Ciudad Juárez n'était dangereuse que pour ceux qui avaient troqué leurs rêves contre des projets bidon. C'était peut-être ça, le *monde meilleur* : le monde des gens ordinaires. J'étais jaloux de chaque rire qui fusait par endroits, de chaque buveur de bière attablé à une terrasse, de chaque badaud qui flânait à l'air libre, content de mettre à distance les soucis de la journée tandis que je galérais de l'autre côté du miroir, un fantôme dans la tête et un nuage de fumée en guise de perspective.

Je m'imaginais au milieu de la foule, Elena à mon bras, et rien qu'en pensant à elle, j'étais prêt à remonter le temps pour redevenir moi, c'est-à-dire un être banal qu'un baiser aimant élèverait au rang d'un seigneur.

— Tu as avalé ta langue, Diego ?

— Je regarde, Ramirez, je regarde.

— Qu'est-ce que tu regardes ?

— Ce que nous refusons de voir à Tres Castillos.

Ramirez hocha la tête.

— Je ne vois pas ce que tu entends par là, mais je suppose...

— Il n'y a rien à supposer.

Il leva une main pour renoncer à une discussion qui ne nous avancerait pas à grand-chose. Ramirez avait appris à ne pas trop insister lorsque j'affichais ouvertement mes états d'âme.

— Tu as la déprime contagieuse, Diego.

Il entra dans un kiosque acheter des cigarettes et revint avec un magazine.

— Ça te fera un peu de lecture. Tu n'es supportable que plongé dans un bouquin.

Dolly Aguires me téléphona pour m'annoncer qu'il avait mis la main sur une photo qui pourrait m'intéresser. Je me rendis aussitôt chez lui. Son accueil me déplut d'emblée. Maquillé, parfumé, il ne portait qu'un string par-dessous un déshabillé rose fleuronné au col. Je le sommai de changer immédiatement de tenue s'il tenait à sauver ce qu'il restait de son joli minois. Il courut dans sa chambre se débarrasser de son déguisement et revint moulé dans un survêt pour majorette.

Il me soumit l'agrandissement imprécis d'une photo montrant une fille au visage blessé.

— Ce n'est pas Elena, lui dis-je.

— C'est elle, je t'assure. Regarde le grain de beauté sur son menton. C'est vrai, l'agrandissement laisse à désirer, mais c'est bien elle.

— T'es sourd ou quoi ? Je te dis que ce n'est pas elle.

Il saisit son téléphone et forma un numéro.

— J'appelle Osa-Mayor pour qu'il aille chercher la photo d'origine chez l'informaticien. Ce que nous avons, là, n'en est qu'une partie...

— Ton hippopotame de copain a intérêt à se dépêcher.

Une demi-heure plus tard, Osa-Mayor s'amena avec la photo d'origine, sur laquelle on voyait trois filles tassées sur un canapé et deux hommes en train de leur crier dessus. La brune qui figurait sur l'agrandissement était recroquevillée au milieu des deux autres, les bras croisés sur ses cuisses dénudées. Elle fixait l'objectif d'un air chagrin. Elle ressemblait un peu à Elena, mais je n'en étais pas sûr. Par contre, je reconnus Santos. De profil, le poing brandi, il menaçait une blonde qui tentait de se protéger derrière ses mains.

— Le type qui nous a fourni la photo est catégorique. C'est lui qui tenait l'appareil. Il se souvient parfaitement de la fille que tu cherches, persista Aguires. D'après lui, ça remonte à plusieurs mois. Ce sont trois filles que Santos se préparait à fourguer à un proxénète de…

Il ne finit pas sa phrase. Mon poing s'abattit si fort sur sa figure qu'il tomba à la renverse.

— Fourguer ?… Elena n'est pas de la camelote, connard ! Je t'ai dit mille fois de surveiller ton langage quand tu parles d'elle.

Osa-Mayor n'était pas content. Mon geste l'avait outré. Il me toisa en silence, puis il se tourna vers Aguires qui se massait stoïquement la joue meurtrie et l'aida à se relever.

— C'est pas bien, Diego, maugréa-t-il. Dolly ne mérite pas d'être traité de cette façon. Il essaye seulement de te rendre service. Tu ne peux pas savoir combien il se démène pour t'aider à retrouver la disparue. Il paie de sa poche les types qu'il sollicite. Ça fait des jours qu'il frappe à toutes les portes pour dégotter une piste et, crois-moi, il s'est fait avoir plusieurs fois. Quant au langage, c'est comme ça qu'on parle entre nous. Dolly ne choisit pas ses mots exprès. Comment veux-tu qu'il te le dise ? Les faits sont les faits, aucun jargon, qu'il soit recherché ou pas, ne les minimise.

Aguires s'effondra dans un fauteuil et se mit à pleurer :

— Tout ce que je veux, c'est te rendre service, Diego. Je le jure. Je serais tellement heureux si je parvenais à t'aider à retrouver cette fille. J'en fais une affaire personnelle. Je me fiche de l'argent que ça me coûte. Rien ne vaut ta satisfaction. Je veux que tu sois fier de moi.

Ému, je posai ma main sur sa nuque. Il se fit tout petit et redoubla ses sanglots.

— Pardonne-moi, lui dis-je. Cette histoire me rend fou.

Aguires saisit ma main sur sa nuque, avec infiniment de tendresse, et la porta à ses lèvres.

— C'est pas grave, Diego. J'ai connu pire.

El Enano fut éliminé deux jours plus tard. Son père, qui tenait une boutique de chaussures à Bellavista, découvrit trois têtes ensanglantées sur le pas de sa porte – celle de son fils avait été scalpée.

Cisco convoqua l'ensemble de ses *capos* pour leur annoncer que Tres Castillos avait abdiqué sans conditions, et qu'il était seul maître à bord. Pour célébrer sa victoire, il organisa une fête dans sa villa. Des banquets furent déployés dans le jardin. Les convives, dont la majorité nous était inconnue, rappliquaient des différentes franges de la société. Il y avait des jeunes gens aux allures de banquiers accompagnés de filles resplendissantes de classe et de bijoux, des gros ventrus qui empestaient la magouille à des lieues à la ronde, des individus plus ou moins décontractés qui avaient l'air d'être des flics et d'autres énergumènes venus exclusivement pour s'empiffrer gratos. Trois musiciens en costume traditionnel *norteño* jouaient du *carrido*, de la guitare *bajoquinto* et de la basse *totoloche* à fond la caisse. Quelques ringards en mal de visibilité se donnaient en spectacle en exécutant des pas de danse, un verre à la main, dans l'autre un flingue, avant de se faire rappeler à l'ordre par les *sicarios* chargés de la sécurité.

Cisco plastronnait au milieu de ses courtisans, la queue-de-cheval gominée, le costard impeccable. Ce n'était plus l'Indien ténébreux que j'avais connu. Il effleurait à peine le sol. Tout le monde lui donnait du « Don Cisco », et lui, ravi d'être anobli par une meute de lèche-cul, il levait le menton si haut que ses vertèbres cervicales en craquaient. Il passait d'une table à l'autre, bavardait avec ses invités, promettait la lune aux plus dévoués. Lorsqu'il arriva à ma hauteur, il me décocha un clin d'œil et m'oublia sitôt après.

Ramirez tirait la tronche dans son coin en s'envoyant rasade sur rasade. Il s'attendait à un geste de la part de Cisco, ou un mot bienveillant qui l'aurait distingué au même titre que les autres *capos* ; Cisco ne l'avait pas calculé.

De retour à la maison, Ramirez se mit à voir rouge. Il fracassa une bouteille de bière contre le mur du patio, donna un coup de pied dans la chaise longue, renversa quelques pots, les narines palpitantes de rage.

— On l'a dans l'os, Diego. Cisco est en train de nous rouler dans la farine en attendant de nous faire frire. (L'ébriété libérait la lie qui lui ravageait les tripes. Il chancelait, la bouche effervescente d'écume, deux braises à la place des yeux.) Il n'a d'égards que pour son ancienne équipe, et nous, on est de la garniture.

— C'est ça qui te chagrine ?

— Et comment, après tout le boulot que je me suis tapé pour lui ! On est là juste pour tenir la chandelle pendant qu'il prend son pied. (Il se frappa la tête à deux mains.) Est-ce que tu sais que le fameux émissaire du gang de Tijuana n'est qu'un négociant du Minnesota ? C'est un Américain. Aucun gang de Tijuana n'opère à Juárez. Cisco nous a raconté n'importe quoi.

— Qu'es-tu allé faire à Tijuana, dans ce cas ?

— J'ai jamais mis les pieds là-bas. Cisco m'a ordonné de le faire croire autour de moi pour faire diversion. J'étais dans un ranch, à cinquante kilomètres de Juárez. Avec une vingtaine d'abrutis pour monter la garde, et pas une seule recrue de Tres Castillos. Et dans ce ranch, les décideurs ont passé quatre heures à peaufiner leur nouvelle stratégie pour mettre le grappin sur l'ensemble de l'État de Chihuahua. Et devine qui défilait dans le ranch ? Fernando Jimenez Warda, du cartel de Sinaloa – tu te rends compte, du cartel de Sinaloa ? Il ne manquait plus qu'associer le loup et la chèvre –, Don Filip Sassona, le chef des Crânes Noirs, Alvar Luis Pajena, du Clan 66, Ángel Guzmán de Cuauhtémoc, Nuñez le Néandertal, le fameux dissident des Rebeldes à l'origine du bordel qui a obligé l'armée à intervenir à Juárez, et… tiens-toi bien… El Cardenal en personne, en compagnie de Cuchillo et de sa garde prétorienne. Et tu sais quoi ? Notre manitou Cisco, il leur servait du café et des petits-fours.

— Je te disais bien que Cisco avait conquis trop facilement Tres Castillos.

— Tu es un cérébral, toi. T'as les yeux connectés au cerveau. Tu vois des trucs et tu sais aussitôt pourquoi ils sont là. Moi, c'est pas pareil. J'ai besoin de plus de temps pour me faire une idée, mais j'y arrive toujours.

— Pourtant, ça crevait les yeux. C'est Cuchillo qui fait le ménage, et c'est Cisco qui s'installe avec ses valises. Je m'attendais à un phénomène de rejet, et ni les Rebeldes ni El Cardenal n'ont bougé le petit doigt. Ce n'était pas catholique. À ton avis, que signifie cette mascarade ?

Ramirez s'écroula sur la chaise longue et entreprit de se déchausser. Ses mains tremblantes ne parvinrent pas à délacer les souliers. Il laissa tomber.

Il dit, après s'être essuyé la figure ruisselante de sueur dans un pan de sa chemise :

— Je sais pas trop. Je pense que des alliances sont en train de se constituer pour déloger les Rebeldes et redistribuer les zones d'influence aux nouveaux maîtres de cérémonie.

— Et nous, dans cette histoire ?

— On n'est pas dans l'histoire, Diego.

— Dans ce cas, pourquoi ne pas nous tirer d'ici ?

— J'y compte bien. Mais pas les mains vides. Il va y avoir du grabuge à grande échelle bientôt. Des têtes vont tomber, et des secteurs être réquisitionnés. Ça va barder large. J'ai l'intention d'en profiter.

— Comment ?

— M'emparer des recettes. Je sais à qui les dealers remettent l'argent collecté de la semaine. J'ai déjà testé la manœuvre. Ça va marcher comme sur des roulettes. Encore deux ou trois mois, et on mettra les voiles sur Mexico avec un bon magot.

— Il arrive souvent que l'on se coupe le doigt sur la dernière gerbe, Ramirez. Pourquoi ne pas filer maintenant ? On a suffisamment de quoi lancer un commerce sympa. On achètera une boutique, ou un tripot et, petit à petit…

— Trop peu pour moi, s'écria Ramirez. Une opportunité s'offre à moi, je ne vais pas cracher dessus. Je te promets qu'il n'y aura ni traitement de choc ni effets secondaires. Personne ne me soupçonnera.

Je partis dans la cuisine préparer du café.

Quand je retournai dans le patio, avec mon plateau, Ramirez ronflait, les bras de part et d'autre de la chaise, la grimace féroce. Il était en colère jusque dans son sommeil.

24

Elena…

Elle me réveillait tôt le matin, à la même heure. En sursaut. Je ne me rappelais pas le rêve que je faisais d'elle. Mais mon sommeil était rempli de sa présence et j'avais son parfum sur le visage.

J'allumais alors la lumière et je fixais la porte dans l'espoir absurde de voir entrer Elena. La porte refusait de s'ouvrir. J'attendais ainsi que quelque chose se produise, un bruit, un grattement, un rideau qui bouge, n'importe quoi qui me ferait croire qu'Elena était là. Rien. Une tristesse insondable m'envahissait. Je prenais une cigarette, puis une autre, jusqu'à ce que la fumée m'oblige à sortir m'oxygéner dans le patio. J'arpentais la courette de long en large en cherchant dans le ciel une étoile filante à implorer.

Où était-elle, Elena ? Dans quels bras ? Au fond de quelle tourbe ? Mangeait-elle à sa faim ? Dormait-elle dans des draps ou sur des orties ? Était-elle malheureuse autant que je l'étais ?… Je me posais d'interminables questions, des bonnes et des mauvaises, pour déboucher sur la même réponse : sans elle, ma vie ne valait pas celle d'un chien errant.

Je me mis à harceler Aguires plusieurs fois par jour pour savoir si ses recherches avançaient. Parfois, il me répondait : « Mais Diego, tu viens de me poser la même question il y a moins de trois heures... »

J'avais perdu la notion du temps. Les minutes, les heures, les jours se confondaient. Je n'arrêtais pas de consulter l'écran de mon portable, de peur de manquer un message ou un appel. Je ne tenais pas en place, non plus. Tres Castillos m'étouffait. Je ne supportais plus les gueules racornies que je croisais sur mon chemin, ni leur langage ordurier ni leur chahut. Je passais mes journées à errer le long des boulevards du centre-ville. Lorsque la marche me cisaillait les mollets, je m'attablais à une terrasse, commandais une bière et restais là à observer les gens *ordinaires* vaquer à leurs occupations. Le soir, je rôdais autour des cabarets et des grands hôtels dans l'espoir d'entrevoir la silhouette d'Elena. Les nuits, comme mon sommeil, étaient pleines de sa présence, mais nulle part je ne percevais le son de sa voix.

Je retournais sur les grands boulevards me diluer dans le remous de la foule. Pour semer ma peine, j'essayais de m'intéresser à tout et à rien : au musicien grattant sa guitare, un chapeau par terre à l'intention des âmes charitables ; à l'étranger demandant son chemin à un autochtone prévenant ; au saltimbanque jonglant avec des pommes, un nez de clown sur la figure ; aux moutards ébahis devant une vitrine ; au groupe de danseurs des rues, la chaîne stéréo vibrant de mille décibels, exhibant l'étendue de leurs talents au milieu d'un attroupement conquis... Je ne pouvais espérer meilleure thérapie.

Mais à peine remettais-je les pieds à Tres Castillos, la déprime me sautait dessus avec la voracité d'un oiseau de proie. Je n'avais d'autre choix que de puiser dans ma réserve de marijuana. Rendu aux quiétudes opiacées, je survolais les montagnes de mon village natal, planais par-dessus nos vergers caillouteux. Depuis que j'avais appris à courir dans les champs, je n'aspirais qu'à rejoindre les moineaux dans le ciel. Ils savaient mieux que personne être libres. Leur vivacité me vengeait de mon statut d'orphelin. Je n'étais pas un enfant comblé, mais j'étais vivant. Mon mal me tenait en éveil. Je n'en voulais qu'à moitié au bon Dieu de m'avoir dépossédé de mes parents et me contentais de l'autre moitié pour me faire une raison. Je jurais, du haut de mes douze ans, de m'offrir des êtres qui compteraient pour moi plus que tout au monde, d'être le père que je n'ai pas connu et de me laisser materner par la femme de ma vie. Il me suffisait de plonger mon regard dans les yeux d'Elena pour y croire de toutes mes forces.

Un jour, en flânant du côté de Calzada del Rio, je m'étais arrêté devant une église. J'ignore comment je m'étais retrouvé assis sur un banc, au pied de la Vierge, les mains jointes sous le menton. C'était la première fois de ma vie que je mettais les pieds dans une chapelle. Comme je me méfiais des « premières fois », j'y retournai le lendemain et priai jusqu'à ce qu'un père vienne me demander si j'allais bien.

— Il faut absolument que tu voies ça, me dit Aguires au téléphone.

Il était trois heures de l'après-midi. Une chaleur caniculaire écrasait la ville. Tout le monde s'était réfugié chez soi, les volets clos et les climatiseurs réglés sur le débit maximal.

Ramirez s'était assoupi dans le salon. Maria sombrait insensiblement dans les eaux glauques de l'engourdissement, le garrot oublié sur le bras, la seringue coincée entre les doigts.

J'enfilai en vitesse un pantalon et une chemise et me livrai aux rues chauffées à blanc. Il n'y avait pas un chat dehors. J'étais à deux doigts de choper une insolation lorsqu'un taxi daigna enfin s'arrêter.

Aguires était surexcité. Il m'attendait dans son tacot, son toutou sur la banquette arrière. Nous passâmes prendre Osa-Mayor dans son salon de coiffure et mîmes le cap sur Chavena où nous avions rendez-vous avec un informaticien. Ce dernier nous fit entrer dans son labo, dans l'arrière-cour d'un entrepôt en disgrâce. Il introduisit un CD dans le lecteur de son ordinateur.

— C'est la copie d'une vidéo de télésurveillance, me confia Aguires. Elle m'a coûté la peau des fesses.

— Je te rembourserai l'ensemble de tes frais, lui promis-je.

— C'est pas obligatoire, Diego. Je ferais n'importe quoi pour toi.

Un écran s'alluma sur un parking souterrain où de nombreuses voitures rongeaient leur frein. Deux hommes apparurent, traversèrent une allée et disparurent dans un angle mort, suivis quelques instants plus tard par un couple qui se chamaillait – un homme trapu et une fille brune moulée dans une robe noire échancrée sur le côté. La fille repoussait les bras de son compagnon qui tentait de la traîner vers un 4 × 4. Alors qu'ils arrivaient juste sous la caméra de surveillance, la dispute dégénéra ; l'homme jeta sa compagne à terre et s'acharna sur elle à coups de pied.

J'étais estomaqué.

Cette fois, il n'y avait pas de doute : la fille qui se faisait massacrer était bel et bien Elena.

— Tu peux zoomer sur le visage de la fille ?

L'informaticien tripota son clavier, agrandit l'image et l'arrêta au moment où Elena se tournait vers la caméra. Elle avait la bouche ensanglantée, les yeux noirs de souffrance. Et ce regard, mon Dieu ! Exactement le même que celui qu'elle m'avait adressé, là-bas dans les ruines de ce maudit temple, pendant que son violeur l'écrasait sous un éboulis de fureur et de cruauté.

— Reviens sur l'homme.

L'informaticien s'exécuta.

— Qui est-ce ?

— Diego, gémit Aguires.

— Qui est ce salopard ? hurlai-je. Je veux savoir qui c'est, sinon je mets la ville à feu et à sang !

Osa-Mayor recula jusqu'au mur, probablement pour se mettre à l'abri. L'informaticien préféra continuer de tripoter son clavier. Aguires joignit ses mains à la manière d'un bonze en méditation, respira un bon coup et dit :

— Diego, tu as sur cette vidéo le yeti de l'État de Chihuahua. Un type extrêmement dangereux. Tout un contingent de brutes roule pour lui.

Je le saisis par la gorge.

— Qui est-ce ?

Osa-Mayor revint arracher Aguires de mes griffes. De la tête, il pria l'informaticien de nous laisser. Il attendit d'entendre le portail extérieur claquer avant de décréter :

— Mettons-nous d'accord sur un point. On veut juste te rendre service. Tu ne connais pas bien le milieu, mais nous, on sait précisément où ne pas mettre les pieds. Le type que tu vois sur l'écran, il te faut franchir un tas de paliers avant d'espérer l'entrevoir. Et de très loin. Parce qu'il est pire qu'une zone contaminée.

— Qui est-ce, putain ?

— J'y arrive, Diego, j'y arrive. Il faut juste que tu saches que nous ne tenons pas à être mêlés à cette histoire, Dolly et moi. Parce que même sous ton aile, ou bien sous celle du pape en personne, le type que tu vois là, il ne nous louperait pas.

— Il a un nom ou pas ?

— Retournons dans la voiture, Diego. (De l'œil, il me fit comprendre que nous avions intérêt à poursuivre la discussion quelque part où il n'y aurait pas de micros ou de caméras dissimulés.) Et calme-toi, s'il te plaît. Je sais, le spectacle auquel tu viens d'assister est très dur…

— Tu n'en sais rien.

Il leva les deux mains en signe de reddition.

Osa-Mayor transpirait à grosses gouttes. Il ne savait pas par quoi commencer. Aguires conduisait lentement. Il était en sueur, lui aussi. De part et d'autre, les bicoques défilaient au ralenti, semblables à des balises jalonnant ma frustration.

J'étais sous le choc, suspendu entre la colère et la haine.

— La vidéo a été prise dans le parking souterrain d'un hôtel, dit Osa-Mayor. L'informaticien a refusé de nous dire lequel pour protéger ses sources. Et il a raison. Mais ce n'est pas l'endroit qui nous intéresse. On a retrouvé la fille, c'est déjà ça de gagné. Quant au salopard, il s'agit d'Alias Gómez Mortalunes alias Grucho. Je m'excuse d'user de mots qui fâchent, Diego, mais quels qu'ils soient, ils veulent dire la même chose : Grucho est un baron de la prostitution. Il fournit les boxons clandestins de Barrio Alto, Paseo Ciprés, Agustín Melgar, Mirador et certains cabarets huppés. On raconte qu'il est impliqué dans l'assassinat de Dida le Borgne. Ce gars n'est pas de la tarte, Diego. Il faudrait une armée pour l'affronter.

Et s'il te plaît, ne dis pas devant n'importe qui des choses que tu risques de regretter. L'informaticien n'avait pas à savoir ce que tu comptais faire. Heureusement, on ne lui a pas dit qui tu es.

— Je veux la peau de ce salopard.

— Ce n'est pas en le criant sur les toits que tu as une chance d'y parvenir, Diego. Tu dois garder ton sang-froid. On est à Juárez, je te rappelle. Toute intention déclarée est une mise en bière garantie. Si tu tiens à aller jusqu'au bout de tes projets, ne mets personne dans la confidence. Il y a des oreilles qui traînent partout.

J'avais terriblement soif. Aguires m'acheta une bouteille de soda dans un bistrot. Je la descendis d'une traite et le renvoyai m'en chercher une autre. Les propos d'Osa-Mayor m'avaient un peu calmé. Mais le visage agressé d'Elena occupait mon esprit.

Nous traversâmes plusieurs bidonvilles avant de trouver un endroit peinard pour réfléchir à ce que nous allions entreprendre. Osa-Mayor insistait sur la nécessité pour lui et pour Aguires de rester en dehors de ce que j'envisageais de faire pour récupérer Elena.

— On te coachera, Diego, mais on n'entrera pas dans l'arène avec toi.

— Je veux savoir où elle habite.

— Ça, c'est pas un problème. On trouvera. Mais comment comptes-tu la reprendre à Grucho ?

— J'ai de l'argent.

— Il n'en a rien à cirer, Diego. Ça ne marche pas de cette façon dans le milieu.

— Je l'enlèverai.

— Ça, c'était avant, au temps des ancêtres. Voler la fille à un boss ? Même pas en rêve. Grucho te retrouverait dans l'heure qui suit. Il n'y a qu'une seule possibilité pour tenter le coup avec une chance de t'en tirer, Diego : liquider le bonhomme d'abord.

— C'est vrai, renchérit Aguires. Tu butes ce salaud et tu te tailles avec la fille.

— Vous disiez qu'il a un contingent de brutes qui roulent pour lui.

— Oui, mais il n'est pas obligé de les avoir tout le temps autour de lui. N'importe qui a besoin d'un minimum d'intimité. Il arrive à Cisco de s'isoler de temps en temps, non ? Ne serait-ce que pour aller aux chiottes. C'est valable pour n'importe quel caïd. Le pouvoir ne guérit pas toutes les petites faiblesses. Grucho a sûrement une faille dans son dispositif. Il suffit de chercher. T'as un avantage, Diego. Grucho ne sait pas que tu existes. Ses hommes ne te connaissent pas. Si tu agis dans l'ombre, personne ne te soupçonnera. Grucho a beaucoup d'ennemis. Il y aura sans doute une chasse à l'homme, mais aucune piste ne mènera à toi à condition de ne pas te donner en spectacle.

— Et on va la trouver, cette faille, Diego, promit Aguires. Comme on a trouvé la fille. Laisse-nous chercher sans nous bousculer.

Il me tendit la main. Je mis une éternité à la saisir. Osa-Mayor joignit la sienne aux nôtres. Nous venions de sceller quelque chose, mais je n'étais pas très sûr de la teneur du serment.

Une semaine plus tard, Aguires arrêta sa voiture sur le boulevard Tomás Fernández, à quelques encablures des Jardines Senecú. Sur la banquette arrière, Osa-Mayor orienta des jumelles sur une belle villa stylée. Il scruta les parages immédiats de la baraque, s'attarda sur le 4 × 4 colossal garé devant le garage avant de me montrer ce que je devais observer. Je lui pris les jumelles. Je pouvais voir une silhouette à travers les fenêtres du rez-de-chaussée de la villa, mais on était trop loin pour savoir si c'était celle d'une femme ou d'un homme.

— La fille que tu cherches crèche là-dedans, me dit Aguires.

— C'est une maison close ?

— C'est la résidence secondaire de Grucho. D'après nos informations, ta petite amie y habite à plein temps. Elle est, pour l'instant, la maîtresse de Grucho. C'est dans ses habitudes, à ce salaud. Quand une fille est très jolie, il la garde pour lui quelque temps avant de l'injecter dans le circuit.

— C'est ça la faille ?

— Non. Tu vois la voiture sur la gauche, la Chrysler bleu métallisé ? C'est celle de son chien de garde. Il s'appelle Quasimodo, et c'est pas un hasard. Il est moche comme un délire et il a une carcasse de rhinocéros. Tu lui viderais un chargeur dans le buffet que tu l'arrêterais pas. Quand Grucho s'absente, il laisse Quasimodo dans la villa, pour surveiller la fille.

Nous restâmes plus d'une heure à observer la résidence, les jumelles braquées sur les grandes fenêtres du rez-de-chaussée et sur celles du premier étage. Pas l'ombre d'Elena. Pour ne pas attirer l'attention, nous effectuâmes plusieurs tours dans le quartier pour repasser discrètement devant la villa. Le 4 × 4 et la Chrysler étaient toujours là. Nous revînmes sur les lieux, le soir, et quelle ne fut pas mon émotion lorsque je vis Elena sortir de la résidence, sa brute derrière elle. J'étais ému aux larmes, incapable de déglutir ou de libérer un son…

Grucho et Elena grimpèrent dans le 4 × 4 et gagnèrent le boulevard à toute vitesse, la voiture de Quasimodo collée au train. Nous les filâmes pendant quelques centaines de mètres avant de les perdre dans les embouteillages qui saturaient la rue Pedro Rosales de León.

Cette nuit-là, je dormis dans un hôtel.

J'étais trop bouleversé pour rentrer à Tres Castillos et je ne tenais pas à ce que Ramirez soupçonne quoi que ce soit.

25

— Marlo, on s'est entendus sur le prix… Je veux rien savoir. Ton beau-père devient de plus en plus gourmand, et ça commence à bien faire… C'est la troisième fois qu'il renvoie les artisans… C'est toi qui lui bouffes la cervelle… Il signe ces foutus documents et basta.

Ramirez raccrocha sèchement ; il se tourna vers moi, les narines palpitantes :

— Ils nous prennent pour qui, ces deux zigotos ? Pour l'armée de salut ?

— Je t'avais averti. Marlo a les yeux plus gros que le ventre.

— Ouais, mais il est mal tombé… (Il alluma un joint et me le tendit.) Où t'as passé la nuit, cousin ? Ne me dis pas que la batterie de ton iPhone était à plat. Une excuse n'est bonne qu'une seule fois.

— J'étais avec une fille.

Il me dévisagea de biais. Je ne me détournai pas. Il écarta les bras et se laissa tomber sur le canapé.

— Que tu mènes ta barque comme bon te semble ne me pose aucun problème, cousin. Mais, pour l'amour du Ciel, sers-toi de ton téléphone. Prouve-moi que t'es encore de ce monde. Je me fais du souci quand tu ne réponds pas à mes appels. Mets-toi à ma place. J'peux pas surveiller mes arrières et mes cartes en même temps.

— J'ai oublié.

— T'as pas oublié, tu *t'es* oublié. Tu crois que l'orage est passé ? Il y a encore de la foudre dans l'air. Est-ce que tu sais qui a été zigouillé, hier soir ?… Cuchillo !

— Quoi ?

— Ouais, cousin. Cuchillo le Maléfique… On l'a découpé en petits morceaux et on l'a aligné en brochettes sur le gril dans le jardin de Sergio, pour le barbecue. Alors, s'il te plaît, tâche de trier tes fréquentations.

— Tu penses qu'on est si importants pour être finis à la tronçonneuse ?

— Je pense qu'on n'est jamais assez prudent.

Il me pria d'aller lui chercher une bière dans le frigo.

— Les choses s'accélèrent, Diego.

— On sait qui est derrière la liquidation de Cuchillo ?

— N'importe qui. Il y a eu pas mal de tueries, ces derniers temps. On ne squatte pas un territoire sans qu'il y ait de la casse. Et puis, les Rebeldes doivent être au courant de ce qui se trame dans leur dos. Tu crois qu'ils vont rester les bras croisés ?

— Putain, Cuchillo !

— Tu vas pas chialer pour cette andouille. T'avais pas arrêté de te plaindre de lui quand tu trimais au labo. Qui sait ? T'es peut-être sur la liste des suspects.

— Moi ?

Il éclata de rire.

— Je te charrie, abruti. Tes bouquins t'ont rendu barjot ou quoi… (Il devint sérieux et frappa de sa main sur le canapé pour que je m'asseye à côté de lui.) J'ai l'intention d'acheter le dépôt du beau-père à Marlo.

— Tu as renoncé à notre projet à Mexico ?

— Pas du tout. J'achète le magasin pour une bouchée de pain et je le revends le triple. L'ancien acquéreur potentiel y tient toujours. Quand il a menacé le vieux au téléphone suite à ton fait d'armes de cowboy, j'étais présent. J'ai pris le téléphone du vieux pour relever le numéro. Après j'ai appelé le gars et je l'ai baratiné, genre que j'étais un parent et qu'en ma qualité d'héritier, j'étais prioritaire pour acheter le dépôt. Il a gueulé un coup, puis il s'est calmé quand je lui ai dit qu'on pouvait s'entendre tous les deux.

— Ça va prendre combien de temps, la transaction ?

— Lorsque ce vieux con aura signé les papiers. Je les ai établis il y a deux jours. Chez un *vrai* notaire.

— Et on partira quand de cette arène ?

— Dès que j'aurai mis à exécution mon plan au sujet des recettes. Je m'attends à ce qu'il y ait du grabuge. El Cardenal est obligé de venger son bras droit. Et les mécontents ne vont pas se faire prier pour ramener la grosse artillerie. Pendant que tout le monde est occupé à consolider ses barricades, je pointe au bureau des collectes, je rafle la mise et à nous Mexico.

— Ce bureau est un moulin ?

— Y a que deux types à l'intérieur. Des comptables. On leur apporte les recettes à heure fixe pour chaque secteur. Ils ouvrent la porte blindée, et je surgis. Bang ! Bang ! et je ne suis plus là.

— Si c'est si simple que ça, pourquoi personne n'y a songé ?

— Ça, cousin, c'est mon petit jardin secret.

Ma montre affichait dix heures.

— J'ai un truc à régler, je dis à Ramirez. Tu me prêtes ta voiture ?

— Ce n'est pas *ma* voiture, c'est *notre* voiture.

— C'est ça, comme *notre* petit jardin secret.

— C'est pas la même chose, cousin. On peut porter une même casquette, mais pas la même pensée.

Il me balança les clefs de la bagnole.

— Amuse-toi bien… dans ton petit jardin secret bien à toi.

— Je risque de rentrer tard.

— Prends tout ton temps. J'ai qu'à siffler pour me dégotter une caisse avec chauffeur. Je suis le *capo*, cousin. T'as oublié ?

Je quittai Ramirez avec une certitude : je n'attendrais pas le déluge.

Je n'avais qu'une idée en tête : récupérer Elena et mettre le cap sur le bout du monde.

Je passai trois fois devant la résidence secondaire de Grucho. Sans rien déceler d'intéressant. Le 4 × 4 et la Chrysler n'étaient pas là. Je me rabattis sur les Jardines Senecú pour réfléchir. Pourquoi ne pas tendre un piège à Grucho sur son propre terrain ? Je l'attendrais derrière la villa et je l'abattrais à son retour. Lui, en premier. Ensuite, je m'occuperais de Quasimodo. Après, je n'aurais qu'à pousser Elena dans ma voiture…

Je retournai sur le boulevard Tomás Fernández, me rangeai non loin de la résidence, sur le trottoir d'en face. Sans jumelles, je ne pouvais pas observer grand-chose. Mais quelque chose me tenait rivé là. Bêtement. Taillant en pièces mes angles d'attaque. Je me voyais mal assurer loin de ma base.

— Tu es en train de tout foutre en l'air, Diego, m'asséna Osa-Mayor. Quand on est passés tout à l'heure devant la résidence de Grucho, Dolly et moi, et qu'on t'a vu garé sur le bas-côté, on a été choqués. Une patrouille de police aurait pu te remarquer. Tu aurais dit quoi aux flics ? Que t'étais en panne ? Ils t'auraient demandé les papiers du véhicule et auraient appelé le central pour vérifier si t'étais en règle ou pas. Et te voilà fiché, Diego. En cas de grabuge, tu ferais partie des suspects. Or, personne ne doit te soupçonner.

Nous étions dans l'appartement d'Aguires. Osa-Mayor paraissait embêté par mes initiatives.

Aguires était d'accord avec Osa-Mayor ; il acquiesçait de la tête en serrant son toutou contre sa poitrine.

— Il faut battre le fer tant qu'il est chaud, dis-je pour justifier mon erreur de calcul. Je ne peux pas me permettre de prendre mon temps quand chaque jour est un enfer pour Elena.

— Ce serait un suicide. Et tu gâcherais la seule chance qu'a cette pauvre fille d'échapper à la carrière qui l'attend. Laisse-nous te préparer le terrain. Tu restes dans l'ombre et tu attends ton heure. Et après, ni vu ni connu.

— Mayor a raison, Diego, dit enfin Aguires. Tu dois nous faire confiance. On va te régler ça comme du papier à musique.

Ils avaient l'air si sincères et dévoués.

Je me détendis un peu.

— Je ne vous remercierai jamais assez pour ce que vous faites pour moi, les gars, leur avouai-je. Je m'étais trompé sur votre compte et je m'en veux d'avoir été injuste avec toi, Dolly. Tu ne peux pas savoir combien je regrette de m'être si mal conduit...

— C'est pas grave, Diego. On ne se connaissait pas, avant.

— Tâche seulement de ne pas nous oublier quand tu seras *capo*, dit Osa-Mayor.

— Moi, *capo* ?

— C'est le bruit qui court. On raconte que Cisco a un projet pour toi.

Le soir même, alors que je m'étais promis de ne plus me hasarder sur le boulevard Tomás Fernández avant d'avoir réglé son compte à Grucho, en sortant d'un restaurant, je tombai nez à nez avec ce dernier. Il descendait de son 4 × 4, pendant que son énorme garde du corps se précipitait pour ouvrir la portière à Elena. J'étais tellement surpris que j'ai manqué une marche et failli me casser la figure sur le perron. Elena s'était tournée vers moi. Nos regards s'étaient télescopés. Je crois qu'elle avait tiqué. Je ne m'en souviens pas bien. Je m'étais détourné très vite pour cacher mon émotion, mais Quasimodo et son maître étaient trop occupés à donner des instructions au voiturier pour faire attention à moi. Je m'étais dépêché de m'éloigner. En me retournant, je vis Elena qui me regardait, l'air de se demander si elle n'hallucinait pas...

Dieu ! Qu'elle était belle, Elena... belle à un point qu'on ne saurait imaginer.

Cette nuit encore, je jugeai sage de ne pas rentrer à Tres Castillos. Couché sur le lit de ma chambre d'hôtel, je gardai les yeux grands ouverts pour ne pas m'endormir. Je ne voulais pas que l'image d'Elena me fausse compagnie une seule seconde. Elle habitait le plafond de la pièce, les miroirs, les draps autant que mon sommeil, mais, cette nuit-là, en restant éveillé, je priai pour que mes rêves d'autrefois redeviennent la seule et unique réalité.

Je me souviens, après ce qu'il s'était passé dans les ruines, qu'Elena évitait de croiser mon chemin. Lorsqu'elle gardait ainsi ses distances, j'avais l'impression que notre village était le plus vaste des déserts, et Elena le plus cruel des mirages. Malgré le poids de la culpabilité, je ne pouvais m'empêcher de songer à nos promesses d'enfants épris l'un de l'autre. Je me retranchais derrière la butte, et je passais mon temps à guetter Elena comme un veilleur de nuit le lever du jour. Lorsqu'elle sortait de chez elle, moi, je sortais de mon corps pour courir la regarder de près. Elle était encore plus jolie dans la douleur, Elena. Pour me faire à l'idée que tout était fini entre nous, je ne cessais de me répéter qu'elle était trop belle pour moi, que cette fille méritait de vivre dans une superbe baraque, avec un tas de domestiques et un multimillionnaire aux petits soins pour elle. Qu'avais-je à lui offrir, moi, à part des mots volés dans des bouquins ? Et alors, en même temps que j'apprenais à renoncer à tout espoir de la reprendre dans mes bras, quelque chose fulminait en moi tel un geyser et je jurai que si Elena me revenait, je mettrais le destin à genoux pour qu'elle ne manque de rien.

26

Pour rendre hommage à son bras droit, El Cardenal organisa des funérailles dignes d'un chef d'État. Le cimetière disparaissait sous les couronnes de fleurs et les grosses cylindrées aux vitres teintées. Tous les chefs des gangs amis avaient tenu à honorer de leur présence l'enterrement de Cuchillo. Il y avait les caïds des quatre coins de l'État de Chihuahua, d'anciennes alliances, et même des délégués des cartels rivaux. Certains parrains rappliquaient du Texas et du Nouveau-Mexique pour présenter leurs condoléances à un Sergio inconsolable. Après la cérémonie, tout ce beau monde fut convié sous un chapiteau dressé pour la circonstance dans un parc quadrillé par des vigiles. Pacorabanne était là, pathétique dans un costume trop étroit pour lui. On s'était salués de loin. Mais le regard que m'avait décoché Joaquín l'informaticien m'avait estoqué comme une épée de toréador. Un moment, j'avais cru qu'il *savait* au sujet de la mort son cousin germain, José Maria Fuentes, puis je m'étais rappelé que le courant n'était jamais passé entre nous deux, et j'avais mis l'attitude de Joaquín sur le compte de nos vieilles incompatibilités d'humeur.

Après les accolades et les adieux, Ramirez m'emmena dans un bar. Il m'annonça que les hostilités dont il me parlait étaient ouvertes et que *notre* jour était en train d'arriver.

— T'as entendu parler d'un certain Naaman le Libanais ?

— Le patron du *Pharaon* ?

— Cisco a décidé de l'éliminer. Et il a pensé à toi. J'ai dit à Cisco que tu n'étais pas bien ces derniers temps et je lui ai proposé de m'occuper personnellement de l'opération. Il n'était pas content, mais il a dit qu'il allait y réfléchir. Si jamais il te convoque, ne le laisse pas t'intimider. Tu refuses, point barre.

Je ne l'écoutais que d'une oreille. Mon esprit était ailleurs ; j'attendais un coup de fil « important » de Dolly Aguires.

Osa-Mayor finit par localiser la « faille » dans le dispositif de Grucho. Il me donna rendez-vous chez sa mère qui habitait à Plutarco Elías, à l'autre bout de la ville, très loin de Tres Castillos et des indiscrétions. Un vent chargé de poussière soufflait sur Juárez, annonçant l'orage. Aguires nous rejoignit plus tard. Nous dînâmes chez la mère d'Osa-Mayor avant de prendre le périph Camino Real jusqu'à la sortie donnant sur la calle Tulanango. Vers vingt-deux heures, nous atteignîmes Adolfo López Mateos. Nous passâmes deux fois devant un kiosque vandalisé qui devait me servir de point de repère. À une trentaine de mètres en face du kiosque, il y avait une petite rue qu'éclairait parcimonieusement un lampadaire. Osa-Mayor me montra une maison à deux étages devant laquelle étaient garées des voitures.

— C'est p't-être un lieu de réunions secrètes ou un club restreint pour mordus de poker. Une chose est sûre, chaque mardi soir, Grucho s'y rend… *Seul.* Il arrive aux alentours de vingt heures, dans son 4 × 4 qu'il gare sur la petite place où tu vois les voitures. Sans son rhinocéros de garde du corps, insista-t-il. Il reste là-dedans entre vingt minutes et quatre heures. Parfois, jusqu'au matin. Ça dépend des jours. Tu te planques derrière le kiosque et tu attends. Quand Grucho sort, tu lui tires dessus, tu sautes dans ta caisse et tu prends l'avenue sur la gauche jusqu'au périph. En moins de dix minutes, tu te perds dans la circulation. Ni vu ni connu.

Nous étions vendredi. Nous revînmes sur les lieux le samedi, pendant la journée pour mieux tâter le terrain et étudier les itinéraires d'approche et de repli ; le dimanche soir, nous étions de nouveau sur les lieux en reconnaissance de nuit ; le lundi, je revins seul, le matin et le soir, pour revoir chaque détail et anticiper un plan de repli au cas où les choses tourneraient mal.

Le mardi matin, j'étais debout aux aurores. J'avais pris un somnifère et je m'étais levé du bon pied. Je me sentais *prêt.* Aussi avais-je manqué d'avaler de travers mon os de poulet quand, dans l'après-midi, alors que mentalement j'étais déjà à Adolfo López Mateos, Ramirez m'annonça qu'il avait besoin de la voiture.

— Prends un taxi, Ramirez. Ou siffle quelqu'un. Tu es le *capo.*

— Désolé, mais j'ai promis à Maria de l'emmener dîner au *Plaza Portales.*

— J'ai vraiment besoin de la voiture. C'est très important.

— Ça l'est aussi pour Maria et pour moi. Je ne t'ai jamais rien refusé, cousin. Mais aujourd'hui est un jour particulier.

Les yeux de Ramirez brillaient d'une flamme jubilatoire. Il était inutile, pour moi, d'insister.

Je claquai la porte de ma chambre et m'effondrai sur le lit.

Un quart d'heure plus tard, Ramirez revint sur sa décision :

— Je te gâte trop, me cria-t-il. Mais c'est ma faute si tu ne grandis pas.

Il me jeta les clefs de la voiture à la figure et quitta le patio en marmonnant de mécontentement.

J'allai prier dans une église. Jusqu'au coucher du soleil. Le fantôme de José Maria Fuentes occupait un banc au fond du sanctuaire. Il m'observait en silence, un vague sourire sur ses lèvres bleues. Après m'être signé, je passai à côté de lui sans rien lui dire.

Il y avait un incendie au nord d'Adolfo López Mateos. Des pompiers arrosaient de leurs lances une bâtisse en flammes au milieu d'un attroupement de voyeurs fascinés. Vers 19 h 45, je me rangeai derrière le kiosque. Le réverbère le plus proche se trouvait à l'autre bout de la rue. Il n'y avait personne dans les parages, mais le 4 × 4 de Grucho était déjà sur la petite place, au milieu de cinq voitures.

Minuit. Il ne restait sur la petite place que deux voitures et le 4 × 4.

J'étais tenaillé par la soif. Je m'aperçus que je n'avais rien mangé depuis le déjeuner. J'entendais mes tripes remuer ; j'avais mal aux rotules et au dos mais, bizarrement, je ne ressentais aucune angoisse. C'était comme si ma chair et mon âme s'étaient déconnectées l'une de l'autre. Dans mon esprit, une seule idée fixe : tirer juste.

Je sursautai. Un chien ébouriffé grattait à la portière de ma voiture. Le tableau de bord affichait 1 h 37. Je m'étais assoupi. Je me redressai d'un bond : ouf ! le 4 × 4 était toujours là, avec les deux voitures.

Un terrible besoin de fumer s'ajouta au travail de sape de la soif et de la faim. Comment allumer une cigarette sans attirer l'attention ? Je cherchai dans la boîte à gants de quoi calmer mes manques. Hormis un paquet de mouchoirs en papier, un tournevis et des lunettes de soleil abîmées, rien.

Un homme sortit de la maison. Il était grand, large d'épaules. Il monta dans une voiture, manœuvra pour contourner la bâtisse et n'alluma ses phares que lorsqu'il atteignit la grande avenue.

2 h 35. Grucho apparut. Un courant glacial me traversa. Dans ma fébrilité, mon pistolet m'échappa des mains. Je me mis à pester en farfouillant sous le siège, sans succès. Je ne pouvais pas allumer le plafonnier, Grucho risquait de me repérer. Je me mis à plat ventre sur le plancher et brassai dans tous les sens. Au bout d'interminables acrobaties, je réussis à atteindre la crosse ; le revolver avait glissé sous la pédale de l'accélérateur. Avant même de me relever, j'étais certain qu'il me fallait reporter l'opération à mardi prochain. J'avais perdu trop de temps à chercher mon arme. Quel ne fut pas mon soulagement quand je vis Grucho encore debout sur la petite place. Il était en train de téléphoner. À cet instant précis, la voix de Nonito anéantit les quelques doutes qui s'incrustaient au tréfonds de mon subconscient : « Dis-toi que tu n'es qu'un fumier de fils de pute dont le diable se passerait volontiers, et que lorsque tu butes un autre fumier de fils de pute ou bien lorsque tu es buté par lui, Dieu est le premier à s'en féliciter. »

Grucho comprit aussitôt pourquoi je fonçais sur lui. Mais c'était trop tard. Il n'eut pas le temps de s'emparer de son arme ni de battre en retraite. Son téléphone se fracassa au sol au moment où j'appuyais sur la détente. Chaque détonation retentissait en moi comme un coup de tonnerre. L'onde de choc partait de mon poignet, raidissait mon bras et compressait mon cerveau. J'ignore combien de fois j'ai tiré. Grucho fut projeté contre le mur – je crois qu'il a crié *madre mia*, mais je n'en suis pas sûr. Il pivota sur lui-même, tituba vers la maison aux deux étages, puis s'écroula face contre terre.

Je voulus m'approcher de lui et l'achever d'une balle dans la nuque. Une porte claqua quelque part et je dus m'enfuir.

Quand je repris mes sens, je roulais à tombeau ouvert sur le périph. Dans la mauvaise direction. Je me rabattis sur la première sortie pour rebrousser chemin.

La voiture se mit à chasser à cause d'une crevaison. Je continuai de rouler jusqu'à un square. La roue était sur la jante, le pneu en lambeaux. Je pris le cric dans le coffre et m'apprêtai à changer la roue défectueuse quand j'eus un premier vertige. Je m'assis sur le trottoir pour reprendre mon souffle. Surgissant de nulle part, une voiture de police s'arrêta à ma hauteur. Le flic orienta sa torche sur mon visage :

— Tu t'en sors ?

— J'ai crevé.

— Je vois. Tâche de ne pas trop traîner par ici si tu ne tiens pas à *crever* pour de vrai.

Il me dévisagea encore, puis il éteignit sa torche et s'éloigna, tous gyrophares allumés.

Je mis un temps fou à changer la roue. Mes doigts s'étaient engourdis et une douleur atroce attaquait mes articulations. Lorsque je rabattis enfin le capot du coffre sur le cric et le pneu abîmé, mon téléphone sonna. C'était Ramirez :

— Dis-moi que c'est pas vrai ! hurlait mon cousin. Dis-moi que je cauchemarde !

— Qu'est-ce qu'il y a ?

— Qu'est-ce qui t'a pris de t'attaquer à Grucho ?

Mon sang se glaça.

— De quoi tu parles, Ramirez ?

— Cisco vient juste de me raccrocher au nez. Il est dans tous ses états. Il m'a ordonné de le rejoindre à l'hôpital.

— Quel rapport avec moi ?

— On dit que c'est toi qui as tiré.

— Comment ça, moi ?

— Je te pose la question, Diego. Bordel, dans quel merdier tu nous as foutus ?

Je tombai à quatre pattes, un sifflement sidéral dans les oreilles. Le sol ondoyait sous mon corps.

Mon cousin me rappela. Je n'eus pas la force de décrocher. Il continua de rappeler sans arrêt. Je ne voyais pas comment Cisco pouvait savoir que c'était moi. Quelqu'un m'avait-il reconnu pendant que je m'étais assoupi dans la voiture ? Y avait-il un témoin dans l'une des deux voitures garées sur la petite place de part et d'autre du 4 × 4 de Grucho ?

J'appelai Aguires, puis Osa-Mayor. Ils étaient tous les deux sur répondeur. J'insistai. Au bout d'une dizaine de tentatives, j'eus enfin Aguires au bout du fil.

— Ça fait une heure que je vous appelle, bon sang !

— Je crains que même le Seigneur ne se soit inscrit aux abonnés absents pour toi ce soir, me dit Aguires. Quand bien même tu arriverais à le joindre, il ne bougerait pas le petit doigt pour toi.

Je crus m'être trompé de numéro, mais c'était bien la voix d'Aguires. Je ne comprenais pas.

— Qu'est-ce que ça veut dire ?

— Attends, je te passe une vieille connaissance.

La voix d'Osa-Mayor crachota au bout du fil :

— T'es foutu, mon gars. Tout le monde est au courant.

— C'est pas possible. J'ai suivi ton plan à la lettre, Osa.

— Justement. (Il rit.) Justement…

— Qui a bien pu me dénoncer à Cisco ?

— Devine, connard.

Cette fois, je partis en vrille, complètement démaillé. Une sueur froide m'inonda le dos.

— C'est toi, Osa ?

— Les hommes de Grucho ne vont pas tarder à te mettre le grappin dessus. C'est pas des humains, c'est pire que des monstres. Ils vont te dépiauter comme un lapin… non, ils vont t'étriper pour ensuite t'empailler et te mettre dans une cage en verre sur la voie publique.

— C'est toi qui m'as mouchardé ?

— Et comment !

— Pourquoi ?

— Pour un tas de raisons, tête de nœud… Et surtout pour José Maria Fuentes que tu as lâchement abattu. C'était un bon gars, José Maria. Il avait une gosse, et une femme qui se trouve être ma sœur. Tu croyais que je t'avais pas reconnu le jour où tu t'es pointé dans mon salon de coiffure avec cette raclure de Marlo le Vendu ?

Aguires lui prit le téléphone pour renchérir :

— Et pour Santos. Et pour tous les Muchachos que vous avez liquidés, toi et ton taré d'Indien. Espèce de péquenot pouilleux. Berger de mes deux. Tu déboules de ton bled perdu, avec de l'avoine dans les cheveux et de la crotte de bique collée au froc, et à peine tu apprends à ne plus te moucher sur ton bras, tu t'la joues caïd, et tu te permets de poser ta sale patte de branleur de boucs sur moi. Tu mérites même pas de lever les yeux sur moi, enculé de ta putain de race. T'es qu'un trou du cul qui se prend pour le nombril du monde !

Osa-Mayor reprit le téléphone :

— La fête ne fait que commencer. On va venger nos morts jusqu'au dernier.

Je raccrochai. Lessivé. Abasourdi. Une bourrasque dans la tête.

La nausée me plia en deux ; je vomis sur le bitume…

Je ne savais plus si je devais leur en vouloir ou bien ne m'en prendre qu'à moi-même. Ils m'avaient manipulé comme une marionnette et j'avais marché dans leur combine avec un zèle de troufion. Pourtant, on m'avait averti maintes fois : ne te fie à personne, à personne, à personne… Tandis que je tentais de reprendre mon souffle, me vint à l'esprit cette phrase que Ramirez m'avait dite le soir où nous avions mis les pieds, pour la première fois, à Ciudad Juárez : « Diego, mon pauvre cousin, à Juárez, même le bon Dieu a un hameçon piégé au bout de la perche qu'il te tend. »

Je m'affalai derrière le volant, allumai une cigarette, puis une deuxième. Ma bouche était emplie d'un goût de cendre.

Ramirez me rappela.

— Pourquoi tu as buté Grucho ? Cisco comptait lui confier *Le Pharaon.* Comment j'vais faire, moi, pour te tirer de là ? Où est-ce que tu es ? Ne t'avise pas de rentrer à Tres Castillos. Casse-toi quelque part jusqu'à ce que je trouve une solution…

— Trouve plutôt Dolly Aguires et Osa-Mayor et fais-en de la pâtée pour chiens. C'est le dernier service que je te demande.

— Qu'est-ce que tu entends par dernier service, Diego ?… Qu'est-ce que tu vas faire ? Surtout pas de conneries, tu en as suffisamment fait pour cette nuit. Diego, Diego… Je t'interdis de…

J'éteignis le téléphone.

Toute turbulence venait de s'estomper en moi. Subitement. J'avais le sentiment de sortir d'une forge. Pareil à une machine. Mon cœur n'était plus qu'une pompe à injection. Je n'éprouvais ni peine ni colère. J'étais un automate qu'on actionne. D'un seul coup, je m'éveillai à l'unique fonction pour laquelle j'étais programmé : aller chercher Elena et mettre le cap sur le bout du monde.

Je poursuivis ma route jusqu'aux Jardines Senecú pour revenir sur le boulevard Tomás Fernández, me garai devant la résidence secondaire de Grucho, scrutai les alentours avant de descendre de la voiture. La Chrysler de Quasimodo n'était pas là. La maison baignait dans le silence. Pas de lumière au premier étage. La porte principale, en bois massif, était fermée à clef. Je fis le tour de la demeure en rasant une haie à cause d'une fourgonnette qui remontait la rue. La porte de service était verrouillée ; les fenêtres barreaudées. Un vasistas céda. Je me glissai à l'intérieur d'un cagibi ; une machine à laver ronronnait dans le noir, les voyants semblables à des lucioles. Je collai mon oreille au mur sans rien déceler. Je suivis un petit couloir jusqu'au vestibule, que deux appliques éclairaient. Un lampadaire halogène était allumé dans le salon. Sur la droite s'étalait une vaste cuisine américaine qui étincelait sous les spots comme un bloc opératoire. Un pot de crème glacée suintait sur le plan de travail, à côté d'un reste de poulet et d'une assiette de salade de fruits. Un paquet de Marlboro et un briquet massif serraient de près un cendrier dans lequel reposaient quelques mégots. Il y avait aussi une tasse de café à moitié pleine, une cuillère et une cigarette non entamée. On aurait dit que quelqu'un n'avait pas fini de manger quand il avait quitté précipitamment la table. Sans doute

Quasimodo. On l'aurait appelé à la rescousse après ce qu'il était arrivé à son patron.

Je tendis l'oreille vers l'étage. Aucun bruit suspect ne me parvint. J'avançai à pas feutrés, le revolver contre l'épaule, le doigt sur la détente. Le sang battait si fort à mes tempes qu'il semblait résonner sourdement à travers toute la maison.

— Elena... Elena... C'est moi, Diego.

Une porte grinça au premier. Puis une lampe s'alluma dans le corridor. J'empoignai mon revolver à deux mains, prêt à ouvrir le feu. Des pas se firent entendre sur le parquet... Elena apparut en haut de l'escalier. Splendide dans sa robe de chambre bleu pâle qui moulait à merveille son corps de sirène. Les cheveux lâchés sur la poitrine. Le visage, légèrement bouffi par le sommeil, orné de deux yeux aussi captivants qu'un songe – des yeux que je reconnaîtrais entre mille constellations ; les magnifiques yeux en amande dans lesquels je me désaltérais jusqu'à plus soif autrefois lorsque, assis sur le rocher dominant notre village, nous étions, Elena et moi, plus proches du ciel que nos prières.

Mon cœur cognait à tout rompre. Je ne savais pas s'il battait la mesure de mes délivrances ou bien celle de mes appréhensions. Quelque chose démystifiait l'instant, comme une fausse note au beau milieu d'une sonate. J'étais devant la femme qui comptait le plus dans ma vie, et pourtant le regard qu'elle posa sur moi m'écrasa avec la même brutalité que celui qui m'avait tenu en joue naguère, dans ce temple maudit un jour où l'on célébrait les morts et au cours duquel mon existence avait basculé.

Je m'appuyai d'une main sur la rampe, un pied sur la marche, et demeurai ainsi, suspendu entre la tentation de monter la rejoindre et le besoin de la voir descendre jusqu'à moi.

Elle choisit de rester en haut de l'escalier.

Elle ne paraissait pas surprise de me voir. Comme si elle m'attendait. Ou peut-être ma présence l'indifférait-elle. Son visage ne laissait transparaître aucune émotion. Elena m'évoquait ces statues de cire que l'on expose dans les galeries.

— Je suis venu te chercher.

Elle souleva un sourcil, mi-amusée mi-étonnée.

— Pourquoi ?

Sa voix n'était qu'un souffle monocorde qui s'échappait d'entre ses lèvres comme si elle s'adressait à elle-même.

— Comment ça, pourquoi ?

Elle sortit un téléphone de la poche de sa robe de chambre.

Son regard inexpressif me traversa de part en part.

— On n'a pas une minute à perdre, Elena…

Du doigt, elle me pria de patienter un instant, le temps pour elle d'écrire un message sur son téléphone. Une fois le SMS envoyé, elle me montra la porte du menton.

— Grucho est vivant. Tu ferais mieux de partir.

Sans m'en apercevoir, je gravis l'escalier, tel un supplicié l'échafaud. Elle tendit le bras pour m'empêcher de l'approcher de trop près.

— Viens avec moi, Elena.

Elle esquissa un semblant de sourire :

— Grucho a lancé toute la ville à tes trousses.

— Je m'en fiche. Rhabille-toi vite et partons loin de ce foutoir de malheur.

— Je suis très bien là où je suis.

— Ta place est avec moi. Pas avec cette brute. Tu es libre, Elena. Nous irons où tu voudras. J'ai de l'argent. Nous achèterons une maison en bord de mer…

Elle posa un doigt sur ma bouche :

— Chut ! On a dépassé l'âge, voyons. Et puis, j'ai une maison, une *vraie* maison, et je ne manque de rien. C'est toi qui n'as plus un seul endroit où te poser.

— Il ne nous rattrapera pas.

— Il n'aura pas à me courir après. Je suis heureuse avec lui.

— Ah, oui ? Il te tabasse tout le temps.

— Tu vois des traces de coups sur moi ?

— Ne mens pas. Je l'ai vu te battre.

— Ça lui arrivait au début. Il me trouvait un peu sauvage. Il ne me bat plus maintenant. Et il ne laisserait personne lever la main sur moi, *lui*.

— Tu n'es pas son amour, tu es son bien. Quand il se lassera de toi, il te livrera à des contingents de pervers.

Elle haussa imperceptiblement une épaule.

— Ça m'est égal.

— Ça t'est égal ?

— Qu'est-ce que j'ai à risquer de plus après ce que j'ai perdu ?

Je sentis un pic à glace me transpercer le cœur.

— Rien n'est tout à fait perdu, Elena. On a encore des années devant nous.

— Il est des choses qu'on ne répare pas avec le temps.

— Tu m'en veux encore ? Après tout ce que j'ai fait pour me racheter ? Ça fait plus d'une année que je te cherche. J'ai risqué ma peau pour toi, j'ai tué pour toi. Est-ce que tu t'en rends compte ? J'ai tué…

— C'était le sale type des ruines qu'il fallait tuer. Mais tu étais resté à genoux, les mains sur la tête, à le regarder prendre son pied.

— Tu ne me pardonneras donc jamais.

— Ce n'est la faute à personne. Dieu l'a voulu ainsi. Il a rendu possible le tort le plus cruel qui puisse s'assumer dans une vie : faire du mal à ceux qui nous aiment parce que nous avons cessé de les aimer…

Jamais propos ne m'avait si profondément atteint.

— Va-t'en avant que les hommes de Grucho ne viennent te pendre avec tes entrailles. Parce qu'ils ne vont pas tarder à rappliquer. (Elle me montra son mobile.) Je les ai alertés.

Je lus sur l'écran de son téléphone le SMS qu'elle venait d'envoyer : *Il est chez moi.*

La plus glaciale des douches froides ne m'aurait pas fouetté avec une telle violence. J'étais tétanisé. En une fraction de seconde, j'explorai de fond en comble les arcanes de ma stupeur, fis le tour des questions qui m'avaient tenu en haleine pendant d'interminables nuits blanches, et rien de ce que j'espérais provoquer ne se produisit. C'était comme si la Terre n'avait jamais été ronde, comme si tout ce que j'avais subi, redouté ou supplié n'avait aucun sens. J'étais arrivé au bout du tunnel, et à mes pieds, il n'y avait que le vide.

— Tu me hais tant que ça, Elena ?

Elle ne répondit pas. Ce n'était pas nécessaire. Certains silences en disent plus long que les diatribes les plus véhémentes.

Le rideau tomba. Tel un couperet. Elena me devint subitement aussi étrangère que les joies de ce monde. Le chagrin que j'avais pour elle s'évanouit aussitôt. Je ne ressentis en moi qu'un vague remous, une sorte de frustration plus proche du dépit que du remords.

Je hochai la tête et sortis dans la rue.

Dehors, dans la rumeur de la ville, les sirènes des ambulances cadençaient le pouls de la nuit. Je demeurai un moment debout sur le trottoir, au pied d'un lampadaire. Je faisais exprès de m'attarder là, certain qu'Elena était en train de m'observer d'une fenêtre pour voir comment j'allais réagir à la terrible menace qui pesait désormais sur moi. Elle devait sûrement s'attendre à me voir détaler comme un gibier qu'on lève, sauf que je n'étais plus le Diego d'autrefois. J'allumai une cigarette, décidé à la fumer jusqu'au bout, là, sur le trottoir, à deux pas de la

« vraie » maison. En vérité, je me fichais éperdument de ce qui pourrait m'arriver. Je venais de me rendre compte qu'Elena n'avait pas prononcé mon nom une seule fois.

Dans le ciel, les étoiles faisaient le pied de nez aux lumières d'ici-bas. Elles se moquaient des enseignes au néon, des panneaux publicitaires, du clinquant illusoire et des feux d'artifice ; elles se moquaient surtout des prières qui n'ont pas assez de cran pour monter jusqu'à elles.

Un petit vent du Texas soufflait sournoisement sur les bidonvilles ; il revenait troubler l'esprit de ces régiments de paumés qui moisissaient au fond de leurs bicoques en rêvant de chances providentielles et d'une vie de château à ne savoir où engranger l'excédent des fortunes.

C'était une nuit comme les autres, lunatique et fourbe. Le peuple des insomniaques s'éveillait à ses instincts. Les racoleuses s'appliquaient à envoûter leurs proies, les violeurs à peaufiner leurs pièges, les seconds couteaux à fourbir leurs armes, les ripoux à accomplir leur tournée des popotes ; il y aura de la casse par endroits, des beuveries festives jusque dans les plus misérables des tripots, mais partout, pour les nantis comme pour les crevards, pour ceux qui dormaient dans des draps soyeux comme pour ceux qui couchaient sur des cartons, tôt ou tard, d'une manière ou d'une autre, la roue tournera et l'addition sera salée pour tout un chacun.

Il est des territoires où les jours se clonent uniquement pour renouveler leur décrépitude. Chaque matin se lève avec un tas de promesses pour rentrer le soir, une main devant, une main derrière, du sang sur l'une, du cambouis sur l'autre. Ciudad Juárez en est, sans conteste, la parfaite illustration. Pareillement aux jours, ses rues tournaient en rond. Je pouvais prendre n'importe laquelle et semer un à un les malheurs du monde entier, tous les raccourcis et toutes les fuites en avant me ramèneraient à la case départ. Juárez est un circuit fermé, un huis clos interlope où les dieux et les démons s'affrontent parce qu'ils ne savent rien faire d'autre ; quant aux mortels qui y slalomment au milieu des traquenards, ils continuent de survivre aux périls qu'ils incarnent afin d'élever leur agonie reconductible au rang des miracles.

Un homme éméché s'approcha de moi. Il me dit quelque chose que je ne saisis pas. Lorsqu'il battit en retraite, probablement désarçonné par le masque mortuaire qui me tenait lieu de figure, je réalisai qu'il m'avait demandé du feu.

Du feu ? Lequel ? Celui qui brûlait en moi ou bien celui de l'enfer qui m'attendait ?

Sur le trottoir d'en face, une silhouette surgit de la pénombre. C'était le fantôme de José Maria Fuentes. Je me rendis compte que j'étais en train de m'habituer à lui comme à un animal de compagnie.

Je jetai mon mégot par terre, l'écrasai sous ma chaussure. En prenant mon temps. Tout mon temps.

Ensuite, je montai dans ma voiture, ajustai le rétroviseur en évitant de regarder dedans – il m'importait peu de savoir si Elena était à sa fenêtre, si la « vraie » maison était toujours là ou si elle s'était évanouie dans l'épaisseur de la nuit. Il ne me restait plus qu'à enclencher la vitesse et à foncer droit vers mon destin, cet intraitable *prêteur sur gages* qui devait se frotter les mains en songeant à la bonne affaire que je représentais pour lui.

— Diego.

Je me retournai.

C'était Elena.

— Attends-moi, je vais chercher mes affaires.

J'ai cru halluciner, entendre des voix. Que signifiait cette volte-face ? Elena cherchait-elle à me retenir jusqu'à l'arrivée des tueurs ? Si elle était capable d'une telle monstruosité, je n'essayerais même pas de me défendre contre les hommes de Grucho ; je les laisserais me lyncher à leur guise car je ne saurais continuer de vivre avec le sentiment qu'à cause de moi Elena avait perdu son âme après avoir renié sa chair.

J'ai attendu, attendu. Les minutes s'étiraient démesurément.

Lorsque Elena me rejoignit dans la voiture, ce fut comme si toutes les chances s'étaient mises de mon côté.

Jamais nuit n'aura autant mérité ses étoiles que ce soir-là.

Cet ouvrage a été mis en pages par

<pixellence>

CET OUVRAGE
A ÉTÉ ACHEVÉ D'IMPRIMER
SUR ROTO-PAGE
PAR L'IMPRIMERIE FLOCH
À MAYENNE EN FÉVRIER 2021

N° d'édition : L.01ELIN000573.N001. N° d'impression : 97808
Dépôt légal : mars 2021
Imprimé en France